娶妻這麼難

1

玉瓚 著

風文創 531

目錄

序文

玉瓚

千百年前，卓文君說，願得一心人，白首不相離；范成大說，願我如星君如月，夜夜流光相皎潔；元稹說，曾經滄海難為水，除卻巫山不是雲；魚玄機說，易求無價寶，難得有情郎；元好問說，問世間，情是何物？直教生死相許。

簡妍有時候也在想，這世間是否真會有這樣令人震撼心動的愛情？但起初，作為一個從後世穿越而來的人，她是不信的。

她曾經有愛她如珠似寶的父母，有對她呵護有加的哥哥；她曾經生活在風景秀麗、民主開放的現代大都市裡；她曾經快樂地讀書、長大，有自己暗戀的人；她曾經接收著這世上最先進的思想，腳印踏遍了世界各地，心胸極其豁達。可是忽然有一天，她就穿越了，穿越到一個架空的古代。

這裡的女子被要求遵守三從四德；被要求精通琴棋書畫、女紅針黹，大門不出，二門不邁；被要求婚姻之事聽從父母之命，媒妁之言。於是，以往她是藍天碧雲間自由翱翔的一隻鳥兒，現在卻有只籠子劈頭罩住了她，讓她只能整天待在深深的宅院裡，白天手扶著門框，仰頭望著頭頂杳遠的天空和悠悠飄過的白雲；晚間一燈如豆，她獨坐臨窗木榻上，聽著隔窗淅淅瀝瀝的秋雨打在芭蕉葉上的聲音；半夜時分她輾轉難眠，想著前世的種種。

一切如夢，又如幻。她徬徨，她茫然，她不曉得該怎麼辦？她在想，她到底是該屈從眼前的環境，與這時代所有的女子一樣服從這些強加給她們的束縛，還是堅守本心，為著自由而努力奮鬥？

答案是顯而易見的——不自由，毋寧死。她終究還是不願意屈服。於是她便努力奮鬥，為了天高海闊，自由翱翔。至於愛情，她想，在這個男人三妻四妾的思想已經習以為常、深入骨髓的時代，她怎麼可能會找到願意一輩子守著她一個人的男子呢？她是不願意與其他女人共同擁有一個男人的，所以她寧願不要愛情。

直至她遇到了徐仲宣，那個十八歲就三元及第、文采驚豔遍天下的男子。他對她伸手，說：簡妍，過來，站到我的身邊來；簡妍，乖乖地讓我寵著妳，護妳一世安穩；簡妍，若得妳為妻，我終生不再看其他女子一眼；簡妍，我愛妳，勝過我的性命。

她猶豫，她遲疑，她不曉得自己到底該不該相信他說的話？但最後，她想，即便這是一場注定會輸的賭博，她也是要去轟轟烈烈地賭一場的。

她伸手，堅定地握住了他一直對她伸出的、殷殷期盼的那隻手。

但好在最後她終於贏了。

仲春時分，沿途樹木青翠，山花爛漫，有成雙成對的蝴蝶在花叢中翩躚飛舞，到處皆是一片春光爛漫的大好景象。她和他相視一笑，攜手一路向前。

此心安處即是吾鄉，此後無論兩個人在何處，都將是彼此最安寧溫馨的港灣。

相信每個堅守本心的良善人都會有屬於自己的幸福。唯願世間之人歲月安穩，有情人終成眷屬。

第一章 初入徐宅

二月時分，乍暖還寒，通州徐宅裡孀居的五奶奶紀氏正站在垂花門前，等著迎接她從隆州遠道而來的長姊和她的一雙兒女。

約午後時分，終於有丫鬟匆匆地進來通報，說是姨奶奶和表姑娘、表少爺到了。

紀氏聞言，忙快步繞過照壁迎上前去。

姊妹之間闊別二十餘年未見，現下一見，雙手就緊緊地握在一起，尚未來得及說話，彼此都已是淚眼矇矓了。好不容易各自被身邊的丫鬟、嬤嬤給勸住，兩個人便都拿了手帕拭著眼角的淚水，轉而又說了一番別後想念之類的話。

隨後紀氏望了一眼跟在簡太太身後的少爺和少女，便笑著問道：「這就是清哥兒和妍姊兒吧？都這樣大了。」

簡太太的一雙兒女，長子簡清，現年十八歲的年紀，生得一張圓臉，連雙眼和鼻頭瞧著也是圓溜溜的，相貌卻也一般。不過她的女兒簡妍，雖然現年才十三歲，卻是生得肌膚勝雪，容貌絕麗，紀氏心中暗暗地讚嘆了一聲。

簡清和簡妍這時忙上前對紀氏行禮，雙雙叫了一聲「姨母」。

紀氏親自扶他們兩個起來，看看簡清，又看看簡妍，對簡太太笑道：「兩個都是好的，金童玉女一般，我都不曉得該怎麼誇了！」一旁早有丫鬟遞了兩只錦盒過來，紀氏接過，遞給了簡清和簡妍，笑道：「好孩子，這是姨母的一點心意，你們拿著玩吧！」

簡清和簡妍雙雙道了謝，伸手接過了錦盒。

紀氏這時攜了簡太太的手，又引著他們兩個，一徑到了自己的住處荷香院裡面。

等到各自落坐後，紀氏便一迭連聲地喚著丫鬟上茶、拿攢盒，又吩咐丫鬟道：「快去將安哥兒和寧姊兒都叫過來！」

有丫鬟答應著去了，這邊紀氏和簡太太隔著花梨木小炕桌分坐在羅漢床的兩邊，正說著這些年別後之事，說到激動處，兩個人都是淚眼婆娑。

而坐在左手邊第二張玫瑰椅中的簡妍，此時則是端了茶盅在手，揭開盅蓋喝了一口茶水，然後偷眼打量了紀氏一番——一色半新不舊的豆綠色長襖、牙色百褶裙，外面罩了一件蜜粉色的外衣，雖是顏色淺淡，但瞧著卻很是溫暖高雅；再一看旁側坐著的簡太太——銀色繡大朵菊花的立領長襖、暗藍紫色的馬面裙，分明是亮麗得直打眼，可終究還是被紀氏給比下去了。

簡妍一面輕輕地蓋上手裡的盅蓋，心裡想著，眼前這兩人雖然是親姊妹，但相貌生得可是一點兒都不像，紀氏柔弱溫婉，自己這個名義上的娘卻是生了一張刻薄相，瞧著便不是個好相處的；一面又側耳傾聽紀氏和簡太太的談話。

這般聽她們兩人說了一會兒，簡妍才知道，原來當年紀氏嫁的是徐家五爺，而這徐家五爺卻是早已亡故，只留下一雙兒女，是一對龍鳳胎，現年正十歲的年紀。

簡妍正凝神聽著，就見那邊門簾一掀，屋子裡光線亮了一亮，然後就聽得丫鬟在說著——

「太太，寧姊兒和安哥兒來了。」

簡妍便也朝著門口望了過去。只見一前一後進來了一個女孩兒和一個男孩兒，後面還跟了幾個丫鬟、僕婦，如眾星拱月一般。

想來這女孩和男孩就是紀氏的一雙兒女，徐妙寧和徐仲安了。

徐妙寧生得甜美可愛，進來之後一雙圓溜溜的大眼睛就不住地打量著簡太太、簡清和簡妍，一點兒怯生的意思都沒有；徐仲安則是看著要老成得多，自進來之後只是目不斜視，甚是規矩。

紀氏伸手招呼著徐妙寧和徐仲安到她跟前去，指著簡太太讓他們喚姨母。

徐妙寧屈身行禮，清脆地叫了一聲「姨母」；徐仲安則是拱手行禮，一聲「姨母」喊得慢吞吞的。

簡太太急忙讓自己的親信沈嬤嬤拿見面禮來，遞給了徐妙寧和徐仲安，同時慈愛地說：「好孩子。姨母離得遠，你們生下來時姨母也沒能過來看看你們，這是姨母的一點心意，快拿著。」

徐仲安和徐妙寧伸手接過了見面禮，又對著簡太太道了謝。

紀氏這時又笑著對他們道：「還不快去見過你們表哥、表姊。」

簡清和簡妍分別也給了見面禮，每人一個裝了兩只金錁子的荷包。

這徐家說起來也算是詩書世家，如今還出了個禮部左侍郎，甚是清貴。而簡太太當初嫁的卻只是個商賈而已，現今她的丈夫死了，她帶了一雙兒女來投奔自己的妹妹，寄居在這徐宅，日常難免需要打點上下之人，為免徐家人說他們小家子氣，看不上他們，所以簡太太從家裡出發時特地給了簡清和簡妍一人一荷包金錁子和一荷包碎銀子，叮囑他們該掏銀子的就要掏，千萬不能讓人小瞧了他們去。

簡妍樂得當時就伸手接了過來。

她是穿越過來的，上輩子出了車禍，然後一睜眼，就很驚恐地發現自己變成了一個嬰兒，而且還是身旁躺了一個死人的嬰兒。

當時她只以為自己定然也是要死了，卻沒想到命不該絕，被路過的一位尼姑給救了。只是當時正值荒年，這位尼姑連自己尚且都養活不了，更何況是一個嬰兒，所以迫不得已之下，便將她抱去給簡太太撫養。

簡太太那時候剛生了一個女兒，只是生下後沒幾日就死了，加上自己的長子又經常七病八痛的，那尼姑便利用這一點，只說要讓簡太太收養一個女兒給長子擋煞，而且至好也不能讓人曉得這個女兒是收養的，不然這煞便擋不了。

簡太太信了，於是就收養了簡妍，對外只說是自己的親生女兒。等簡妍大了，她見簡妍生得甚為貌美，便請了各樣名師來教她琴棋書畫，乃至於詩詞歌賦，但也不是出於什麼好心，不過是想將簡妍當揚州瘦馬般的養著，想著等她大了送給達官貴人為妾，好幫襯他們簡家。

又為了讓她看起來體態輕盈，簡太太甚至特意吩咐廚房不許給她葷腥吃，只能吃素，且一頓飯也不能超過半碗，所以這些年來，簡妍每日都覺得很餓。

然而，她是決計不想給任何人做妾的，所以早就想著要尋了個適合的時機逃走。但逃走不是需要銀子？她正愁手裡沒銀子，可巧簡太太就給了這麼些，她自然是會接著了。

現下給徐仲安和徐妙寧裝小金錁子的荷包正是她親手繡的，只不過圖案不一樣。徐仲安拿著的荷包是貓熊吃竹子的圖案，徐妙寧手中的荷包則是貓兒撲蝶的樣式。

徐妙寧顯然很喜歡這個荷包，她將之拿在手中，一面翻來覆去地看著那荷包上的貓和蝴蝶，一面又不時地拿眼來睃著簡妍。

簡妍只當沒看見，端了茶盅在手，垂眼喝著茶。

簡太太這時已將給紀氏的禮物也讓沈嬤嬤拿了出來，又讓丫鬟抬了一只樟木大箱子進來，打開了看時，裡面都是打包好的盒子，並用紅繩捆著，上面亦貼了紅紙，注明這是要送給誰的。

「這是給老太太的，這是給三房各位夫人的，這是給府中各位哥兒和姊兒的。」簡太太看著丫鬟將這些禮物從箱子裡拿出來，足足堆了一桌子，一一地說著。「不過是我的一點心意罷了，煩勞妳讓丫鬟將這些都送過去。」頓了頓，又特地指著兩只做工尤為精美的香樟木錦盒道：「這是給大公子的。」

紀氏心中了然，面上帶了笑意地道：「姊姊真是客氣了，妳能來，我已是很高興，何必要備這樣多的禮物？連這徐家裡的每個人都想到了。」接著又說：「早先知道姊姊和清哥兒、妍姊兒要來，我已吩咐人將房子都收拾了出來。姊姊若是不嫌棄，就在我這院子裡的東廂房裡住著，我們姊妹之間早晚也可說話。妍姊兒就住在東跨院如何？」又笑著指著徐妙寧說道：「我這寧姊兒性子最是古怪，從來不肯跟我一塊兒住，倒是寧願住在旁側的跨院裡，說是沒人管，她無拘無束的，自在。我想著，若是讓妍姊兒跟著我們住，早晚對著我們，只怕也是嫌不自在，索性便將東跨院收拾出來給她；至於清哥兒，倒是跟著安哥兒在前面院子裡住了，早晚跟隨安哥兒進學也方便，姊姊妳看如何？」

花園裡住的多是女眷，男眷住在裡面也不大好，更何況又只是個親戚，簡太太自然是明白這個道理的，當即就道：「這樣安排再好也沒有了。」

「一路顛簸，姊姊和清哥兒、妍姊兒想必也累了。姊姊，我先送妳去東廂房歇息一會兒，稍後我們姊妹兩個再說話。」她又吩咐兩個丫鬟分別帶著簡妍和簡清去東跨院和前院。

於是簡妍便從椅中站起來，開口向紀氏告退，轉身跟著丫鬟去東跨院。

原來這東跨院卻是在荷香院的東側，一明兩暗三間小小的屋子，連著抄手遊廊往外，中間有一道兩扇的屏門。平日裡這兩扇屏門若是打開來，這東跨院與荷香院的正院便相連一起；若是關起來，則和一個獨立的小院子是一樣的，且要出門的時候，經由屏門，逶迤往廳前的穿堂大門就出去了，極是方便。

丫鬟領著簡妍進了明間，只見對面牆上就是一扇冰裂紋樣式檽花大窗子，糊了雪白的紙；臨窗一張平頭長案，上面放著一架四季鮮花小插屏，並著兩隻粉彩百蝠流雲紋賞瓶；案旁兩只高高的香几上各擺著一盆時新花卉盆景；案前則是一張黑漆八仙桌，桌旁兩把玫瑰椅，上面皆搭著彈墨椅搭。

丫鬟伸手指了指東次間，說道：「表姑娘，這是您的臥房。」

簡妍望了過去，見那是八扇碧紗櫥隔出來的一個房間。透過掛起來的門簾隱約可看到裡面擺放著一張架子床，旁側月洞窗下放著梳妝桌等一應閨房該有的東西。她沒有立時走進去看，只是轉身對著丫鬟點點頭，說了一句多謝，又說著請其轉告姨母，有勞姨母費心給她收拾出這樣一處幽靜的小院落，稍後她再親自來謝之類的話。

丫鬟答應著退了下去。

簡妍便吩咐自己的丫鬟白薇和四月打開從隆州帶來的箱籠，開始歸置各樣東西。

這時，就聽見外面有丫鬟的聲音響起——

「姑娘，表姑娘來了！」

第二章　初次見面

徐妙寧帶著丫鬟青芽一徑進了東跨院，然後很自來熟地就蹦跳著走到了簡妍的面前，仰頭望著她，甜甜地說了一聲「表姊好」。

簡妍面上便也帶了笑，垂下頭望著她，柔聲細語地說了一聲「表妹好」。

徐妙寧眉目靈動，笑靨如花，一身海棠紅繡折枝玉蘭花的衣裙更是襯得她分外嬌俏可愛。她目光先是在簡妍身上滴溜溜地打了個轉，然後面上浮上了甜甜的笑意，竟是伸手一把就抱住了簡妍的胳膊，笑道：「表姊，妳長得可真好看！」

簡妍心中只覺好笑，但面上笑意不減，還就勢伸手拍了拍她的手背，笑著和她繼續虛以委蛇。「表妹長得也很可愛呢！」而後目光過處，見她手中還緊緊地握著那只貓兒撲蝶的荷包，上面紅色的穗子隨著她的動作一晃一晃地盪個不住，簡妍面上的笑意就更深了。

她的這個表妹，好像很喜歡這個荷包呢！所以她跑過來和自己套近乎，定然是有什麼話要說，或者是有什麼事要求著她。

果然，下一刻就見徐妙寧將手中的荷包舉起來，問著簡妍。「表姊，這個荷包是妳繡的嗎？」

「是啊，」簡妍心中有些了然，於是笑著點點頭。「是我繡的。怎麼，表妹很喜歡這個荷包？」

徐妙寧忙不迭地點頭。「是啊，我很喜歡，非常喜歡！不知道表姊還有沒有其他圖案更有趣一點的荷包呢？」

「白薇。」簡妍忍住面上的笑意，轉頭吩咐著站在旁側的白薇。「我記著我在家時繡了好些荷包，都放在那只黑漆描金吹簫引鳳圖案的箱子裡，妳去將那只繡著招財貓的荷包找出來給表姑娘吧。」

白薇應了一聲，轉身在箱籠裡找了一會兒，依言將那只黑漆描金的小箱子找了出來，打開翻揀了一下，而後便雙手將那只荷包遞了過去。

徐妙寧忙伸手接了過來。

這只荷包不是傳統的那些橢圓形、方形、葫蘆形之類的，反倒就做成了招財貓的形狀，圓滾滾的，瞧著極是嬌憨可愛。

徐妙寧顯然是極喜歡的，面上的笑容可比剛剛叫她表姊時看著要燦爛真摯多了。

「表姊，這是隻什麼貓？哪裡有？我讓娘去給我買一隻來養養！」

簡妍默了片刻，心裡想著：養是不可能的了，不過若是有機會認識燒製瓷器的人，倒是有可能讓他們燒製一隻出來給妳玩玩！

她只好解釋著。「這隻招財貓是我無聊的時候繡出來玩的，現實中並沒有這樣的貓。」又對她說：「妳看，招財貓的右手舉起來，就是招財的意思，左手舉起來，就是招福的意思，這樣兩隻手舉起來，就是財和福一起都來；它胸口掛著的這顆金色鈴鐺，也有招財招福的意味。」

徐妙寧一聽，更是高興了。「表姊，」她一臉欣喜地抬頭。「妳繡的荷包可比萱表姊繡的荷包好看多了！萱表姊繡的都是些花啊、蝴蝶之類，可從來不會繡什麼招財貓。」頓了頓，她又說：「而且萱表姊繡的什麼好玩意兒從來都只給四妹，不給我。哼，趕明兒我將這招財貓拿去給四妹看，告訴她，我才不稀罕萱表姊繡的那些東西呢！」

簡妍聽了只覺得好笑。原來是小姑娘之間互相攀比啊！

徐妙寧很喜歡這兩只荷包，索性不管不顧地就全都掛在了腰上，而後約莫是覺得一下子收了簡妍兩只荷包不大好意思，於是便拽了她的手，問道：「表姊，妳現下忙不忙？不忙我帶妳去園子裡逛逛啊！」她口中雖然是詢問的口氣，但已經是伸手拉著簡妍就往外走了。

簡妍沒辦法，而且她覺得出去逛逛也不錯，一來可以參觀一下徐家的後花園，提前熟悉一下環境，二來可以有機會套套徐妙寧的話，知道徐家的成員關係。要知道，大家族的成員關係那可是很複雜的，稍不注意，腦子就會被繞暈。

於是她便由著徐妙寧拉著自己往外走，一面回頭吩咐白薇。「妳留下，將咱們帶來的東西好好歸置歸置。四月，妳隨著我和表姑娘出去走走。」

出了屏門，徐妙寧就伸手平指了前方，說：「表姊，那邊就是我住的西跨院，妳沒事的時候可以去那邊找我玩啊！」

隔著院中繁盛的花木，隱約可見對面有兩扇和她這邊一模一樣的屏門。

徐妙寧甚為高興，又拉著她沿著抄手遊廊往前走，不一會兒工夫就出了荷香院的大門。

簡妍笑著答應了。

再往右走了幾步路，就看到了一方大池塘。

岸邊栽種著柳樹、桃花，想來等到天氣暖和之時，桃紅柳綠，景致定然會是十分的好。

徐妙寧又伸手指了那方大池塘說：「等到夏日的時候，湖裡滿是荷葉、荷花，可漂亮了！表姊，到時我們一起來賞荷花好不好？」

簡妍自然是說好，引得徐妙寧高興不已。

簡妍見著徐妙寧的高興模樣，心裡想著，這孩子倒跟沒有兄弟姊妹一般，現下見著一個玩伴就能高興成這樣。於是她便旁敲側擊地問了一下徐妙寧兄弟姊妹的情況，而這一問之下就得知，她有三個哥哥、兩個姊姊、一個弟弟和一個妹妹。

自然，同胞的弟弟就徐仲安而已，其他的都是堂兄、堂姊、堂妹了。至於她口中所說的那個四妹，名叫徐妙錦，是大房所出，現下也是十歲，小她兩個月而已，平日裡兩個人雖然是玩得來，但可惜她這個四妹自生下來身體就不好，倒很少出來走動。而那兩個姊姊都是二房所出，一個是太太生的，名叫徐妙華，一個是姨娘生的，名叫徐妙嵐，但大姊傲得很，瞧不上她這個沒爹的孩子，一般不怎麼和她玩；二姊則是膽小害羞得很，問三句她都未必能答一句，在一塊兒也玩不起來。還有一個萱表姊，名叫吳靜萱，是祖母的娘家姪孫女，但這個萱表姊日常也只和大姊、四妹走得近，不怎麼和她玩，繡的荷包也都只給四妹，不給她。至於幾位哥哥和她弟弟，他們日常都要上學，也沒有工夫陪她玩。

徐妙寧越說就越覺得委屈，好像自己這麼多年都是孤苦伶仃一個人似的，不過最後她還是高興了起來，抱著簡妍的胳膊就笑道：「表姊，我第一眼見到妳就很喜歡妳，往後我們一塊兒玩吧！」

簡妍都被她給逗笑了，便伸手輕輕地拍了拍她的頭，笑道：「好啊，往後妳無聊的時候就儘管來找我。」

兩個人這麼沿著岸邊一面走一面說話，徐妙寧又指著對岸兩處小院落對簡妍說：「那個棠梨苑裡住著的是萱表姊，靜怡閣裡住著的是我二姊。」又伸手先是指了自己這邊的前方，又指了指後方。「那裡是漪蘭館，住的是我大姊，就在我們荷香院前面不遠處。至於我四妹，住在這梅林旁邊的凝翠軒裡。」

然後簡妍抬眼一瞧，挺好，她們現下離凝翠軒沒幾步路了，站在這裡都可以望見凝翠軒的院門，想來這丫頭還是存了要拿那兩個荷包去她四妹面前得瑟的心。

果然，下一刻就聽得徐妙寧在旁笑道：「表姊，我們走這麼長時間也走累了，不如去四妹那裡歇歇腳？」

簡妍無可無不可。反正既然她已到了這徐家，這家裡的所有成員她早晚都會碰到，那還不如現下就各個擊破，一一地認識呢。左右有徐妙寧在，這丫頭鬼靈精的，有她在中間插科打諢，不定自己很快就和徐妙錦熟悉了呢，也省得到時若是自己單獨遇到徐妙錦，反而不知道該怎麼搭訕的好。

於是簡妍就隨同徐妙寧一同往凝翠軒的方向走去。

不過還沒走到跟前，忽然就聽得吱呀一聲沈悶的聲音，兩扇緊閉的院門從裡面被打開，當先走出了一對男女來。

簡妍抬眼一瞧，就見著那男的大約二十四、五歲的年紀，穿著一件淺灰色、領口袖口滾靛藍邊的直身，身姿清瘦，眉目俊雅；那女子則是十六、七歲的年紀，牙白襖、月白裙，外面罩一件嫣紅纏枝蓮紋樣的披風，極是嬌美秀氣。

倒真是一對璧人！簡妍在心裡暗讚了一聲，眼角餘光卻瞥到一路上很活潑的徐妙寧這時斂去了面上所有的笑意，規規矩矩地垂手站在那裡，細聲細氣地喚了一聲大哥。

於是簡妍就知道，眼前這男子是徐家的大公子徐仲宣了。

在家的時候她就知道，這徐仲宣是徐家小一輩裡的頭號人物，現下已是坐到了正三品禮部左侍郎的位置，只是她沒想到，他竟然會如此年輕。

因著心中訝異，她便又望了徐仲宣兩眼，不想他也正向著她和徐妙寧這邊望過來，兩個人的目光竟然對了個正著！

第三章 超級學霸

簡妍只覺得徐仲宣的一雙眼睛就如同陰天裡的湖泊，幽暗深邃，深不見底，壓根兒就看不透這會是個什麼樣的人。

也是，如此年紀輕輕的就坐到禮部第二把手的位置，又怎麼可能會是個簡單的人？

她別過頭去，同時在心裡打定了主意，往後對這個徐仲宣她還是敬而遠之的好。她看不透他是個什麼樣的人，但他的目光望過來時，卻覺得他能將自己看得透透的。

但其實徐仲宣的目光只不過在她的身上稍微轉了一轉，而後便望向了她身旁站著的徐妙寧。

徐妙寧素來便有些懼怕她這個大哥，這當會兒接觸到他的目光，只覺得渾身一顫，忙求救似的以雙手抱住簡妍的胳膊，結結巴巴地說：「大、大哥，這、這是我……我表姊。」

簡妍心中暗自嘆了一口氣。徐妙寧的這個介紹真的不怎麼樣啊，無名無姓的，只是一句「我表姊」，算是怎麼回事呢？

於是她便在身上還掛著徐妙寧這個人形掛件的同時，屈身對著徐仲宣行了個禮，輕聲細語地說了一句。「簡妍見過大公子。」這就算是自己介紹自己了吧？

徐仲宣也拱手對她還了一禮，點了點頭，客氣而又疏離地叫了一聲。「簡姑娘。」

他的聲音清淡，擊玉敲金一般。

簡妍這時又低聲地問著徐妙寧，站在徐仲宣旁側的那位姑娘是誰？得知那是吳靜萱時，她便也面上帶了淺淺的笑，屈身行了一禮，說了一句。「吳姑娘好。」

那吳靜萱一雙春水眸先前一直暗中打量著簡妍，這當會兒見簡妍對她行禮，她便也忙還了一禮，面上笑容柔美。「簡姑娘好。」

兩廂見過，簡妍覺得自己和他們兩人無話可說了，索性便面上帶了淺淺的笑意，卻微微地側過頭去，看著旁側香樟樹上抽出來的嫩黃葉子。

徐仲宣的聲音徐徐地響起。「三妹，妳來找錦兒？」

徐妙寧都快哭了，抓著簡妍胳膊的手越來越緊。她幹麼這麼作死，非得這時候跑來找徐妙錦得瑟她剛得的新荷包呢？結果正好迎面就碰上了大哥！

只是來都已經來了，當面扯謊也要她大哥信啊。

於是她便苦了一張小臉，說道：「是、是啊，我、我就是想讓四妹見見我表姊。」

「錦兒昨日著了風寒，剛吃了藥睡下，妳待會兒再來吧。」

徐妙寧如蒙大赦，巴不得一聲，當即就想扯了簡妍轉身就走，但忽然又聽得徐仲宣的聲音淡淡地說道——

「前幾日我讓妳臨的《近奉帖》如何了？」

聽到《近奉帖》這幾個字，簡妍的眼角就抽了一抽。因著這些年她經常臨衛夫人的這個帖子，所以聽到這三個字就覺得甚是熟悉。
徐妙寧卻是快要哭了，聲音越發小了下去。「我……我就臨了一張。」
「五十張，下次我休沐時交給我。」
徐仲宣的聲音不大，卻清淡又堅定，壓根兒就是不容置喙的語氣。
這個年代，官員是五日一休沐，五日五十張，那就是一天十張了！簡妍在心裡默默地為徐妙寧點了根蠟蠋。
她想，她現下終於明白徐妙寧為什麼這麼怕徐仲宣的原因了，她若是有這樣的一個大哥，那估計也得抓瞎。
只是瞧著徐妙寧那一臉如喪考妣的模樣，她又覺得有些於心不忍，於是她便伸了手，輕輕地拍了拍徐妙寧的手背，而後轉過頭來，面上依然是禮貌又得體的微笑。
「我和表妹還有事，就不打擾大公子和吳姑娘了。」說罷，對著他二人點點頭，就當是行過禮了，便轉身帶著徐妙寧離開。
直至走出了好長一段路，簡妍才察覺到徐妙寧抱著她胳膊的手鬆了鬆，輕聲並有些脫力似的叫了一聲「表姊」。
簡妍便笑著問她。「嗯？怎麼了？」
徐妙寧抬頭，虔誠地望著她，這一刻她只覺得簡妍帶了笑意的雙眼如同一汪清泉般，水潤無比。

「表姊，剛剛妳真是太厲害了，竟然一點都不怕我大哥。妳都不知道，剛剛面對我大哥的時候，我腿肚子都在打哆嗦呢，要不是妳在我旁邊，我肯定就直接嚇趴下去了！」

簡妍見她一臉欽佩自己的模樣，眼裡的笑意便止不住又濃了些。徐仲宣又不是她大哥，也不會逼著她練字，她有什麼好怕的？不過她還是有心想逗一逗徐妙寧，便問道：「妳這麼怕妳大哥，怎麼，妳大哥很凶嗎？」

徐妙寧偏著頭想了一會兒，而後搖搖頭。「其實他也不凶，至少我就從來沒見他對我們發過脾氣。可就算他不說話，只是站在那裡，目光涼涼地望著我，我就覺得害怕了。」

簡妍知道，這是上位者多年積累下來的氣勢。就算他不說話，只是站在那裡，一般人還是會覺得很緊張，敬畏於他。

「而且表姊妳知道嗎，我大哥簡直就不是人！我聽我娘說，我大哥三歲就識字，七歲通曉六經大義，十二歲時鄉試中了解元，十八歲時會試中了會元，隨即殿試又是皇帝欽點的狀元，厲害得不得了！」

簡妍點點頭。徐仲宣以十八歲的年紀就三元及第，這就是傳說中的學霸了，而且想必還是位超級學霸。

隨後她又想起來，上輩子她暗戀的那個學長就是個學霸。考大學的時候全市第一，且各科目全部滿分，所以縱然是當大學生去了，他的照片依然貼在學校的櫥窗裡，時時刻刻地鞭策著他們這些學弟、學妹要向他學習。

因著已經見過學霸了，所以在聽聞徐仲宣這些光榮事蹟時，簡妍就顯得很淡定。於是，徐妙寧就更佩服她了。因為其他人在聽到她大哥這些事後，無一不表現出十分震驚，或者是十分欽佩的模樣來啊！

「表姊，」徐妙寧又抱緊了簡妍的胳膊，抬著頭，一臉誠摯地望著她，誠心誠意地說著。「往後我就跟著妳混了！」因為表姊她不怕大哥啊！往後但凡有她大哥在的地方，她就拖著表姊一起，若是見形勢不妙，立刻就能躲到表姊的身後去！

簡妍聽了她這句孩子氣十足的話，掌不住地又笑開了，之後就拍著她的手背說：「我若是妳，這當會兒就不會想著要跟誰混的事，而是趕緊回去臨完那五十張《近奉帖》才是正經。」

聞言，徐妙寧長長地哀號一聲，一雙晶亮的雙眼立即暗淡了下來。

簡妍和徐妙寧離開凝翠軒的同時，吳靜萱便嬌羞著一張臉問著徐仲宣。「表哥，我還有些書法上的事想向你請教，你……你可有空？」她知道徐仲宣素喜書法，所以這些日子她一直在苦練書法，就是想藉著這個為藉口，和他多多地往來。

徐仲宣幾不可察地皺了皺一雙長眉，但轉過頭來時卻是看不出分毫來。

「我還有些事沒處理好，暫且不得空。」他的聲音聽上去很溫和，但就算是再溫和，依然還是說著拒絕的話。「表妹若是喜歡書法，我那裡還有幾幅字帖，稍後我讓齊桑給妳送過去就是。」

吳靜萱面上的笑容一滯，但也只能說著：「那就煩勞表哥了。」

徐仲宣對她點點頭後，便轉身向著自己的書齋走去。

等候在一旁的長隨齊桑也忙跟了過去。

徐仲宣的書齋在那片梅林後面，早春二月的梅樹，梅花已然開敗，葉子卻還沒來得及長出來，只有一叢叢烏褐色虬曲的枝椏在料峭的春風中來回地擺動著。

吳靜萱就站在凝翠軒的青石臺階上，望著徐仲宣的身影在梅樹間穿行，直至穿過那道月洞門，再也望不見為止。

站在她身後的丫鬟雪柳見狀，暗暗地嘆了一口氣，隨後便勸著。「姑娘，咱們也該回去了。」

風吹起吳靜萱鬢邊的長髮，輕輕地拂過她柔嫩白皙的面頰。

她收回了目光，抬腳下了臺階。

臺階旁長了一叢一叢的翠雲草，藍綠色的葉子，纖細的莖，有風吹過來的時候，就顫顫地來回搖擺著。

「雪柳，」吳靜萱忽然開口。「剛剛的那位簡姑娘，妳去打聽一下她的來歷。」

方才她一直暗中打量著簡妍，見她雖然年幼，不過十三、四歲的年紀，但容貌精緻秀麗，難得的是竟然如此落落大方，進退有據。不知道為何，她忽然就覺得心中一緊……

第四章　二次見面

徐仲宣回到書齋沒多久，紀氏身旁的大丫鬟翠屏就過來送簡太太帶來的禮物。

齊桑接了過來，旋即微微躬身，雙手平舉手中的樟木盒子，遞到了徐仲宣的面前。

徐仲宣打開一看，見裡面是一方紅絲硯、兩匣松煙墨，還有一只白玉鎮紙。

紅絲硯和松煙墨倒也罷了，那只白玉鎮紙卻是以上等紫檀木為座，雕刻成一匹口銜靈芝的瑞獸形狀，玉質溫潤柔和，甚是貴重。

徐仲宣只隨手把玩一會兒，便將這只白玉鎮紙擱到了書案上，並沒有當一回事。

這時又聽得小廝來報，說是老太太身旁的丫鬟彩珠來了。

彩珠生了一張鴨蛋臉，蜂腰削肩，眉眼清秀，是老太太吳氏身旁最得力的大丫鬟。

「大公子。」彩珠對著徐仲宣屈身行了一禮，說道：「老太太遣奴婢來告知您一聲，說是五太太的娘家姊姊一家今日來了，老太太晚上在花廳設宴，給他們接風洗塵，請您到時過去。」

徐仲宣沈吟了片刻，才道：「知道了。」

彩珠又對著他行了個禮，而後才退了出去。

原來徐妙寧拉著簡妍出門的那當會兒，紀氏就和自己的親信陶嬤嬤說：「姊姊既然給這一大家子都帶了禮物來，咱們少不得都要替她一一送過去。哥兒、姊兒那邊，妳讓翠筱和翠屏領著小丫鬟挨個兒地送過去；嫂子們那裡，陶嬤嬤，妳領著兩個小丫鬟跑一趟吧。至於老太太那邊，我親自送過去也就是了。」

待她到了老太太吳氏那裡，呈上了簡太太帶過來的禮品，各樣都是極貴重的，吳氏見了心中自然歡喜，就說晚上想置辦一桌酒席，宴請簡太太和她的一雙兒女，權當是為他們接風洗塵了，讓紀氏回去一定要對簡太太他們好生地說一說，請他們晚間務必要來。

紀氏應下了，吳氏又遣了丫鬟分別去將這事告知了宅子裡的其他人，現下彩珠正是來同徐仲宣說這事。

吳氏畢竟是徐仲宣名義上的祖母，她既然這般說了，而自己現下又正好休沐在家，自然是要應承的。

至傍晚時分，等徐仲宣到了吳氏住的松鶴堂時，便見著屋子裡多了三個不認識的人。

那個婦人和少年他雖然不認識，但想來應當是簡太太和她的兒子了，至於那個少女，就是今兒下午他在凝翠軒院門前見到的那位。

他若無其事般地收回自己打量的目光，隨後對著吳氏行禮。「孫兒見過祖母。」

吳氏正坐在羅漢床上，懷中摟著一個穿大紅襖裙的少女，面上笑容慈祥，見徐仲宣對自己行禮，她便擺了擺手，面上帶了笑意地說：「知道你忙，只是今日你五嬸的姊姊一家子都來了，便叫了你來，大家一塊兒吃個飯，彼此見見也是好的。」

簡妍在一旁聽著就覺得有些詫異。

按理來說，這吳氏是徐仲宣的祖母，可怎麼她聽著吳氏這話，倒像是在對徐仲宣解釋似的？且吳氏對著徐仲宣說話，有著幾分小心翼翼，又有著幾分討好，卻唯獨沒有祖輩對孫輩的那種親暱感覺。

就在簡妍詫異的這當會兒，紀氏已經引著徐仲宣見過了簡太太，又喚著簡清和簡妍過來。

簡清想必已被人介紹過徐大學霸的慓悍事蹟，此時看徐仲宣的眼神簡直就像是小孩子第一次在動物園看到大猩猩一般，既敬畏，可又忍不住想靠近去看個分明，再說上兩句話。

輪到簡妍，她卻是微微地垂下眼，並不看徐仲宣，而後斂裾行禮，簡潔地稱呼了一聲「大公子」。

徐仲宣也回了一禮，同樣簡潔地叫了一聲「簡姑娘」，就算是彼此見過了。

又見過了徐家其他兩房的太太和各位哥兒、姊兒，說了一會兒話後，就有丫鬟、僕婦安設桌椅、上菜捧飯。

一頓飯，面上倒也是吃得賓主盡歡。飯後，簡太太領著簡妍在吳氏那裡坐了一會兒，彼此說了會兒閒話，便也告辭回去了。

等她們一走，吳氏便身子一歪，將一隻手臂搭在石青金錢蟒引枕上，同自己的親信祝嬤嬤說著閒話，但也只是說著簡太太一家子的事，言語之間自然還是有些瞧不上簡太太他們的，不過是一個商賈之家罷了。

祝嬤嬤自然是順著她的話說。

片刻之後，吳氏側身換了個更舒服的坐姿，想了想，又問道：「萱兒那邊，現下進展得如何了？」

祝嬤嬤笑道：「奴婢這些日子瞧著，萱姑娘可是真心地喜歡上了大公子呢！但凡大公子休沐回來，萱姑娘總會找了機會與大公子見面。萱姑娘生得這般溫婉嬌美，水做的人兒一般，哪個男子會不喜愛？接觸的次數多了，還愁大公子看不上萱姑娘？」

吳氏聽了便點點頭。

吳靜萱是她哥哥家的孫女，那年她大哥離京赴任的時候帶了吳靜萱來看望她，她一眼看到吳靜萱，喜她性子平和溫柔，又生得婀娜柔婉，便留了她在徐家。

但其實吳氏也是有私心的，想著要將吳靜萱許配給徐仲宣，這樣豈不是能親上加親？所以將吳靜萱留在身邊養著，早晚與徐仲宣見面，彼此有情更是最好的。

「祝嬤嬤。」吳氏想了想，便吩咐著。「這天氣也日漸暖和，尋個日子，給萱兒做幾身顏色嬌豔些的春衫吧，也打一些時新的首飾。這做衣裳和打首飾的銀錢，就從我的體己上支取。」

祝嬤嬤答應了一聲。

吳氏又道：「我倒又想起了一事來。方才我看到簡家的那姑娘，生的倒是個好模樣，私心裡來說，倒是把萱兒也比了下去，行動舉止也是落落大方的，瞧著就是個可人兒。祝嬤嬤，妳說，會不會……」

祝嬤嬤知道她在擔心什麼，忙笑道：「哪能呢？那簡姑娘雖說是生得好，可畢竟年歲在那裡——才十三呢，不過是個黃毛丫頭罷了！大公子可是足足有二十四歲的，兩個人相差了十來歲，大公子又哪裡會瞧得上她？您多慮了！」

「可我這心裡總是七上八下的……」吳氏嘆了一口氣。「許是我多心了，可方才在席間，我瞧著那簡太太的一雙眼只在宣哥兒的身上轉著，後來閒話的時候還曾問起宣哥兒可曾配過姻親之類的話。」

「簡太太不過是瞧著大公子都二十四、五的年紀了還沒有成親，心中好奇才問了一句罷了。」祝嬤嬤寬慰著吳氏。「您真是多慮了。」

吳氏輕輕地點點頭。「但願如此吧。」

其實吳氏的多慮是對的，簡太太確實是存了打徐仲宣主意的心。

她現下歪在炕上，正聽著丫鬟珍珠跟她彙報打探來的消息。

「……徐家一共有五房，其中徐大爺、徐三爺，還有咱們的姨老爺徐五爺都已經不在了。徐四爺是自己經商，另立了門戶，早就帶著一家子搬了出去，不在宅子裡面住。所以上一輩的兒子裡面，也就落了一個徐二爺還在宅子裡住著，於是徐老太太便將徐宅的正堂朝暉堂給了二房，她自己則住在旁側的松鶴堂。大房的秦氏、三房的俞氏則住在松鶴堂後面的兩個小院裡。」

「怎麼不是大房住在朝暉堂，反倒是二房了？」簡太太很是詫異。「即便徐大爺不在了，可論起來現下這徐家畢竟是大公子官職最高，又是長孫，理應大房住在朝暉堂才是。」

「太太，」珍珠忙解釋著。「這裡面是有緣故的。這徐老太太原不是徐老太爺的髮妻，她只是個填房。那徐大爺是徐老太爺的髮妻生的，吳氏自己只生了徐二爺和徐五爺，徐三爺和徐四爺都是妾室所生。奴婢還聽說，這徐大公子也不是秦氏所生，原是徐大爺跟前人生的，不過是記在秦氏的名下而已。」

「原來這大公子竟是個庶出的啊……」簡太太慢慢地說了一句。

簡太太自己是嫡出的女兒，對庶出的總歸是有些不大看得上眼的，不過轉念一想，這徐仲宣現下做著這樣的高官，便是個庶出的又有什麼關係？於是她便說：「罷了，其他人的事妳也不用說，只與我好好地說說這大公子的事就好。」

珍珠想了想，又道：「奴婢聽說，這大公子端的是厲害得很。他十八歲殿試的時候就被欽點為狀元，當場被皇帝親口授予從六品的翰林院修撰一職，真真是少年得意。後來他兩年俸滿，就遷了從五品的翰林院侍講學士，入梁王府為梁王講學，聽說梁王很是敬重他，且聽說當朝首輔是他的老師。有著梁王和首輔這樣的兩重關係，怕不是往後這大公子的官兒還得要往上升呢！」

簡太太被震撼到了，一時沒有說話。片刻之後回過神來，便問了一件她現下最關心的事。「怎麼這大公子現下都二十四歲的年紀了，還沒有成親？裡面可是有什麼緣故？」

珍珠就回答：「這個奴婢也打聽過了。聽說徐大爺在的時候倒也為大公子定了一門親事，只是後來徐大爺去世，大公子就守了幾年孝。後來好不容易等他孝期滿了，定的那家姑娘卻又是個沒福氣的，得了一場重病死了。再後來大公子做了兩年侍講學士，又去南京那邊管了兩年國子監，年前升了禮部左侍郎，這才回了京。因著這些緣故，現下雖然大公子已是二十四歲的年紀，倒是還沒有成親呢！」

簡太太心裡動了一動，面上不由就帶了幾絲喜色出來。

一旁伺候著的沈嬤嬤早就瞧在了眼中。

揮手讓珍珠退下去之後，簡太太便對沈嬤嬤說：「這個大公子倒是個厲害人物，怕不是會前途無量吧？」

沈嬤嬤忙附和著。「是呢！先前吃飯的那當會兒，奴婢冷眼瞧著這大公子，生得儀容秀逸不說，且行動、說話圓潤，再是瞧不出來內裡是個什麼心思的人，來日定然不是個池中物！」

簡太太點點頭，卻沒說話，心裡只想著，禮部正是管著科舉考試的事務，若是能搭上這徐仲宣，還愁簡清撈不到一個官做？徐仲宣手指縫隨便鬆一鬆，怕都是有個幾品的官呢！她自然是盼著自己的兒子也能入了仕途，光宗耀祖的。

想到這裡，簡太太面上的笑容一時就越發的深了幾分。

她想了想，便道：「妍姊兒雖然有些衣裳、首飾，但現下既然到了這通州，也不曉得這邊流行的是什麼式樣的，沒地讓她穿戴了以往那些衣裙、首飾，讓人笑話。沈嬤嬤，改日我們有空出去一趟，好好給妍姊兒置辦幾身時新的衣裙和首飾才是。」

沈嬤嬤自然是點頭贊同，又笑道：「我們妍姊兒原就生得花容月貌，再穿了太太親手挑的衣裙、戴了太太親手挑的首飾，哪怕就是站在人堆裡呢，也能讓人一眼就注意到的。」

這話說得簡太太心中甚為受用，一時就覺得簡清的仕途已是一片平坦了。

另一邊，簡妍也正聽著自己的丫鬟白薇說著她打探來的消息。

「……徐家的哥兒便是這四位了。除卻咱們姨奶奶生的四公子安哥兒；大房裡的大公子徐仲宣是個妾室生的，卻是記在秦氏的名下；二公子徐仲景現年十八歲，是三房的俞氏生的；三公子徐仲澤現年也是十八歲，不過小著二公子一個月罷了，倒是徐二爺一個姓衛的妾室生的。」

簡妍點點頭。

她倒是沒想到徐仲宣竟然是個庶出。不過嫡出、庶出又有什麼差別？現下便是吳氏跟徐仲宣說話也要帶著幾分小心翼翼呢！

「至於徐家的姑娘這邊，方才晚間您看到吳氏摟著的那位紅衣少女就是大姑娘徐妙華，是二房太太馮氏所生；二姑娘徐妙嵐也是二房的，就是生了三公子的那位衛姨娘生的；三姑娘您是知道的，就是咱們姨奶奶的寧姊兒；至於這四姑娘徐妙錦卻是個遺腹子，和大公子是同一個娘，只是這姨娘卻是個沒福氣的，生了四小姐下來便死了，於是四小姐便也記在秦氏的名下。這四小姐因著是早產，身子骨很不好，很少出來走動，日常只在自己的院子裡待著，今日晚間她便沒有來吃飯，所以姑娘也不曾看到她。再有一個表姑娘吳靜萱，是老太太的娘家姪孫女，在徐家也是待了兩年了，聽說這表姑娘平日裡和大姑娘、四姑娘走得近些，性子倒是個溫婉的。」

簡妍聽完白薇的話，心裡盤算了一下，而後便悄悄地嘆了一口氣。

還是那句話，有人的地方就有江湖，她依然還是得謹慎些，千萬不能踏錯一步才是。

第五章　梅林相見

光陰似箭，才剛二月春寒，現下早就是三月陽春。

簡妍此刻手裡正拿著一本書，坐在梅林的亭子裡看著。

她不大喜歡一天到晚悶在屋子裡，所以沒事的時候就會到花園的各處逛一逛，而這一逛就教她發現了這處梅林的好處。

這片梅林倒也不甚大，不過幾十株的梅樹，裡頭一座小小的六角飛簷涼亭，亭子裡面石桌、石凳都有，兩邊欄杆上一圈美人靠，或坐或躺都可。

早先她就將這梅林四處都看了一下，知道後面有一道粉牆，牆上一處月洞門，並著幾處漏窗。她也曾穿過那處月洞門到後面去看，只見有著幾株兩人合抱的梧桐樹，遮天蔽日的，並不見半個人影，她這才放了心，所以日常無事時都會帶本書，或者乾脆到這梅林裡來發個呆。

已是三月時節，天氣暖和，亭子左右兩邊的梅樹上都結了小小的梅子，一顆顆圓滾滾的，藏在濃稠的綠葉之間。不時有鳥雀飛來，停在枝頭嘰嘰喳喳地叫個不停。

簡妍心中高興，現下便一邊看著書，一邊口中低聲地哼唱著歌。

哼唱的歌曲倒也應景得很——「春暖花開」。

一首「春暖花開」哼唱完，又接著哼唱其他的歌，手中的書也翻過了一頁。這般哼唱了一會兒，忽然傳來細細的喵嗚聲，聽起來倒像是一隻小貓在叫。她便合起了書，循聲找去，終於在一株梅花樹下找到了這隻小奶貓。

小奶貓還很小，全身棕褐色，唯獨鼻尖那裡卻有一小塊白色。簡妍蹲身下來，小心翼翼地將牠捧在左手的掌心中，又伸了右手的食指出去，蜷起來，輕柔地刮擦著牠的下巴，柔聲細語地問著牠。「呀，小可憐，你怎麼一個人在這裡？你媽媽呢？」

小奶貓臥在她的掌心裡，一雙大大的眼睛望著她，喵嗚喵嗚地叫著，又伸了舌頭去舔她的手。

牠的舌頭帶著倒刺，舔在手上癢癢的，簡妍忍不住，被牠舔得笑個不住，更加用力地用手去刮擦牠的下巴，又揉著牠的頭，一人一貓玩得高興不已，卻不提防路上說話，草中有人。

透過粉牆上的那處菱形萬字海棠漏窗，隱約可見那裡正站了一個人，只是不知他在那裡站了多久。

簡妍這時已從隨身的荷包裡拿了一塊棗泥糕出來，正捏碎了，餵著那小奶貓吃。一面餵，她還一面說：「這可是我身上最後一塊棗泥糕啦，餵給你吃，我今晚就要挨餓了。小可憐，你說我對你好不好？」

可小奶貓只顧著低頭舔她手中的棗泥糕碎屑，壓根兒就顧不上來回答她。

簡妍輕輕地摸著牠的頭，摸了一會兒又說：「也不能一直叫你小可憐啊，叫得你好像真的很可憐似的。不如我給你取個名字，好不好？」她細細地想了一會兒，垂眼見著牠在自己的手掌心裡，毛茸茸的一團，想了想，便笑道：「有啦！我叫你小毛團好不好？」一面又摸著牠的頭問：「小毛團，你是從哪裡跑出來的？不然我帶你回去，養著你好不好？」

小毛團並沒有理睬她，依然低頭專心致志地舔著棗泥糕的碎屑。

這時簡妍聽得有腳步聲傳來，她抬頭一望，見是白薇，於是便起身站起來，雙手捧起了手掌中的小奶貓，拿給她看。

「白薇，妳看，我在這裡看到了這隻小貓，我還給牠取了個名字，叫小毛團，好聽嗎？」

白薇見著她一雙眼亮晶晶的，恍似頭頂的日光透過樹葉縫隙都灑在她的眼中一般。自小和簡妍一塊兒長大，對於她的心思，白薇多少還是能猜到一點的。

「姑娘，」她嘆息了一聲，說著。「咱們不能養牠。」

簡妍眼睛裡的光芒立刻就暗淡了下去。其實她又何嘗不知道簡太太最是厭惡貓狗，從來不許在宅子裡養這些東西。縱然她現下是在東跨院裡住著，日常也不與簡太太多接觸，簡太太也從來不到自己的院子裡來，可畢竟是在一個荷香院裡住著的，保不齊什麼時候就被簡太太知道她私自養了一隻貓兒的事。

白薇見她面上神情黯然，心中不忍，就安慰著她。「您可以每日來這裡看望這隻小奶貓。」

但簡妍也知道，這只是安慰罷了。

小貓自己是有腿的，想去哪兒就去哪兒，又怎麼可能會如自己一般，牢牢地被束縛在這座宅院裡，想出去都不能？

簡妍也不說話，只是又蹲下身來，將剩餘的那半塊棗泥糕都用手捏碎了，撒在地上，垂眼望著小貓在那兒吃著。這般看了一會兒後，她便直起身來，當先就走出了梅林。

白薇忙隨後跟了上去。

方才簡妍見著小奶貓的時候太高興了，竟然忘了自己的處境。她不過是隻籠中鳥、池中魚罷了，即便面上看著是個嬌生慣養的千金，可只要一日沒有脫離簡太太對她的掌控，她就隨時有可能像一件物品一樣，被簡太太送出去給人。

等到簡妍和白薇走出梅林之後，一直側身站在漏窗後面望著的人終於繞過了那處月洞門，走到小貓的身邊來。

他著了青色夾紗的直身，長身玉立，容顏雅致，正是徐仲宣。

小貓依然還在舔食著地上的棗泥糕碎屑，壓根兒就沒有去理會身旁的人。

徐仲宣垂目望著牠，不言不語。

他想起方才他聽到低聲的哼唱，循聲而來，就見著一位少女正姿態懶散地靠坐在美人靠上，微垂著頭，看著手中的書，口中哼唱著他從來沒有聽過的歌曲。

這位少女他是識得的，正是見過兩面的簡妍。

在那兩次見面中，雖是沒有說幾句話，但簡妍給他的印象也是言行舉止嫻雅端莊，如所有的大家閨秀一般。可是方才，她那般慵懶閒散地坐在那裡，何曾有半點大家閨秀的舉止？

小貓舔食完地上的棗泥糕碎屑，開始喵嗚喵嗚地叫著。

徐仲宣望著牠，又想起方才那個少女半蹲在這裡，手掌心托著這隻小貓，有細碎的日光自樹葉間隙灑下，落在她烏黑的髮間、玉色的裙裾上，風起時，淡金色的日光就在她的髮間和裙裾上跳動。

齊桑尋過來時，就見自家公子的手掌中正平托著一物。他打眼一看，看清那是一隻小貓後，不由得心裡就大吃一驚。公子他最是不喜毛茸茸的東西了，便連冬日的衣服上都不讓在領口和袖口處鑲毛，怎麼現下倒是捧了一隻毛茸茸的小貓在掌心中？不過他面上並不敢顯出來，只是垂手恭敬地叫了一聲「公子」。

徐仲宣側眼向他望過來，而後便伸手將這隻小貓遞了過去，囑咐著。「尋了個精緻、寬闊些的籠子，將這隻小貓裝進去，帶回京，好生地養著。」

通州距離京城雖然不算遠，騎馬也就半個時辰，但徐仲宣每日要去禮部辦公，逢著三、六、九的日子還要去朝堂，所以在京城買了一所兩進兩出的小院子，日常在那兒住著，休沐時才回到通州來。

齊桑伸手將小貓接過來，一時只覺得掌心裡的這隻小東西實在是小小的、軟軟的，他都生怕一個不小心，用的力氣稍微大了些，就將這麼個小東西捏死了。

「公、公子，」他一面小心地護著手裡的小貓，讓自己不至於失手傷了牠，一面問了一句。「要不要給這隻小貓取個什麼名字？」不過話一出口，他就想抽自己一巴掌。

只有閨閣中的少女養了貓啊狗的才會細心地給牠們取名字，他家公子一個男子，雖然不知道是出於什麼原因，忽然心血來潮地要養貓，而且還只是一隻普通得不能再普通的小貓，可又怎麼會細心到要給一隻小貓取名字？

他正想開口請罪，忽然就聽得他家公子溫潤的聲音輕緩地響了起來——

「就叫小毛團吧。」

齊桑覺得自己的下巴因著吃驚，都快要磕到地上去了。

小毛團？這是個什麼名字？身為十八歲之時就名滿天下的狀元郎，給自己的寵物取名字，難道不該取個高尚、大氣一些的嗎？小毛團算是個什麼鬼啊？

第六章　徐四姑娘

簡妍走出梅林之後，一語不發地在前面走著，白薇緊緊地跟隨在後。

時值三月，岸邊桃花嫣紅，柳樹碧綠，景致宜人。

走不到一會兒工夫，簡妍忽然看到岸邊有一個小姑娘正坐在柳樹下的一塊大青石上，旁側站著一個梳著雙丫髻的丫鬟。

簡妍的眼角餘光不著痕跡地打量著她。小姑娘生得柔弱，面色是不正常的白，下巴尖削，一雙眼兒倒是澄澈明亮，正直勾勾地望著她。

簡妍注意到，在這樣溫暖的日光中，這小姑娘還穿著夾棉的衣裙，便是坐在石頭上，底下也是墊了厚厚的一層坐墊，她立刻便知道這個小姑娘是誰。

來了徐家也有一個月，這宅子裡的人她基本都見過了，唯獨只有四姑娘徐妙錦她還沒有瞧見，眼前的這個小姑娘，想來正是徐妙錦了。

她正想著是要當作沒看見直接走過去呢，還是停下來和這徐妙錦打聲招呼時，忽然就聽得徐妙錦開了口——

「妳就是我三姊的表姊嗎？」

這話倒是問得挺好玩的。簡妍心裡想著，但還是停下腳步，微微轉身面對著徐妙錦，面上帶了笑意，點點頭說：「是，我就是寧兒的表姊。」

「我三姊的那隻招財貓荷包是妳繡的？」徐妙錦的聲音輕輕的，是那種大病初癒、渾身沒有力氣的輕。

「是啊，」簡妍點點頭，聲音柔和。「是我繡的。」

徐妙錦抬頭望著她，緊緊地抿著唇，一句話也不說，但她眼裡的希冀之色任憑是誰都能看得出來。

簡妍心想，這小姑娘實在是倔強得緊，明明也是想要一個徐妙寧那樣的荷包，可就是不開口說出來。可見著她這般倔強又軟萌的表情，簡妍忍不住，最後反倒是她自己主動開口問著徐妙錦。「妳是不是也想要一個寧兒那樣的荷包？」

「妳也要送我一個荷包嗎？」徐妙錦趕緊接話，但話裡的內容卻是表明了「這荷包並不是我自己去要的，而是簡妍主動要送我的」。

想來這孩子是臉皮薄，怕被徐妙寧知道自己豔羨她的招財貓荷包，特地找自己也來要一個，所以這才一再強調這荷包並不是她主動想要的。

簡妍忍不住就笑了。這樣彆扭的小姑娘也是可愛得緊啊！

「是啊，我想送妳一個和寧兒一樣的荷包，妳要嗎？」

「不要。」

簡妍反倒是愣了。難不成是自己猜錯了？這徐妙錦壓根兒就不是巴巴地坐在這裡，專門等著她，跟她要一只荷包的？

但很快的，徐妙錦又道：「我不要和三姊一樣圖案的荷包，我要一只她都沒有的荷包。」

看不出來這小姑娘還挺霸道的啊！簡妍掌不住地又笑，而後便吩咐白薇。「妳回去將那只繡了賤兔的荷包拿過來。」

白薇答應著去了。

徐妙錦這時開口讓簡妍坐，簡妍也沒有和她客氣，便坐在她身旁。徐妙錦一雙點漆似的雙眼只是不住地打量著她，簡妍也不動，只是面上帶著淺淺的笑意，任由她打量著。

過了一會兒，就聽徐妙錦說：「三姊說妳很好，她時常在我面前誇耀自己有一個很好的表姊。」

簡妍幾乎都可以想像得出來徐妙寧在和徐妙錦誇耀自己時，面上會是一個什麼樣得瑟欠揍的表情，想必徐妙錦當時心裡定然是憋屈得緊，於是簡妍便寬慰著她。「別聽那個丫頭胡說，我哪裡有那麼好？她不過是想故意氣妳罷了。」

「不是。」徐妙錦搖搖頭，輕聲地說著。「先前我也以為她是因著萱表姊對我比對她更親近，所以才故意說這樣的話來氣我，還拿那隻招財貓和貓兒撲蝶的荷包在我面前晃悠，說她才不稀罕萱表姊繡的那些玩意兒。可是現下我親眼見著妳了，我就信了她說的話。」言下之意就是說，她也覺得簡妍如同徐妙寧所說的那樣，是個很好的人。

簡妍微窘。被一個小姑娘這樣直接明瞭地誇獎什麼的，實在是有點不好意思啊！

她伸手摸摸自己有些發燙的面頰，想了想，又說：「妳的萱表姊也很好呢，溫婉隨和，而且還一直對妳那麼好。」

她第一次見到吳靜萱的時候，就是在凝翠軒的院門口，想來那時吳靜萱正是和徐仲宣探望徐妙錦後出來。這段日子她也聽徐宅裡的人說，吳靜萱最是喜歡徐妙錦這個表妹了，過不得幾日的都要去她那裡看她，還經常送她一些小玩意兒。

徐妙錦又緊緊地抿起了唇，一語不發。

簡妍不知道自己是說錯了哪句話，惹得這位小姑娘不高興。正想開口詢問一二時，忽然就聽徐妙錦開口了。

「她們都當我是小孩，以為我什麼都不懂，可我知道是怎麼一回事，萱表姊並不是真心對我好。」

簡妍不解，問著她這句話的意思，可是徐妙錦又不說話了，只是抿著唇坐在那裡。

簡妍也不好再問，恰巧這時白薇拿了荷包過來，她便伸手接過荷包，而後雙手拿著遞給了徐妙錦，笑道：「這只荷包送給妳。」

荷包上面繡的是一隻賤兔，短短的腿、胖胖的身軀、瞇成了一條縫的眼睛，瞧著雖是面無表情，但總覺得下一刻它就會睜開雙眼，說著賤賤的話。

徐妙錦自然是沒有見過賤兔，所以就算先前她再驕矜，裝得再像個小大人似的，可這當會兒接過荷包後，還是睜大了一雙眼，面上滿是驚奇和驚喜。

簡妍便問著她。「喜歡嗎？」

徐妙錦緊緊地將荷包攥在掌心裡，抬頭望著簡妍，片刻之後才很矜持地說了一句。「喜歡，謝謝。」

這孩子真是彆扭得緊啊！簡妍下意識地就伸手，很熟稔地摸了她的頭一下，笑道：「妳喜歡就好。」

徐妙錦這當會兒還是維持著抬頭望著她的模樣，眼中卻是有了些許不一樣的神色。

「除了我大哥，從來沒有人這樣摸過我的頭。」

簡妍覺得有點尷尬，忙縮回了手，攏在袖子裡，乾巴巴地笑了一句。「呵呵，這樣啊，那不好意思啊！」

「不用道歉，」徐妙錦卻是慢吞吞地說：「我喜歡妳這樣摸我的頭。」想了想，又和她商量著。「三姊叫妳是妍表姊，那我叫妳妍姊姊，好不好？」

這兩個小姑娘還真的是槓上了啊！簡妍只好點頭。「好啊。」

徐妙錦的面上露出了很高興的樣子來，主動伸手來拉她的手。

簡妍就在想著，難不成她的親和力原來竟是這般高了？還是這徐妙錦只是見著徐妙寧有她這樣一個表姊，心裡不服，所以也要來橫插一槓子？正亂七八糟地想著時，忽然就聽徐妙錦的丫鬟青竹在一旁小聲地說著——

「姑娘，大姑娘和表姑娘過來了。」

簡妍微微地轉身望了過去，果然見徐妙華和吳靜萱正帶著丫鬟，從那邊逶迤而來。

她們應當是來摘桃花的，跟在她們身後的丫鬟手中都是抱了一捧桃花。

「我不想見她們。」徐妙錦這時拽緊了簡妍的手，低聲地說了一句，而後轉身，竟是要走的意思。

但徐妙華和吳靜萱已是看到她們了。

徐妙華看到她們的時候，面上帶了些許諷刺的笑，只是站在那裡，並沒有上前來，也沒有開口說什麼。倒是吳靜萱叫了一聲「錦兒」，隨後便走過來，親熱地就想來拉徐妙錦的手，但徐妙錦卻是就勢往簡妍的身後一躲，一隻手更是背到了身後去。

吳靜萱見她另外一隻手還緊緊地拉著簡妍，面上的笑容便有些僵了。

簡妍在心裡嘆了一口氣，想著今天出門真是沒看黃曆啊，一不小心就碰到了這麼金枝慾孽的一幕。

「吳姊姊。」大家好歹也都是住在一個宅子裡的，日常也曾見過幾次，再叫「吳姑娘」也是有些不大適合的了，於是簡妍便斂裾，先向吳靜萱行了個禮，喚了她一聲，而後又對著徐妙華的方向也行了斂裾禮，喚了一聲「華姊姊」。徐妙華將及笄，大了她一歲多，論理也是該叫一聲姊姊。

吳靜萱也還了一個斂裾禮，親親熱熱地叫了一聲「妍妹妹」，又問著她和徐妙錦在這裡做什麼?現如今桃花開得正好，可是出來賞桃花的?

徐妙華則是一直都沒有理睬她，只是微揚著頭，一副不值得理她的模樣。

簡妍只當沒有看見，依然是面上帶著微微的笑意，聽著吳靜萱和她說著哪裡的桃花開得最好看的事。

第七章　初次相處

「……那邊水岸旁的幾株桃花開得最好了！」吳靜萱轉身，伸手指了指身後某處，笑著。「我和華表妹讓丫鬟折了許多呢，想著待會兒送了去給老太太和各位表妹們插瓶，可巧在這兒遇到妳們了。妍妹妹，妳快來挑兩枝！」一面又微微彎腰對徐妙錦笑道：「待會兒萱表姊隨妳回凝翠軒，親自挑兩枝開得好一些的桃花給妳插瓶，擺在臨窗案上，好不好？」

徐妙錦只是站在那裡，垂著眼，沒有回答，一隻手還是緊緊地拉著簡妍的手。

吳靜萱面上的笑意便有些掛不住，但她還是笑著讓簡妍挑桃花。

簡妍想了想，最後還是伸手挑了一枝桃花。

吳靜萱已經在徐妙錦這邊碰了個不硬不軟的釘子了，若是自己再開口拒絕，指不定這位表姑娘就會生自己的氣呢。

拿了一枝桃花在手，她對吳靜萱點頭示意，笑道：「謝謝吳姊姊。」

吳靜萱這時又回頭招呼著徐妙華。「華表妹，既然我們在這裡遇到了錦兒，索性便一起去錦兒的凝翠軒坐坐，如何？」

她這句話剛落，簡妍就察覺到徐妙錦握著她的手一緊。

也是，說起來徐妙錦才是凝翠軒的主人，怎麼這吳靜萱邀請人去凝翠軒，不先問問主人的意思，反倒是自己就擅自作主？可不就如徐妙錦所說的那般，把她當個小孩一般糊弄了？只不過她們姊妹之間的事簡妍並不想插手，而且聽著吳靜萱方才說的話，壓根兒沒有邀請她也一塊兒去凝翠軒的意思，所以她想著，還是告辭離開的好。

簡妍正想開口向她們告辭，徐妙錦卻忽然用力地拽了一下她的手，她便垂頭望了過去，只見徐妙錦抬頭，一雙眼睜得大大地望著她。

隨後，徐妙錦就轉過頭對吳靜萱堅定地說：「妍姊姊也一起去。」

簡妍：「……」能不能先問問我本人的意思呢，大小姐？

而那邊的徐妙華此時卻是冷笑一聲，道：「我可不想去湊這個趣。」說罷，竟帶了自己的丫鬟，轉身揚長而去。

這段日子簡妍也約莫聽了一些閒言碎語，知道當年吳氏曾想過要將管家的權力下放給自己的媳婦。論起來是該給大房的秦氏，她丈夫是嫡長子，她就是宗婦，只是那時徐大爺已過世了，她一個寡婦，管什麼家？而且從情感上來說，徐二爺是吳氏親生的，吳氏自然是親著二房一些，所以也是想讓二房的馮氏來管家，只是秦氏卻是不願，馮氏自然也是不服，最後兩個人為了這事爭搶得險些打起來，吳氏沒辦法，只好自己接著管了。

因著這事，秦氏和馮氏彼此之間很不對盤，連帶著徐妙華也對大房仇視起來。

徐妙華這麼不給她面子，轉身自行就走了，吳靜萱的面上多少有些尷尬。

徐妙錦想必也是沒打算給她面子，因她壓根兒就沒理會吳靜萱，只是仰起頭問著簡妍。

「妍姊姊，去我的凝翠軒坐一會兒好不好？」一面說，還一面輕輕地搖晃著她的胳膊，看起來兩個人實在是熟稔得很。

到了這當會兒，簡妍也只能答應了，遂點點頭。「好，正好我還沒去過妳那裡呢！」

徐妙錦很高興，拉了簡妍的手，轉身就要走，她的丫鬟青竹自然是忙跟上前，白薇隨後也跟了過去。

吳靜萱立在了原地，一時面上尷尬的神情就越發明顯了。

自始至終，徐妙錦可都沒有開口邀請她去凝翠軒坐一坐的意思。

她的丫鬟雪柳此時就問她。「姑娘，您去不去四姑娘那裡呢？」

吳靜萱想著，今日正是徐仲宣休沐的日子，雖說他也不是每個休沐的日子都會回來，可方才小丫鬟過來說，她今日看到大公子在書齋裡。徐仲宣最是看重徐妙錦這個妹妹，既然他回來了，定然會去凝翠軒看望她，若是自己去了凝翠軒，不定就能遇到他呢！

想著徐仲宣清雅的面容，吳靜萱的一顆心就如同小鹿亂撞一般，連帶著面上也有些發燙起來，於是，她立即抬腳跟上前去。

凝翠軒是一處小小的院落，沿著三級青白石如意踏跺走上去，兩扇黑漆門，門上簡簡單單的兩只圓形黃銅門環。

青竹上前一步拍了拍門，有小丫鬟過來開了門，一見自家姑娘並著這麼多人站在門口，忙屈膝行禮，而後垂手退至一旁。

徐妙錦拉著簡妍的手，當先一步就跨過了門檻，走進院子裡去。

院子也不甚大，兩旁遊廊曲折，中間花街鋪地，各色鵝卵石嵌出各種圖案花紋。路旁幾叢盈盈修竹，窗外幾株芭蕉冉冉，假山玲瓏。

徐妙錦拉著簡妍站在院中，伸手指著前面廊柱上的楹聯讓她瞧，問著她那上面的字寫得好不好？

簡妍就見紅紙上寫著兩句詩：疏影月移壁，寒聲風滿堂。

她知道這是一位唐朝詩人詠竹的詩，放在這裡倒也挺應景的。至於這寫得如何的事，她私心裡猜測著這兩行行草應當是徐仲宣所寫，便不肯評價，只是點頭說這兩句詩很應景，兩行行草寫得也很好。

吳靜萱此時就在旁說道：「這兩行行楷寫得筆道流暢，揮灑俊秀，表哥在書法上的造詣，實在是爐火純青。」

簡妍怔了一怔，心裡想著，難不成是自己看錯了，這其實是兩行行楷，並不是行草？她便又望向那幅楹聯，細細的一個字、一個字看著，但還是覺得這兩行行書草法多於楷法啊！

而簡妍這一看不要緊，眼角餘光隱隱約約地就看到明間的槅扇後面正站著一個人。

回紋格心上面糊著厚厚的一層紙，雖是不透明，看不到內裡如何，但今日日光明媚，光線絕佳，若是留意細看，還是能模模糊糊地看得出來後面站了一個人。那個人身形甚高，定然是個男子無疑，能在這凝翠軒裡自由出入的男子想來不多吧？簡妍幾乎立時就猜到了那個人是誰。她心裡暗暗地叫了一聲苦，寫這幅楹聯的正主兒正站在那裡呢，她們卻在這裡談論著他的字如何。

簡妍原本就不欲開口點評那兩行字寫得到底怎樣，這時索性便再也不開口，只是別過頭去看著旁側的那叢竹子。

正屋裡的徐仲宣這時卻走出來，站在廊下，望著臺階下的各人。

他身上穿的還是那青紗直身，這般筆直地站在廊下，彷彿就如同一竿青竹般秀逸瀟灑。

徐妙錦一見著他，立刻就問：「大哥，你什麼時候來的？」

「剛到。」他面對徐妙錦，甚為簡潔地說著，眼角餘光卻望著簡妍。

少女著了輕紅羅衫，玉色絹裙，只是側頭專注地望著旁側的那叢青竹，好似那竹葉上面有什麼特別吸引人的東西一般。

「表哥。」吳靜萱面上帶了笑，胸腔中的一顆心也是咚咚地跳了起來，柔聲細語地說著。「原來你在這裡。」心裡卻是想著，他果然是在這裡！還好剛剛她並沒有因著一時尷尬就轉身走了，不然豈不是錯過了這次會面？

這時，簡妍終於轉過頭來。

按照親疏關係而言，徐妙錦和吳靜萱都已經和徐仲宣打過招呼，這會兒也該輪到她了。

於是她便向徐仲宣屈膝行了個禮，卻也不看他，只是垂眼望著自己的腳尖，客氣而又疏離地稱呼一聲。「大公子。」

從徐仲宣這個角度望過去，只能望見她烏黑髮間簪著的淺藍絹紗堆花和一支白玉玉蘭花簪。明知道她看不到，但徐仲宣還是鬼使神差般地點點頭，算是致意，而後也稱呼了一聲。「簡姑娘。」

簡妍便不再說話，只是垂眼望著地上。

她想起第一日剛來的那會兒，和簡太太參加徐宅的家宴，飯後簡太太和吳氏、大房的太太秦氏坐在一起閒談，當時簡太太就問了一句——

「不知道大公子可配過婚事了？」

她此話一出，坐在她下首邊的簡妍頓時只覺得面上發燙，恨不能找個洞鑽進去，再也不要出來。

在這個年代，這般當著別人親眷的面問這樣的一句話，實在很難不讓人浮想聯翩，特別是簡太太自己還有一個待字閨中的女兒，徐仲宣又是那樣的身分擺在那裡。

簡妍當時就聽秦氏輕笑了一聲，隨即便見她面上帶了輕蔑的笑意說著——

「還沒有呢！不過倒是有許多人家拿了自家女兒的庚帖，遣人來說親。只是我想著，宣哥兒說起來畢竟是個朝廷的三品官，依著他這個年紀來說，這三品的官實在是不小了，往後怕不是前途無量。所以我便想著，宣哥兒的親事可得好好地挑一挑，即便不能是個公主或是公侯之女，至少也得是朝廷的高官之女，那一般小門小戶的女子，不說宣哥兒，便連我也是看不上眼的，竟是不用開口提的好！」

她這番話說完，簡太太的面上就有些訕訕的。

簡妍當時更是深深地垂下頭去，覺得自己真是什麼臉都被簡太太給丟盡了！

從這往後，不定這徐宅裡的人會怎麼看她，只以為她要怎麼攀附徐仲宣呢！是以打從那夜之後，她倒是能不與徐仲宣見面就不與他相見，省得別人在後面閒言碎語。

第八章 贈卿桃花

進了徐妙錦的屋子後，簡妍便安安靜靜地坐在桌旁，垂眼望著紅色桌圍上繡著的海棠蝴蝶圖案，致力於讓自己成為一團空氣，不會有人注意到。

而與她的低調不同。吳靜萱自從進了屋，便指使青竹去尋了一只雨過天青色的花觚過來，又指使小丫鬟杏兒去裝了半花觚水，而後自雪柳手中捧著的一捧桃花裡挑揀出兩枝開得最好的出來，親手插到了花觚中。

徐妙錦坐在簡妍身旁，百無聊賴地望著吳靜萱弄著這一切。

而徐仲宣自進入屋子後，便隨意地在旁側的書格上拿了一本書，坐在一旁的圈椅中看著，只是眼角餘光卻一直瞥著簡妍，手中的書半天不見翻一頁。

她就那般安靜地垂頭坐著，從他這個角度望過去，可以看到她露出來一截細膩白皙的脖子，而她的袖中攏著一本書，想來便是方才她在梅林裡看的那本。因她的雙手此時微微地垂著，袖子裡的書便滑了一截出來，使得他能看到那暗褐色封面上的字。

是《史記》。

閨閣之中的女子甚少有看《史記》的，徐仲宣心裡想著，這個簡妍，現下規規矩矩地坐在這裡，無論他如何看，都是一個再循規蹈矩不過的閨中女子。可方才在梅林中，他卻是眼見她那般隨意散漫地坐著，口中哼唱著他不懂的歌曲；她半蹲在梅樹下，手中捧著小貓的時候，也滿目盡是靈動之色，不如現下這般面上戴了一張面具似的，只是無可挑剔的淺淺笑容。

她實在不是一般的會裝。徐仲宣下了這個結論後，便收回目光，望著手中的書。

吳靜萱這時終於將桃花插好了，面上帶著笑意，柔聲地問徐妙錦。「錦兒，這桃花插瓶放在哪裡的好？」

徐妙錦壓根兒就沒有抬頭看她，只是把玩著自己剛剛得的那只賤兔荷包，漫不經心地回答著。「隨便。」

吳靜萱抬眼四處望了一望，見徐仲宣正坐在圈椅中看書，便雙手捧了花觚，走過去將這花觚放到他身側的八仙桌上，順勢又坐在另外一張空著的圈椅中。隔著一張桌子，半傾了身子過去望著徐仲宣手中的書，同時柔聲細語地問著。「表哥，你在看什麼書呢？」

只聽得「啪嗒」一聲輕響，是徐仲宣合起了手中的書，而後直接隔著桌子，伸手將書遞了過來。

「《莊子》。表妹要看？那便給妳看吧。」

吳靜萱嘴角的笑意僵在了那裡。她自然不是真的想看《莊子》，她只不過是想藉著書和徐仲宣搭話而已，可誰知道他卻是直接掐斷了她這個話頭。

徐妙錦在一旁聽了，掌不住的便笑了，可又不敢笑出聲來，便垂了頭，極力地忍著，但兩側肩膀還是一抖一抖的。

簡妍則是抽了抽嘴角。這個徐仲宣說話實在太刁鑽了，慶幸自己不曾主動和他搭過什麼話，不然被這般堵了一下，不說氣得心中憋悶出心肌梗塞來，只怕也是要硬生生的一口氣梗在喉間，上不來，下不去，不舒服個半天。而這也同時堅定了她往後要儘量與徐仲宣少見面，甚至是不見面的決心。

吳靜萱在徐仲宣面前，一顆心顯然是玻璃水晶的少女心，簡妍便聽見她顫聲地喚了一聲「表哥」，其聲既嬌且軟，又帶了三分委屈在內，便是她聽了，一顆心也忍不住顫了一顫，無端生了幾分憐惜之意出來。

但很顯然徐仲宣的心是鐵石做的，且不是一般的硬，因簡妍聽見他清淡的聲音說著——

「怎麼，表妹不喜歡看《莊子》？錦兒的書格上有許多書，表妹可隨意取自己喜歡的一本來看。」

簡妍只想扶額。

其實說起來徐仲宣這兩次回答都挑不出什麼錯來，只是很顯然，便是她這個外人都看得出來，吳靜萱對徐仲宣是有意的，所以總是找了各種話頭想與他交談。但很可惜徐仲宣每次的回答雖然看起來再正常不過，卻是掐滅了吳靜萱一切想與他交談的可能性。

簡妍想著，吳靜萱現下心理的陰影面積估計不是一般的大。但這一切又與她有什麼關係？她實在是不想坐在這裡看這一齣女多情、男狠心的戲碼。鑑於是徐妙錦請她來作客，且是這凝翠軒正兒八經的主人，於是她便開口向徐妙錦作辭。

徐妙錦先是不樂意的，可簡妍輕聲細語地說著快到午時了，她要回去陪母親用膳，徐妙錦便不好再強留她，只能拉著她的手，說讓她過兩日一定還要到她這裡來玩之類的話。

吳靜萱在一旁見徐妙錦對簡妍這般熟稔，再想想自己這麼些年經常過來，且不時會繡些小玩意兒送給她，可她對自己的態度卻始終是冷淡疏離的，不由得心中有幾分發酸，又有幾分妒意。

這時簡妍面向她的方向，對她笑了一笑，說：「吳姊姊，我先走了，改日再會。」

吳靜萱勉強地笑了一笑，也說著。「改日再會。」

「大公子，」簡妍這時轉向徐仲宣的方向，但頭卻是垂了下去，並不看他，面上也沒了笑意，只是客氣疏離地說：「我就先告辭了。」

竟是連「改日再會」都不屑跟他說了。徐仲宣怔了一怔，而後便見簡妍帶了自己的丫鬟，轉身就走了。

只是簡妍一隻腳才剛跨出門檻，耳中忽然就聽得一道清潤的聲音徐徐地響起——

「簡姑娘，請等一等。」

簡妍皺了皺眉，但轉身過來的時候卻是神色如常。「大公子，您叫我有什麼事嗎？」她依然還是問得客氣且疏離。

一枝桃花突兀地伸到她的面前來，灰褐色的枝幹，上面粉白的桃花數朵，一些則是打了花骨朵，將開不開的模樣。簡妍心中訝異，不由得便抬頭望了過去。

徐仲宣面上帶了溫和的笑意，說：「妳的桃花忘記拿了。」

簡妍進了屋子坐到桌旁時，便順手將手中拿著的桃花放到桌上，剛剛急著要走，倒一時沒有想起來這事。她定了定神，伸手接過這枝桃花，低聲地道了一句。「謝謝。」

徐仲宣右手還拿著那本《莊子》，用左手將這枝桃花遞過來。先時簡妍從來沒有注意看過他，這當會兒近距離地去接他手中的桃花，方才看到他左手腕上戴了一串素面無紋的伽楠手串，顏色黝黑如漆，質地堅硬如玉，靠得近了，鼻尖可聞到淡淡幽香。

簡妍忙後退一步，斂裾行了個禮，而後便轉身帶著白薇走了出去。

徐仲宣見她的身影下了臺階，不急不緩地在石子漫成的甬路上走著，淡金色的日光灑在她的身上，竟是有些耀眼。

「表哥。」這時吳靜萱已走到他身旁來，見他只是望著簡妍離去的背影，心中先前的那幾分酸意這當會兒不由得就發酵成了一罈醋，卻又明知故問地道：「你在看什麼呢？」

徐仲宣收回目光，轉身又走到椅中坐下來，而後才說：「錦兒這院子裡的竹子倒是長得越發好了。」

一聽他說到竹子，吳靜萱立時便想起簡妍先前所說的話，便接話說：「表哥題給錦兒那兩句楹聯也寫得好呢，最是應景了。」

「萱表姊，」這時徐妙錦問她。「妳說大哥的這兩句楹聯題的應景，那妳可是知曉這兩句詩是誰寫的呢？」

吳靜萱柔柔的目光望向徐仲宣，其中的情意簡直都要滿溢出來。「這般好的詩，自然是表哥寫的了。」

徐妙錦低低地嗤笑一聲，復又垂下頭去把玩著手中荷包上紅色的穗子，再也不肯作聲。

徐仲宣此時放下手中的書，問著徐妙錦。「妳是不是該吃藥了？」

兄妹心意相通，徐妙錦立刻便回應著。「是呢，這也到我該吃藥的時辰了。大夫叮囑我，說是吃完藥要好好地歇息片刻，不能吵鬧。萱表姊，多謝妳今日費心來看我，只是妳這便請吧，改日再來看我也是一樣的。」

逐客令已是下得這般明顯，吳靜萱也實在不好再坐下去，便站了起來，對徐妙錦說了幾句「要好好注意身子」、「好好休息」之類的話。只是她原本以為徐仲宣也會離開，便站在原地等了一會兒，想與他一起出門，但是半晌工夫過去了，他依然坐在椅上，沒有動彈，她便低聲問著。「表哥，你不走嗎？」

徐仲宣還沒作聲，徐妙錦已搶著回答。「我還有些體己話想對大哥說，萱表姊妳就先回去吧。」

吳靜萱沒有法子，只能對徐仲宣說告辭的話，而後帶了雪柳，轉身嫋嫋地走了。

她的背影一消失在院門前，徐妙錦就趕緊叫著丫鬟。「杏兒，快去關了院門，不管誰來都只說我歇下了，不許開門！」

杏兒忙答應著去關了院門。

徐妙錦這才轉過頭來，氣鼓鼓地說：「我不喜歡萱表姊！」

「為何？」徐仲宣又伸手拿起了《莊子》，打開書看了起來。

「萱表姊每次來我這裡，倒好像她才是這凝翠軒的主人一般，把我的丫鬟使喚得團團轉；還有，她也可笑得很，好多東西不懂，偏偏又要裝懂。像剛剛她說的那兩句詩應景的話，原是妍姊姊先前說的，她便直接拿過來說了，卻又不知道這兩句詩是誰寫的，反倒說是大哥你寫的。這也就罷了，祖母原就說女子無才便是德，不讓我們讀書識字，若不是大哥你，我和三姊指不定也是個睜眼瞎。可笑的是，萱表姊為了討你歡心，自己巴巴地跑去認了字，又跑去學書法，不懂也就罷了，還非要在那裡賣弄，倒說你寫的那楹聯是行楷，那明明是行草好不好？」

徐妙錦一氣不停歇地說了這麼一番話，倒惹得徐仲宣笑了起來。

他抬眼望著她，見她一張小臉上滿是氣鼓鼓的模樣，便笑道：「我倒是不知道妳竟是這般牙尖嘴利。只是妳若不喜歡她在妳這裡指使妳的丫鬟，下次就直說好了，當面生暗氣，背地裡卻來埋怨，又有什麼用？」

徐妙錦氣得頓腳個不住。

「你道我不想？我想得很！可若是叫祖母知道我這般頂撞了她，不定就要怎麼訓斥我呢！」

徐仲宣合起了書，走至她身旁，揀了個繡墩坐下來，淡淡地說著。「妳放心，有我在，妳永遠都無須懼怕任何人，祖母如此，母親也如此。妳也不必壓抑著性子，做出一副循規蹈矩的模樣出來，老老實實地露出妳原本的樣子就好。就如寧兒一般，活得肆意鮮活一些，我這個做大哥的，自然會永遠在妳身後替妳保駕護航。」

他這番話一說完，不曉得為什麼，忽然就想到了簡妍。她之所以在人前裝著一副循規蹈矩的模樣，是不是也是內裡忌憚著什麼人，所以才不得不如此呢？

徐妙錦大受感動，低聲說了一句。「大哥，你對我可真好。」

「我只有妳這麼一個親妹妹，不對妳好，對誰好？」徐仲宣微微笑著。突然看到她手中拿著的荷包，圖案瞧著是隻兔子，卻又有些不像，胖乎乎的，甚是惹人憐愛，不由得就問道：「妳這荷包是哪裡來的？」

徐妙錦一聽，忙獻寶似的將荷包舉到他的面前來，說：「這個荷包上的圖案好玩吧？是我特地找妍姊姊要來的。先前三姊得了妍姊姊繡的荷包，在我面前炫耀個不住，我氣不過，打聽今日妍姊姊出來，便帶青竹去堵了她的路，開口找她要這只荷包過來。三姊的那只荷包上繡的是隻貓，卻又與一般的貓不一樣，叫做什麼招財貓；我這隻則是兔子，據妍姊姊所說，這叫做賤兔。我一見就喜歡上了，倒恨不能去哪裡尋了一隻這樣的兔子來養著才好呢！」

賤兔？徐仲宣心裡想著，這倒是第一次聽說還有這樣的兔子。看著這兔子雖面上呆蠢，但總覺得下一刻它就會睜開眼，不曉得會做出什麼樣的表情、說出什麼樣的話來，倒確實是挺符合它賤兔這個名字。

第九章　一箭四鵰

簡妍出了凝翠軒的院門後，就拿著手裡的桃花，想著到底該怎麼處置？隨手丟到路旁，或是扔進水裡？可瞧著手裡這枝開得很嬌豔的桃花，她就覺得這樣做有點太粗暴了。

最後她找了一塊水邊較濕潤的地兒，半蹲下身，伸手扒了個坑，將這枝桃花栽裡面。

在池塘裡將雙手洗乾淨後，她從袖子裡掏了塊淡綠色、一角繡了叢蘭花的手絹出來擦擦手，而後站了起來，往荷香院的方向走著。

白薇有些不解，便問：「姑娘，妳做什麼不將這枝桃花帶回去插瓶？」

簡妍心裡想著，因為這枝桃花經了徐仲宣的手啊，她可不想與他扯上半點關係。只是，她不好直接將這話告訴白薇，便隨意找了個藉口。「咱們畢竟是客居在徐家，若是待會兒在路上碰到徐家的人，看我手裡拿著這枝桃花，只會以為是我折的。桃花東西雖小，可事大，不定讓人家以為咱們在這兒怎麼將自己當主人了呢？索性還是尋了個地栽起來的好。說不定它就生了根、發了芽，長成一株桃樹了。」

白薇點點頭，覺得簡妍的這番話倒也說得在理。

兩個人一徑回了荷香院，才剛在抄手遊廊上走著，就見得四月正趴在屏門上，探頭探腦地朝外望著。

一見簡妍和白薇，四月連忙迎上前，面上帶了著急的神情，低聲地說：「姑娘，太太打發珍珠過來了兩趟，說是讓您過去呢！」

白薇心中一沈，不由就緊張起來，問道：「妳可知太太這麼急著找姑娘是為了什麼事？」

四月搖頭。「我不知道。我也套過珍珠的話，可她也是不知道的。」

簡妍見她們兩個如臨大敵的模樣，笑著安撫道：「能有什麼大事？大抵也就是叫我過去說說話罷了，看把妳們兩個緊張成什麼樣。」一面又叫她們二人先隨她回屋裡。

四月急道：「姑娘，太太可是讓珍珠過來催了兩遍的，您這不趕緊過去，反倒還要回屋子做什麼？」

「母親不喜我穿得素淨，我還是先回屋換身衣裙，而後再去見她吧。左右若真有什麼事，也不急在這一時。」

白薇和四月一聽，也只好先隨她回了屋子。

簡妍換衣裙的時候，一摸袖子裡，卻沒找到今天帶出去的手絹。她想了想，應當是剛剛在池塘邊掏了手絹出來擦手，塞回袖子裡時沒塞嚴實，掉在那裡了。於是她吩咐四月去那裡找一找，她自己則是帶了白薇去簡太太那裡。

簡太太現下正歪在明間的羅漢床上和沈嬤嬤說著話，聽得外面的小丫鬟說姑娘來了，簡太太忙坐直身子。

那邊小丫鬟已經伸手打起了簾子，簡妍和白薇一前一後地走進來。

「母親。」簡妍緩步上前，在離簡太太三步遠的地方站定，對著她屈膝行禮，輕聲細語地叫了一聲。

白薇則是站在簡妍身後一步遠，也對簡太太矮身行了禮。

「方才妳去了哪裡？」簡太太沉著一張臉，滿是不悅地問著。「珍珠去了妳那裡兩次，妳都不在。」

簡妍面上淺淺的笑意不變，恭聲回答著。「方才女兒聽得丫鬟說外面的桃花開得正好，便帶了白薇去池塘邊看了一會兒桃花，不想在那兒遇到了大姑娘、四姑娘和表姑娘她們，大家便在一塊兒說了一番閒話。女兒並不知曉母親遣了丫鬟來找我，不然早就回來見母親了。」

「四姑娘？」簡太太怔了一怔，回憶了一下徐家各房裡的關係，問道：「是大公子那位唯一的親妹妹？」

簡妍心裡想著，簡太太的記憶點實在是夠奇妙的啊！但面上還是恭敬地作答。「是。」

簡太太沒說話，只是抬眼望著簡妍，見她身上穿著藕荷色繡鳶尾花的羅衫、緋色撒花百褶裙，頭上鳳釵半卸，碧玉簪子玲瓏，淡粉色絹花嬌嫩，不由得就點點頭。簡妍身上穿戴的衣裙、首飾，正是前幾日她和沈嬤嬤特意去京城給她挑選的。

簡太太開口讓簡妍坐，旁側有小丫鬟用雕漆填金小茶盤端了一盅茶過來，放在她手側的花梨木几案上。

簡妍坐在右手邊第一張玫瑰椅上，不喝茶，卻是問著。「母親前幾日去京城，可有去看過哥哥？不知道哥哥現下如何了？」

簡太太一家子到了徐家後，她立刻就拿了銀錢出來給簡清捐了個監生，打發他去國子監上學了。只是這國子監卻是在京城裡，通州雖是離京城不遠，可騎馬也得小半個時辰，早晚上學甚是不方便，因此也只能學了徐仲宣那樣，在京城裡買了套小院落給簡清住著，又遣了書僮、小廝在那兒伺候，等到有空的時候再來通州徐家這邊看看簡太太和簡妍。前幾日簡太太和沈嬤嬤去京城給簡妍買首飾、衣裙時，自然也順帶去看望了簡清一番，所以簡妍才有此一問。

簡太太道：「瞧著倒是清瘦了些。我也問了，說是這邊的課業比在咱們家那邊的學堂重。」

簡妍便寬慰了她一番，無非也就是說些「學業重了也是好事，這樣哥哥就會更加上進些，等今年秋闈中了舉，也就不枉現下這一番辛苦」之類的話。

她這些話只說得簡太太連連點頭，一時面上的神情都好了些。單就面上看去，倒真的恍似只是一對母女在閒話家常而已。

簡妍自然知道簡太太特地叫了她來，絕不會是培養母女之間的感情，定然是有其他什麼事要說。果然，當她將那一茶盅碧螺春都喝得差不多的時候，簡太太才慢慢地開口，將話題往今日想說的話上引。

「到了徐家也有些日子了，妳與徐家的這些哥兒、姊兒相處得如何？」

簡妍心裡想著，簡太太今日真是難得對她好顏色啊！這固然是有剛剛自己藉著簡清的由頭，說了一些簡太太喜歡聽的話的原因，可內裡定然也是有其他的事。現下又說到了徐家的哥兒、姊兒，只怕徐家的姊兒簡太太是不上心的，上心的就只有徐家的哥兒了，而且還只有那一位，不然剛剛也不會單單就問著徐妙錦是不是徐仲宣唯一的親妹妹那句話了。

簡妍的心裡一沈，面上卻是絲毫都沒有顯出來，只是恭順地說著。「徐家的幾位姑娘，女兒都是見過的，日常相處得倒也不錯；至於這徐家的幾位公子，他們都是住在外院，女兒卻是住在內院，日常倒是見面見得少。」

見面見得少那可不成！簡太太就想著，簡妍便是生得再嬌美，若是和這徐仲宣接觸得少了，只怕也是不行。只是，也不好讓簡妍直接天天往前院跑，這徐家上下誰是傻子，到時被人瞧出她的意圖來，特別是秦氏，只怕屆時她們想在這徐家客居都不成了。而且男人麼，說白了，喜歡的不就是個欲拒還迎的調調？若是上趕著太明顯了，只怕是會招致厭煩。

簡太太想了想，便說：「既是這樣也罷。我倒是覺得徐家這位四姑娘人不錯，住的地方離妳住的地方也近，妳平日沒事的時候倒是可以去四姑娘住的地方走一走。」

既是打了徐仲宣的主意，簡太太自然已將所有能打探到的消息都打探到了。

她知道徐仲宣只有徐妙錦這一個親妹妹，且對這親妹妹極好，但凡每次休沐回來都會去徐妙錦那裡看一看、坐一坐，只要簡妍和徐妙錦搞好關係，沒事去她那裡轉轉，還怕遇不到徐仲宣？

簡太太心裡的算盤打得很好，可聽在簡妍的耳裡，卻覺得簡太太真心把她當傻子了啊！但她面上不好顯些什麼出來，只是恭敬地回答著「是」。

簡太太又交代了她一些話，無非是讓她往後不可打扮得太素淨，正當妙齡的女孩家，且父親的一年孝期也快要滿了，又是住在別人家裡，打扮得太素淨了，人家怎麼看呢？所以還是打扮得嬌豔些的好。

簡妍只當聽不懂，依然還是恭順地回答著「是」。

簡太太繼續叮囑了她一些事，便揮手讓她回去。等簡妍走出屋子後，簡太太直直坐著的身子便往旁邊一歪，胳膊搭在了秋香色金錢蟒的引枕上，眉頭也有些皺了起來。

珍珠用小茶盤端了一盅茶過來，一直站立在一側的沈嬤嬤雙手接了過來，輕輕地放在炕桌上。

「沈嬤嬤，」簡太太忽然嘆息了一聲，問道：「妳說這可該怎麼辦呢？」

沈嬤嬤半傾著身子回問：「太太可是有什麼為難的事？」

沈嬤嬤是簡太太的心腹，簡妍的事，簡太太自然已是悉數都對她說了，於是簡太太便直接說出自己心中的煩惱。「這徐大公子平日在家的日子原就少，這妍姊兒說到底又是個女孩兒，臉皮薄，妳瞧著剛剛說到徐家那幾位哥兒時，她的頭恨不能垂到地上去。只怕除了月前一起吃飯的時候她和大公子見過，這些日子他們都是不曾見過面的。可這兩個人不見面怎麼成？饒是妍姊兒長得再得人意又能怎麼樣呢？那也得大公子知道才是啊！所以得想個什麼法子，讓他們兩個人多見見面才成。只是一樣——不能讓人覺得我是刻意這樣做的。旁的不說，就大房那位秦氏，妳還記得月前她說過的那番話嗎？當著那麼多人的面，可不是明擺著給我沒臉？若是教她知道我的這番心思，怕不是真的會嚷嚷起來，到時這徐家我們都待不下去了。」

「太太，」沈嬤嬤想了想，說：「奴婢記著離通州不遠處有個桃園，是京城沈家的產業，太太您做姑娘的時候咱們都來遊玩過的。」

簡太太慢慢地想了一會兒，然後說著。「倒確實是有這麼一處地方，裡面千萬株的桃花，盛開之時，燦若雲霞，極是壯觀，我做姑娘的那會兒也是去過的……」說到這裡，她雙眼忽然一亮，身子也立即坐直了。

沈嬤嬤一見她這樣，就知道她是明白自己的意思了，便接著道：「現下可不正是桃花盛開的時候？奴婢就想著，倒不如您給老太太下個帖子，只說是來了徐宅也有一個月了，多有打擾，太太您感激老太太他們的情，便趁這春暖花開的機會，請了老太太一家子去桃園遊玩一番。屆時老太太心裡高興，徐家上下也只會說您慷慨，太太您面上有光，又能不著痕跡地讓妍姊兒和大公子見面，一箭四鵰的事，為什麼不做呢？」

「對！」簡太太點點頭，笑容滿面。「沈嬤嬤，既如此，妳便遣個人去那個桃園裡說一聲，訂個寬敞些、風景好的地方，花再多的銀子也是無妨的；至於日子，就訂在下次大公子休沐的那日好了。我這便去給老太太還有其他幾位太太下帖子，邀請眾人五日後去賞桃花！」

第十章　定情手絹

簡妍出了簡太太的東廂房後，在抄手遊廊上慢慢地往回走，心裡在想著事。

既然簡太太剛剛已是含含糊糊和她提了要和徐仲宣多見面的事，依著簡太太那性子，只怕很快就會人為地創造一些機會出來，讓她和徐仲宣多多接觸。

秦氏那晚說的話，簡妍現下還一個字一個字記得很清楚，她實在不想沒臉沒皮地往徐仲宣的身旁湊，惹得背後無數人笑話她。其實這倒不是她最看重的，她並不怕別人笑話，也不在乎別人怎麼看，名聲兩字於她而言，不過就是個名詞罷了，她壓根兒就不放在心上。

關鍵是，徐仲宣這個人擱到哪裡都是個青年才俊，以他的身分、地位，往後他的妻子定然會是個高門之女，只怕妾室也會有很多，她巴巴地湊上去做什麼呢？以她現下的身分、地位，做妻肯定是不夠格的；做妾……呵呵，簡妍輕笑了一聲。她是不會給任何人做妾的，所以她根本就沒想過要嫁人。

那種侷限於一個宅院之內，日日和一群女人金枝慾孽，關注自己的丈夫今日進了哪個女人的屋，明日算計著怎麼才能讓自己更受寵一些的事，她是不屑做的。她的人生，就算不能夠征服星辰大海，可好歹也要自由自在。

她這樣一路想著，回了東跨院後，就歪著身子，背靠在身後的鎖子錦靠背上，別過頭望向窗外。

窗外種著芭蕉，扶疏似樹，葉面低垂。稍遠一些的牆角則是種了一株紫薇樹，現下紫薇的花季還沒有到，只有綠葉成蔭。

坐在這南窗木榻上可以看到屏門那裡，於是簡妍就見四月正從那兒匆匆地走進來，面上表情焦灼不安。

「姑娘！」四月伸手打起了碧紗櫥上的落地湘妃竹簾，直走了進來，叫了她一聲。

簡妍望了她一眼，問她。「怎麼了？為何妳面上這般焦灼？」

四月不安地絞了絞手裡拿著的白紗手絹，說：「先前姑娘遣了我去岸邊尋您丟的那塊淡綠色、一角繡著叢蘭花的手絹，可我剛剛在岸邊都找了個遍，便是連草叢裡都翻開來找了，也沒找到姑娘說的那塊手絹，這可如何是好？」

「沒找到就沒找到吧，左右也不是什麼值錢的東西，何必這麼焦灼不安？若是教其他人看到了，心裡怎麼想？往後便是心裡再有事，面上也不可表現出什麼來。若有心人看到了，說不定便要說些什麼出來。」

四月答應了一聲，可想了想，到底還是說了一句。「只是姑娘，那可是您貼身用的手絹啊！」

「我貼身用的手絹怎麼了？」簡妍奇道。「我的手絹沒有個二十條也有個十八條，丟一條怎麼了？那原也不是我最愛的手絹。」

來。

四月到底年紀還小，只知道這貼身用的手絹極重要，丟失不得，可也說不出個什麼原由

最後還是白薇在一旁解釋道：「姑娘，這手絹不比其他物件。您沒見那戲上唱的，才子佳人定情的物件無非也就是些香包、簪環、玉珮，以及手絹這些貼身之類的東西。您丟的這手絹，雖然物件是小，可若是教那等輕薄之人拾到了，拿來七個八個的混說些什麼，到時卻是說不清的，豈不是會毀了您的名聲？」

簡妍這才明白過來還有這麼一回事。她雖在古代待了個十三、四年，但有些思維總歸還是現代的。不過是一條手絹罷了，上輩子她手機都丟了好幾支，若是按這等說法，她豈不是早就什麼名聲都沒有了？

四月此時還在那兒急道：「這可怎麼辦呢？我可是岸邊那裡都找過了，真是找不到姑娘的手絹。不然白薇姊姊，我們現下一塊兒去找？」

白薇還沒開口說什麼，簡妍已道：「算了，巴巴地又去尋這個做什麼？便是真被人給撿到了，左右那手絹上也沒繡我的名字，人家撿到了又能怎麼樣，還能認定是我的不成？便是認定了，我只推不是我的，他也不能說什麼。倒是妳們這當會兒著急著忙地在那兒找，有心人一看就知道是我的手絹了，所以索性就不用找，只當沒有這一回事。」

四月和白薇一聽，也只好如此。

簡妍的這條手絹，現下正在徐仲宣的手中。

他在凝翠軒裡和徐妙錦說了一會兒話後，便也起身打算回自己的書齋。站在凝翠軒的院門那裡，眼望著岸邊的桃花開得確然是好，便信步沿著岸邊一面走，一面賞著那紅桃綠柳。

這般走了一會兒之後，他就瞧見一株桃樹下栽種的那枝桃花。

他當即就認出了這枝桃花來，正是簡妍離開凝翠軒時他親手遞給她的那枝。因那時他從桌上拿起這枝桃花的時候，不小心將這枝桃花上的一朵給碰掉了，那處便光禿著。

徐仲宣垂眼瞧著這枝桃花，眸光微轉，唇角竟彎起了一道弧度。

這簡妍到底是有多討厭他，竟連他經手過的一枝桃花都不想要？只是她卻也有趣，並沒有隨手將這枝桃花丟棄到路旁或是扔進水裡，反倒是找了塊濕潤的地方栽種起來。怎麼，難不成她還指望這被折下來的桃枝能發芽不成？

徐仲宣垂眼瞧著這枝桃花，有風吹過，旁側柔軟的柳枝輕輕地在水中蕩出一圈一圈的漣漪，而桃枝上粉粉白白的花瓣卻被吹落了兩片。

只怕不用到明早，這滿枝桃花都會被風給吹得一片都不剩吧？到時豈不是只有光禿禿的一根桃枝？鬼使神差般的，他竟然半蹲下了身子，伸手將這枝桃花拔起來。

桃枝底部有泥土，他便拿了桃枝，在岸邊尋了個較低矮的地方，仔細地洗著底部的泥土。待將桃枝底部的泥土洗乾淨，正要直起身來，眼角餘光卻忽然瞥到旁側的草地上有個什麼東西。他轉過頭來，凝目望了過去，是一方手絹。

因手絹是淺綠色的，落在這草地上並不顯眼，很容易就被忽視過去。

手絹的一角還繡了一叢蘭花。初初一望，這蘭花不像是繡上去的，反倒像是畫上去的，精美逼真。徐仲宣剛剛才在徐妙錦那裡看過簡妍繡的那只賤兔荷包，是以立時便能看得出來這叢蘭花正是簡妍所繡，所以理所當然的，這手絹應當是簡妍的。

他伸手拾起了這條手絹，手絹上有的地方還有被水洇濕的痕跡，想來剛剛應當是簡妍拿出來擦手，然後塞回袖中的時候，一不留神沒塞好，就落到了這草地上。

徐仲宣想了想，最後他將這條手絹塞到自己的袖子裡，手中則是拿了這枝桃花回到了自己的書齋，尋了只定窯白釉玉壺春瓶，灌了水，將桃花插進去，又仔細端詳了一番，才放到書案上。做完這件事後，他又問著垂手站在旁側的齊桑。「我讓你查的事如何了？」

齊桑抬了頭，恭敬地回稟著。「回公子，屬下去廚房和荷香院都找人打探過了，荷香院那邊的丫鬟說，簡太太說簡姑娘脾胃不好，吃不得葷腥，一頓也不能吃太多，故而簡姑娘每頓飯食都是她提前告知廚房，讓廚房裡的人照樣燒了來的。據那些丫鬟說，這些飯食，菜方面多是素菜，主食則是早晚各一碗白粥，午飯也不過半碗白米飯而已，由著簡太太身旁的大丫鬟去廚房拿了這些飯食交由簡姑娘，而後她在自己的屋子裡吃。

「廚房那邊是說，簡姑娘身旁的大丫鬟白薇暗地裡塞了不少銀子給掌管小廚房的夏嬤嬤，廚房裡其他的丫鬟、僕婦也都是塞了銀子的，這樣白薇每次過去的時候，夏嬤嬤都會偷偷地給她一些糕點或吃食。至於這些糕點、吃食到底是白薇自己吃，還是簡姑娘吃了，恕屬下無能，並沒有查探到。」說罷，便單腿跪了下去，向徐仲宣請罪。只不過他心裡卻納悶著，這上午好好的，公子為何非要他去查查簡姑娘日常吃些什麼？公子什麼時候對這簡姑娘這麼用心了？連人家每天吃什麼都要去查。

徐仲宣則恍然，難怪那當會兒，簡妍掏出棗泥糕給小毛團吃時，會說那麼一句「餵給了你吃，我今晚就要挨餓了」的話。只是，簡太太為什麼要給簡妍吃這麼少？難不成真的是她脾胃不好，不能吃多的緣故？可她身旁的大丫鬟又哪來那麼多賄賂夏嬤嬤她們的銀錢？很顯然這應當是簡妍的錢，那麼，那些糕點最後肯定也是到了簡妍的手中。

他心中自顧自地想著這些事，想到後來，想起簡妍輕盈的體態，恍似一陣風起就會隨風飄走一般，一雙長眉不自覺就皺了起來。一見齊桑還跪在地上，他便道：「起來吧。」

齊桑應了一聲，自地上站了起來，垂手恭敬地站在一旁，偷眼望著書案上的那枝桃花，心裡疑惑。這枝桃花又是個什麼鬼？公子他可從來不會養這些花啊草的，便是房間裡的盆景要麼是天目松，要麼是塊英石，頂多寒冬臘月一盆宣石點綴著的水仙，瞧著就素淨幽雅得很。所以，這麼一枝妍麗嬌媚的折枝桃花到底是個什麼鬼啊？

第十一章　四目相對

簡太太約徐宅裡的人去桃園遊玩的日子定在了三月初三。至那日一早起，簡妍就在簡太太的注視下，慢吞吞地穿著她給自己挑揀的衣裙。

今日這桃花宴，簡太太可是想著一定要讓簡妍出眾，好讓她能入徐仲宣的眼，所以這穿戴方面自然是大意不得，昨晚就已和沈嬤嬤商議著簡妍今日該穿什麼衣裙、梳什麼髮髻、戴什麼首飾的事了。因畢竟是在父親的孝期中，也不能穿得太鮮豔，不然會被有心人說不懂禮儀；再者若是太濃妝豔抹了，只怕徐仲宣也是不喜的。所以商議來商議去，最後便挑中了一件領口粉紫鑲邊，淡紫折枝梅花紋樣緞面的圓領對襟上衣、米黃百褶裙；梳了個桃心髻。髮髻正中簪了一枚點翠蝴蝶，右側鬢邊一支點翠小鳳釵，長長的珍珠流蘇垂了下來，走動間珠玉晃動，極是旖旎，最後左右鬢邊各戴一朵銅錢大小的鵝黃色絹花也就夠了，瞧著極是雅致清新。

簡太太身旁的丫鬟翡翠最是手巧，所以綰髮髻這種事就由她來做。

最後簡太太仔細地端詳了下，又吩咐著。「翡翠，給姑娘的兩頰上一層薄薄的胭脂吧，唇上也塗些唇脂，不要太濃。」

翡翠答應了一聲，伸手取了梳妝妝檯上的胭脂盒，對簡妍說：「請姑娘閉上雙眼。」

簡妍依言閉上雙眼，隨後便覺兩頰涼涼的一片。

那是翡翠在給她抹胭脂，但她只覺得恥辱，藏在袖中的雙手緊握成拳，胸腔中的一顆心也氣得發顫，可是她卻沒有法子反抗。她這樣和一件打扮好的商品有什麼區別？任由簡太太將她拿出去待價而沽、以色媚人。

「請姑娘睜眼。」翡翠已給她抹好了胭脂和唇脂，輕聲地說著。

簡妍依言睜開雙眼。明明她面前就擺著一面光可鑑人的菱形寶相花紋銅鏡，她卻是一眼都沒有去瞧自己現下到底是個什麼樣子。

為什麼要去瞧呢？她只不過是一件沒有任何尊嚴的商品罷了。

顯然簡太太很滿意簡妍現下的模樣，只見她點點頭，語氣也較平日裡溫和不少，正囑咐著她。「今日徐家的哥兒、姊兒也都會一起去，待會兒妳記得要伶俐些，多笑笑。」

她並沒有明說些什麼，但簡妍何嘗不知道她心中所想？說起來，簡太太所做的一切都是為了能讓自己搭上徐仲宣這條大船罷了。

簡太太這邊打扮得當，便帶著簡妍出了東跨院。

紀氏和陶嬤嬤正在上房裡等著她們。

一見她們過來，紀氏先是抬眼打量了簡妍一番，而後便對簡太太笑道：「妍姊兒今日這身打扮真真是好看，雨潤桃花，煙籠芍藥一般，瞧著極是清新秀麗，讓人見了就移不開眼去。」

簡妍只垂著頭，一語不發。自然，在別人眼中看來，只道她是害羞，但其實她卻是緊緊地抿著唇，拚命壓制自己的憤怒。

簡太太心裡是極得意的，面上笑容瞧著也是舒暢得很，但口中卻道：「她小孩子家家的，這麼誇她做什麼？誇多了反倒驕傲起來了。」

於是紀氏便笑了笑，不再說話，會齊了人便一塊兒往徐宅的大門口走。

徐宅大門口，一溜的轎子和馬車現下正停在那裡候著。

徐家自然是有自己的轎子和馬車，但也不多，像今天這樣全家出行的場面是極少的，一時轎子和馬車哪裡夠？簡太太本是存心想擺闊，所以早先就讓人雇了好幾抬轎子和馬車來，且都是極華麗的。

於是，老太太、簡太太以及各房的太太，每人都是一頂四人轎子。剩下的姊妹幾個，簡妍和徐妙寧、徐妙錦坐一輛馬車；徐妙華、徐妙嵐和吳靜萱三人坐一輛；其他有頭臉的嬤嬤、大丫鬟也是坐了馬車的；至於徐家的幾位哥兒則都騎馬在旁邊相隨。一時間，但見徐宅門口人馬紛紛，極是熱鬧。

簡妍卻不理會這些，只是安安靜靜地坐在馬車裡。

這馬車是徐家的馬車，極精緻素淨，四面是繡著梅花圖案的垂遮帷簾，四周邊又垂著綴絲穗，棚後和兩側還開有櫺格窗，上面覆著淡藍色繡折枝梅花的輕紗簾子。

簡妍現下坐在右手邊靠車窗的位子，徐妙寧和徐妙錦依次坐在中間和左手邊靠車窗的位子。簡妍是安安靜靜地坐著，徐妙寧和徐妙錦卻親親熱熱地說著話。

簡妍也同她們說了一會兒，後來覺得有些氣悶，又見車窗上掛著的淡藍色簾子被風吹得飄飄蕩蕩的，隱約可見外面街旁商鋪林立，人群往來。

她自穿越過來後，除卻在隆州時，幾次跟著簡太太去廟庵中燒香拜佛出過門之外，便是上次來通州路上的那一個月了，其他時間她基本都是大門不出，二門不邁，真真是憋死個人。這猛然見著外面的街景，她心中按捺不住，便伸了手，悄悄地撩起一角簾子，透過雲紋窗櫺車窗往外望著。

來來往往的人群，各式各樣的店鋪，淡青色的酒簾自樓上挑了出來，隨風左右搖擺。

這般看了一會兒後，她眼角餘光忽然覺得有些不對勁，便微微地側頭望過去，但見馬車後面不遠處有一匹高頭青馬，上面端坐著一個人。

靛青色的直身，領口、袖口和下襬皆是白底深藍竹葉梅花暗紋啞光緞鑲邊，腰間靛青鑲白邊布帶，外罩玄色半臂，瞧著既簡約內斂，但又隱隱有淡雅清貴之意在內。

竟然是徐仲宣！

他也正抬頭望向她這邊，兩個人的目光就這麼直直地對上了。

簡妍的目光中滿是訝異和震驚，至於徐仲宣則深邃如陰天之中的湖泊，她壓根兒就看不透。她立即收回目光，放下手中的簾子，阻隔開了徐仲宣的目光。

夭壽了！她握緊手裡的粉紅輕紗手絹。這徐仲宣不是應該在徐妙錦那邊嗎？怎麼跑到這邊來了？

簡妍現下正安靜乖巧地坐在椅中，聽著屋內的眾人說話。

簡太太早先幾日就遣了人過來，很是大手筆地包下玉照樓的整個二層樓，設宴招待徐家各人。現下還沒有到飯點，不過是上了茶水和果盒，大家坐在一處閒聊罷了。

茶是雨前龍井，茶盅是汝窯粉青蓮花紋，剔紅林檎雙鸝圖葵花式樣的九格果盒裡是各種時令水果，並著各種精緻糕點。

旁的也還罷了，倒是這茶盅，非但是出自汝窯，而且釉色竟然還是粉青，這桃園的主人確然是豪闊。可簡太太倒也是真捨得，今日這樣一頓桃花宴下來，不知要花費多少銀子？

簡妍默默地想著，隨即又自嘲一笑。她要操心這些做什麼？還是先操心自己吧！為了讓她今日體態看起來更加輕盈一些，早飯簡太太可都沒讓她吃呢！

眼前就有這麼多的糕點，而且簡太太一直都在和吳氏等人說話，此時不吃，更待何時？於是簡妍便微微地垂下頭，伸手自攢盒中拿了一塊雙色豆糕吃了，隨後又拿了鴛鴦卷，乾果蜜餞和時令水果她是一點都沒有碰。那些都是不頂餓的，現下她的當務之急還是填飽肚子。

此時一屋子的人或是彼此閒聊，或是說著笑話。白薇知道簡妍早上並沒有吃東西，現下見著簡妍在吃糕點，所以她站在簡妍旁邊的時候，身子就微微地側了一些，以此來遮擋別人的視線。

只是，徐仲宣還是將這一幕悉數收入了眼底。

他見簡妍微垂著頭，吃完一塊糕點後又拿了一塊。明明她吃得也不算快，可轉瞬之間已是四、五塊糕點下了肚。這哪裡像是脾胃不好的人？倒像是餓了好幾頓。到底簡太太為什麼要讓她少吃？

這時簡妍已是吃得差不多，正端了茶盅，低垂著頭，慢慢地喝著茶。

徐仲宣就見她揭開盅蓋，用盅蓋慢慢地撇著水面上的茶葉沫子。她鬢邊戴著的那支點翠小鳳釵上的流蘇珠串隨著她的動作輕輕擺動著，側顏精緻完美。衣袖忽然被人拉了拉，他偏頭一望，見是坐在他旁側的徐妙錦。

原來徐妙錦在這裡坐得有些膩了，想去外面走一走，就邀他一起。

徐仲宣的目光不著痕跡地瞥了還在喝茶的簡妍一眼，便對徐妙錦說：「妳和寧兒最要好，出去逛逛不邀她一起嗎？」頓了頓，又加了一句。「寧兒好似很喜歡她的那位表姊，罷了，妳便也邀了她一起吧。」

徐妙錦壓根兒就沒有察覺到什麼，依言喚了青竹上前來，讓她去對徐妙寧和簡妍說一聲想邀她們出去逛逛的意思。

至於徐仲宣這裡，則是直接起身對吳氏說了想帶徐妙錦出去逛逛的話，又對簡太太點頭寒暄了兩句，畢竟今日她才是東道主。

簡太太忙問道：「大公子只和令妹兩個人出去逛嗎？」實則是擔心徐仲宣這麼出去了，

沒有和簡妍相處的時機，那她今日這一大筆銀子豈不是白花了？

徐仲宣沒有回答，徐妙錦就在一旁替他說了。「還有我三姊和妍姊姊。」

簡太太一聽，心中的擔憂頓時煙消雲散，面上轉而笑容舒暢。她偏過頭，對吳氏笑道：「老太太，想必是他們年輕人聽我們說話覺得悶了。也是，現下外面這樣好的日頭，又開了這樣好的桃花，將他們都拘在屋子裡反倒是不好。也罷，既然如此，妍兒，妳便和四姑娘他們出去逛逛也好。」

簡妍下意識就想要拒絕，但想了想，還是站起來，乖巧地應了一聲「是」。

她是絕對不想和徐仲宣一塊兒出去的，但若是現下當著簡太太的面直接拒絕，回去少不得會挨一頓罵，索性不如先答應，等會兒去了外面再找個藉口開溜也就是。

吳氏這時望了面色平靜的徐仲宣一眼，又看了一眼坐在一側的吳靜萱，就見她正抬了頭，目光熱絡且急切地望著徐仲宣，一隻手緊緊地握著手裡的手絹，一隻手則搭在玫瑰椅的扶手上，瞧那架勢，分明就是想起身和徐仲宣他們一塊兒出去。

吳氏在心中暗暗地嘆了一口氣。這個萱兒，還是有些沈不住氣，說不得只能幫她一把了，便也偏頭對簡太太笑道：「是啊，我們都是上了年紀的人，他們這些小年輕哪裡耐煩坐在這裡聽我們說話呢？索性都讓他們出去逛逛吧。萱兒，妳不是一向最和錦姊兒要好，妳便和她一起出去逛逛吧！」

簡太太和吳氏都是絕口不提徐仲宣的，倒都只拿徐妙錦做幌子。

吳靜萱巴不得這一聲，當即就答應了，隨後便起身，面上嬌羞地喚了一聲「表哥」。

徐仲宣面上看不出什麼表情來，只是淡淡地「嗯」了一聲，就算是答應了。

簡妍此時想著，人多好啊，人多了，待會兒出去的時候才方便她開溜！所以，不如將這支要出去逛的隊伍再壯大一些吧。思及此，她轉過頭，對著坐在那兒的徐妙華和徐妙嵐笑道：「華姊姊和嵐姊姊也一起出去逛逛嗎？」

徐仲宣眸光微轉，瞥向面帶笑意的簡妍，對她的意圖瞭然於心。

她這是不想和他相處的意思。

坐在那裡的徐妙華，心中原本是有些惱怒的。徐妙寧和徐妙錦約好了要一塊兒出去玩，卻不叫她一起；祖母平日裡也是最疼她的，可這當會兒卻也只叫了萱表姊和她們一起出去逛逛，渾然就忘了她這個親孫女！還有，萱表姊也實在是可惡，明明平日裡她們兩個玩得最好，也不知道叫她一塊兒出去，這當會兒，卻是簡妍開口邀她。

徐妙華心中是訝異的，只是她向來就不大待見簡妍，覺得她只是個商賈之女，和她在一塊兒玩有點拉低自己的身分，而且她其實多少也有點對徐仲宣這個大哥犯怵，所以想都不想就開口拒絕了，心想著，待會兒她不能自己出去玩嗎？為什麼非要和她們一起？

徐妙嵐也沒有答應。她膽子原就小，又見徐妙華不高興，就低聲對她說了一句。「大姊，待會兒我們兩個一塊兒出去玩。」

徐妙華從鼻子裡輕哼了一聲，也不知道到底是答應還是不答應。

至於剩下的徐仲澤、徐仲景和徐仲安三人，徐仲澤是想跟著一塊兒去的，可到底還是懼怕徐仲宣，就坐在原地沒敢動彈；徐仲景則是和徐仲安正坐在一起熱切地討論著時文的事，壓根兒就沒有注意這邊。

簡妍心中略失望，不過轉念一想，有個吳靜萱在，她對徐仲宣有意，定然是會尋找一切機會纏著他的，到時自己尋個藉口離開應當也不會很難，再不濟，就安安靜靜地在一旁做擺設好了。主意一定，她便對著簡太太、吳氏以及其他幾位太太行了個禮，帶了白薇和四月，轉身隨著徐妙寧出了屋子。

外面確然是大好春光，桃花爛漫。

果然一出了屋子，吳靜萱便纏著徐仲宣說這說那的，沒有個停歇的時候。徐仲宣雖然心中嫌煩，可也不好直接出聲喝斥她閉嘴。

簡妍尋了這個時機，拉著徐妙寧，只說是要陪她去看桃花，繞過了一株花葉茂盛的桃樹，轉瞬就不見蹤影。

兩個人在桃林裡轉悠了一會兒，便見著前面有一彎曲澗，裡面溪水清澈，映著日光，水面上波光粼粼。

兩人在溪水旁各自揀了塊乾淨的石頭坐下。簡妍雙手環著膝，頭擱在膝蓋上，眼望著面前的溪水發呆；徐妙寧則在旁邊揀了根樹枝在手上，用樹枝一下下地拍打著水面，玩得高興了，清脆的笑聲一陣陣地響起。

溪水真的是很清澈啊，映著藍的天，白的雲，褐色的枝幹，粉色的桃花。偶有風吹過，有花瓣從上往下，慢悠悠地飄向水面。

以溪水為界，水面上桃花飄飄蕩蕩往下飛舞，倒影裡的花瓣則是從下往上飛舞，最後落到了水面上時，兩片花瓣合二為一，隨著溪水蕩悠悠地往前漂。

簡妍不由得輕笑出聲。此情此景，讓她想起了一句對聯來，於是她偏過頭，望著玩水玩得正高興的徐妙寧，笑道：「我出個對子給妳對好不好？『池花對影落』，下聯妳要對什麼呢？」

徐妙寧聞言便停下手中正拍著水面的樹枝，轉而皺著眉，抿著唇，開始想這個對子的下聯。但想了好一會兒後，她很懊惱地望著簡妍，說：「表姊，我對不出來。」

簡妍看她一張小臉都皺成了苦瓜樣，便笑道：「又不是什麼了不得的大事，對不出來就算了，做什麼要這樣苦惱？」

徐妙寧想想也是，便又笑著問簡妍。「表姊，那這副對子的下聯是什麼呢？妳說給我聽聽啊！」

簡妍聞言就攤手，笑道：「其實我也對不出下聯來，剛剛我只是無意中想起這個對子而已。」

徐妙寧偏頭望她，一臉的不可置信。「表姊，我還以為妳什麼都會呢！」

簡妍失笑。「我哪有這麼厲害？其實我不會的東西也有許多。」

這時聽得一道帶了笑意、低沈華麗的聲音徐徐地響起——

「『池花對影落，曉月映水生』。不曉得這位姑娘覺得我這個下聯對得如何？」

簡妍心中訝異，不由得循聲望了過去。

第十二章　欲擒故縱

溪面上有一道小拱橋，兩側石欄杆，雲紋團花浮雕紋飾，甚是精雕細刻。

簡妍就見一個男人此時站在橋中間，一手扶著欄杆，一手握了一把合起來的象牙柄聚骨扇，正居高臨下地望著她們。

他著了墨綠如意朵雲暗紋的交領大襟袍，明明是生得極好的相貌，但因眼角眉梢笑意輕佻，看上去實在是有點欠揍。

簡妍也不理會這個人到底是誰，拉了徐妙寧起身就走，一路繞樹穿花，結果迎面正好碰上徐妙錦和徐仲宣。

不過是剛擺脫徐仲宣而已，沒想到這樣快就又遇到他了。簡妍秀眉微蹙，別過頭去，看天，看雲，看遠處近處的桃花，就是不看徐仲宣，只當他是一團空氣。

徐仲宣在朝中的時候，一來是年紀輕輕就身居高位，二來他曾為梁王侍講兩年，而今梁王正是儲君的熱門人選之一，所以朝臣都言他將來肯定騰達有日。那等官職比他低的人固然不敢得罪他，見著他時就恭敬行禮，哪怕是鬢髮花白之人亦是；而官職比他高的，便是首輔周元正和次輔吳開濟也都甚為器重他，更別說其他人了。是以，無論在朝中他到了哪裡，都是無人敢無視他的。

至於在徐宅時，吳氏對他說話都是客客氣氣的；秦氏雖說是他名義上的嫡母，可也不敢對他怎麼樣，其他還有誰敢無視他？

然而，到了簡妍這裡，打從兩個人第一次相見開始，每次她都是客氣而疏離地和他打過招呼，之後便要麼是別過頭，要麼就是垂下頭去，壓根兒就不理會他，更不說他經手拿過的桃花都被她給扔掉了。

徐仲宣心中不由得想，這簡妍到底是什麼意思？是欲擒故縱想要引起他的注意，還是她確然是不想和他接觸？如果她是故意想引起他的注意，那她的目的已經達到了，他現下確實是無時無刻都想注意她；如果她是不想和他接觸，那到底是為什麼？他可不記得自己曾經得罪過她。

「簡姑娘。」見簡妍依然還是望向身前那株桃樹，他忍不住開口喚了她一聲。既然他都主動開口喚她了，她的目光總該會望向他吧？

哪知簡妍聽到他的聲音，雖然是不看桃樹了，卻也沒有看他，只是微微地垂下頭來，目光望向面前地上的綠草，依然還是用客氣又疏離的語氣問他。

「請問大公子有何吩咐？」

徐仲宣無來由的覺得心裡有點憋悶得慌，頓時一句話都不想說了，只是旁側的徐妙寧和徐妙錦聽見他開口喚簡妍，齊齊轉過頭來望著他，於是他少不得也只能圓起這句話。「方才多謝妳一直陪著寧兒。」他聲音平和，絲毫聽不出來心中的憋悶感。

「大公子客氣了，我是寧兒的表姊，這是我應該做的。」

簡妍的回答仍舊淡漠，就連面上兩分恰到好處的笑意瞧著都是客套而又禮貌，讓他絲毫挑不出半點錯來。

只是他覺得，這當會兒他心中說不出來的憋悶感較剛剛似乎又增加了幾分。

他開始懷疑，那日在梅林中坐姿慵散、眉目靈動地哼唱、逗貓的少女，真的是眼前的這個簡妍嗎？難不成是他的幻覺？

簡妍此時可不知道徐仲宣心中的彎彎繞繞，她只是想該用個什麼藉口才能成功離開呢？每次和徐仲宣在一起的時候，她都要做出一副嫻雅端莊的模樣來，真的很累，更不用說每次和他說話的時候，她都要打起十二分的精神來應對了。可是沒辦法，她潛意識裡總覺得徐仲宣這個人太精明，看人的目光太毒辣，她絲毫不敢大意。

只是一時實在找不到適合的藉口出來，她未免就有些焦躁起來。吳靜萱呢？在哪裡？怎麼一個轉眼的工夫就不走了？妳倒是快來把妳表哥弄走啊！

最後沒盼來吳靜萱，倒是盼來了其他人。

「蘭溪兄？」

徐仲宣，字蘭溪，這般稱呼他的人與他的關係定然不差。簡妍轉頭望去，只見那人二十五、六歲的年紀，著了沉香色的梅花暗紋直裰，生得眉骨高、眼窩深，甚是端正的相貌。他身旁跟了一男二女，其中一個女的二十歲上下的年紀，梳了婦人髮髻，著暗紅緞面撒花披風、深紫馬面裙，手上牽了一個兩、三歲的小男孩。另外的一男一女都是十五、六歲的年紀，那少女著了月白色灑竹葉，襟口袖口滾黛藍邊的披風、牙色百褶裙，生得很是嬌美；那少年則是著了和那少女同樣顏色花紋的直裰，眉目之間和那少女有些相似，甚是清秀。

徐仲宣循聲望了過去，而後拱手行禮。「君卿兄。」

來人姓杜名岱，字君卿，兩個人原是同窗，鄉試和他同時中舉，同拜在首輔周元正的門下，可稱得上是世兄弟。只是後來會試時他高中會元，杜岱卻是名落孫山。但三年後再一次會試，杜岱終於榜上有名，殿試三甲，賜同進士出身，現下任正五品的通政司右參議。他身旁那位做了婦人打扮的是他的夫人，手裡牽著的是他的兒子杜誠。至於那一對少男少女，則是他夫人的一對雙胞胎弟妹，徐仲宣都見過。

「哎呀，果然是蘭溪兄，我還以為我眼花了呢！」杜岱轉頭對著他夫人蘇慧娘笑道。

蘇慧娘對徐仲宣見了禮，隨後跟在她身側的蘇瑾娘和蘇文昌也過來對徐仲宣行了禮，徐仲宣也一一地回禮；徐妙寧和徐妙錦也上前來對四人行了禮。大家原先彼此都是互相識得的，也不用再介紹。

倒是簡妍他們都沒有見過，於是蘇慧娘上下打量了她一番，便望向徐仲宣，笑問道：

「不知這位姑娘是？」

剛剛杜岱還未出聲叫徐仲宣的時候，她在旁邊可是瞧見了徐仲宣的目光一直在這位姑娘的身上呢。現下見著簡妍雖然年歲不大，但膚色勝雪，容貌清麗，不由得就心中好奇。

徐仲宣聞言，微微側頭，目光落在簡妍的身上，見她站在那裡，雖然是一下子見了這幾個陌生人，仍面帶微微笑意，落落大方，沒有一絲怯場，於是他便收回目光，對蘇慧娘點點頭，說：「這位是簡姑娘。」

徐妙寧恨不能讓全天下都知道她有簡妍這麼一位頂頂好的表姊，於是笑著插了一句嘴。「她是我表姊！」

簡妍已經上前兩步，屈身對蘇慧娘等人福了福身子，面帶微笑，一一地見禮。「簡妍見過杜大人、杜夫人、蘇姑娘、蘇公子。」總之是一個都不得罪。

四人也忙回禮。

蘇慧娘又瞧了簡妍一眼，隨後笑道：「好一個端莊嫻雅的姑娘，比我那個沒福氣的二妹可是強多了！」一面又偷眼去望徐仲宣，但見徐仲宣面色微沈，卻也沒有說些什麼，蘇慧娘於是笑道：「老太太和大太太也來了嗎？瑾娘、文昌，隨我先去拜見老太太和大太太，容後再來和徐侍郎相聚吧！」一面對徐仲宣道：「你的詩文作得好，文昌和瑾娘在家的時候可常念叨著要來跟你請教詩文呢！」

徐仲宣道：「若論起詩文，君卿兄較我強了許多，夫人的令弟妹還是去請教君卿兄的好，且也方便。」

原本蘇慧娘言語之中甚想拉近和徐仲宣的關係，現下被他這麼不輕不淡地說了這樣一句話，非但拒絕了蘇瑾娘和蘇文昌想來和他請教詩文的事，還不著痕跡地疏遠了和他們的關係。蘇慧娘心中微沈，面上還是笑道：「徐侍郎謙虛了。」而後轉頭對杜岱說：「妾身外家和徐家原是世交，現老太太和大太太都在園內，妾身理應帶了弟弟和妹妹過去拜見。」

杜岱點點頭，同意了。

「記得替我向老太太和大太太問好。」

蘇慧娘便對徐仲宣、簡妍等人點頭致意，笑道：「那我就先告辭了。」隨即便牽了杜誠，領了蘇瑾娘和蘇文昌，轉身往玉照樓的方向去了。

這邊杜岱見他們的背影消失在花影間，便轉身對徐仲宣笑道；「難得今日相遇，走，我們找個地方喝兩杯去！」

徐仲宣正待推辭，可話未出口，只聽得一道聲音笑道——

「君卿兄，喝酒怎麼能忘了我呢？」

這聲音實在是太有辨識度了，低沈華麗，又帶了幾分漫不經心的懶散和笑意在內，簡妍一聽就皺了眉。

而這時，那人已自一株桃樹後轉了過來。

墨綠如意朵雲暗紋的交領大襟袍，手握一把合起來的象牙柄聚骨扇。上揚的眼角，望著人的時候明明感覺在笑，可眼神卻曖昧不明朗，拐了無數個彎，絲毫看不透內裡到底是個什麼內容。

「鳳欽！」杜岱笑道：「怎麼你今兒也來了這裡？」一面又對徐仲宣介紹著。「這位是沈綽沈鳳欽，京城沈家的掌門人，這桃園現下就是他沈家的產業。」隨後又對沈綽介紹道：「這位是徐仲宣徐蘭溪，我同窗好友，現任禮部左侍郎一職。」

沈綽挑眉，對徐仲宣拱手為禮。「原來閣下就是那位名動天下，自本朝建國以來唯一一位三元及第的徐侍郎，久仰！」

徐仲宣同樣拱手為禮，說道：「沈公子未及弱冠便接任沈家家業，運籌帷幄，一舉吞沒江南趙家，從此壟斷江南茶葉市場一脈，佩服！」

杜岱哈哈大笑。「蘭溪和鳳欽都是厲害人物，倒是我虛度年華，碌碌無為了！」

簡妍在一旁聽著他們三人之間這些既客套又虛偽的話，只覺得心裡實在是酸得緊，可偏偏面上還得帶著笑意，嫻雅端莊地站在一旁聽著，這滋味可真是極其不舒服。

「不敢請問這幾位姑娘是？」

這時就聽得沈綽帶著笑意的聲音在問著徐仲宣和杜岱，可目光已經先於聲音望了過來。

面對他打量的目光，簡妍只當不知，依然維持著垂頭微笑的模樣。

「這是舍妹。」徐仲宣的回答簡潔俐落，長眉微皺。沈綽實在是太不知道避諱了，目光竟然就這樣直接地望向簡妍等人。他心中不喜，便側頭對簡妍沈沈地說了一句。「妳帶著寧兒和錦兒先回去。」

他這提議正中簡妍下懷，於是她斂裾對他們三人行禮後，轉身帶著徐妙寧和徐妙錦就走。

走不得幾步，就見徐妙華身邊的丫鬟青梅急匆匆地走過來，見著她們就停下腳步，行了個禮，說著——

「見過三姑娘、四姑娘、表姑娘。大姑娘遣了奴婢來請您們去綴霞閣呢！」

第十三章　初次爭鋒

綴霞閣共五層，每一層周邊皆是迴廊環繞，頂上琉璃瓦，在日光下熠熠生輝。

簡妍等人隨著青梅走上了綴霞閣的頂層。

徐妙寧倒還好，平日裡動得多，爬個五層也不怎麼費勁；倒是徐妙錦的身子一向不好，爬一層就要歇一會兒。簡妍在一旁瞧著也焦心，幾次問她，不然咱們就不上去了？遣個丫鬟上去對大姑娘說一聲也就是了，想必她也不會怪咱們的。可徐妙錦的執拗勁上來，非要爬上去不可，且還不要簡妍和徐妙寧幫扶，只是自己扶著欄杆，一級一級地爬著那木質樓梯。

簡妍無法，只能和徐妙寧跟在她身後，心驚膽戰地看著她爬兩步喘一口氣。

好不容易到了頂樓，青梅早就上前打起了湘妃落地梅花簾。

簡妍和徐妙寧、徐妙錦低頭走了進去。

裡面早就坐滿了人，除卻徐妙華、徐妙嵐和吳靜萱，還有三個不認識的，年紀皆是十五、六歲左右的少女。

簡妍微微地蹙了蹙眉，心裡有些不耐煩。

方才在桃林裡已先後見了兩撥不認識的人，那沈綽固然是個七竅玲瓏心，油裡滾珠的人物；那蘇慧娘說的那幾句話也是話裡有話，哪一個都不是什麼好貨色。好不容易離開那裡，想著能尋個地兒透口氣，不想又見到了這三位不認識的少女。瞧這三位少女身上的穿戴皆是不俗，一看就知道身分不低，非富即貴。她待要轉身下樓，可吳靜萱聽得聲響，一見是她們三人，早就起身迎上前來。

左右一望，卻不見徐仲宣的身影，吳靜萱不由得問青梅。「大公子呢？怎麼沒和妳們一起來？」

「奴婢沒見著大公子，只看到了三姑娘、四姑娘和表姑娘，就請她們過來了。」青梅恭聲回答著。

簡妍眼尖地發現吳靜萱聽到這句話後，面上竟然是如釋重負的表情。

所以她其實是不想看到徐仲宣的？她不是一直都恨不能做徐仲宣身上的人形掛件，最好是他走到哪兒，她就跟到哪兒嗎，怎麼現下卻是不想見到他了？簡妍心中疑惑，卻也沒有說什麼。

這時，坐在左邊最上首的那位姑娘問道：「怎麼，大公子沒有來？」

簡妍微微側頭，不著痕跡地打量著這位姑娘——淡藍色白扣立領中衣，桃紅寶瓶紋樣的妝花披風，下配大紅色的馬面裙。那馬面上是以金線繡成的鳳凰紋飾，瞧著極是張揚霸氣。簡妍很快就知道，這位姑娘是鄭國公之女，叫做李念蘭。

而她身旁穿著銀紅纏枝月季花刻絲披風，牙色百褶裙的是武康伯之女郭丹琴；至於著了水藍竹葉梅花刺繡披風，白色繡梅花馬面裙的則是首輔周元正的姪女周盈盈。

三個少女來頭都很大，從面上來看，除卻那個周盈盈，剩下的兩個估計都是張揚的主兒。

世家名門之女平日也常交流，或是妳請了她來家裡賞牡丹，我請了妳來家裡看秋海棠；或是相約一起去踏青，上寺廟燒香拜佛之類的。所以徐家姊妹及吳靜萱和這三位姑娘早就是見過的了，且多少也有些交情，只有徐妙錦因身子弱，甚少出門，幾位姑娘都不曾見過她。

旁人也罷了，唯獨那李念蘭立刻就問徐妙錦。「妳是大公子的妹妹？」

看來這位鄭國公之女的關注點也是在徐仲宣身上，簡妍不由得偷偷看了她一眼。

李念蘭生得如三月枝頭綻放的夭桃，極是妍麗明媚的長相。

「是。」徐妙錦不卑不亢地回答她。

李念蘭聽了，上下打量她一番，隨後抬手自髮髻上拔了一支赤金鑲紅寶石的蝴蝶花簪，喚了徐妙錦上前，親手插到她的髮髻上，笑道：「我今日第一次與妳見面就覺得甚是投緣，倉促之間，也沒帶什麼見面禮，這支蝴蝶簪子就送妳吧！」

簡妍看了看那支赤金鑲紅寶石的蝴蝶簪子，手藝做工倒是和她手腕上戴著的那副赤金鑲紅寶石的鐲子是一樣的，再看她頭上其他的髮簪、髮釵，皆是赤金鑲的紅寶石，想來這應該是一套首飾了。

「多謝。」徐妙錦後退兩步，對李念蘭行了個斂裾禮，神情淡淡。

李念蘭也沒有放在心上，垂了頭，端了手邊海棠式几案上的粉彩雪景茶盅喝茶。

郭丹琴一直望著簡妍。簡妍初來乍到，她自然是沒有見過，可一時也想不起徐家何時竟然還有這樣一位姑娘是她不知道的，於是便招手問徐妙華。「這位姑娘是誰？」

「這是我三妹的姨家表姊。」徐妙華的介紹甚是簡潔明瞭。

簡妍不敢大意，從椅中起身，禮數十足地對這三位姑娘都行了禮，說道：「小女簡妍見過李姑娘、郭姑娘、周姑娘。」

周盈盈起身還了一禮，郭丹琴則只是坐在椅子上欠了欠身。

至於李念蘭壓根兒就沒有看她，只是低了頭，用右手撥弄左手腕上戴著的赤金鑲紅寶石的鐲子，慢慢地問著。「簡妍？京裡可有哪家名門世族是姓簡的？」言語之中甚是傲慢無禮，說完這句略有嘲諷之意的話後，她抬起頭望了過去。當她看清簡妍的容貌時，面上原本的倨傲輕視之意瞬間褪盡，轉而換上滿滿的驚訝和震驚之色。

對於她的嘲諷，簡妍面不改色，面上依然帶著微微的笑意說：「小女祖籍隆州，並非京城人士。」

「妳父親是個什麼官兒？」這句話是郭丹琴問的。

被人當面這麼輕視，甚至可以說得上是折辱，簡妍心中也有些惱了，於是面上的笑意淡了，只道：「家父不是個什麼官兒，只是個生意人罷了。」

「原來是個商人啊！」郭丹琴嗤笑了一聲，轉頭對李念蘭笑道：「我就說呢，剛剛我聞到了一股不知道什麼味兒，怪讓人不舒服的，我還納悶呢，現下想來，可不就是銅臭味兒！」

李念蘭沒有說什麼，一雙眼只是盯著簡妍瞧，越瞧就越覺得心驚。這簡妍長得實在是太像那個人了！便是連這周身嫋娜纖巧、溫婉柔美的氣質，都像了個十足十。

簡妍心中不快，可也不好發作，只是輕輕地抿了唇，隨後落坐。剛坐下，就見徐妙寧面上神情不忿，大有下一刻就要拍案而起，好好斥責郭丹琴和李念蘭的意思。只是礙於她們兩人畢竟一個是鄭國公之女，一個是武康伯之女，身分擺在那裡，又不好怎麼樣。

徐妙錦面上倒是淡淡的，什麼都沒有表現出來，只是招手讓自己的丫鬟青竹附耳過來，低聲吩咐著，讓她去將大公子請來。

青竹低低應了一聲，然後躬身退下，不引人注目地出去了。

簡妍這時則是寬慰著自己。罷了，沒地同這兩個小姑娘計較個什麼呢？自己這些年受簡太太的氣還受得少嗎？比這更折辱的時候也有呢！由得她們兩個奚落兩句也罷了，又不會少一塊肉。於是她便端了茶盅，慢慢地吃著茶，別過頭去望著外面。

南面的槅扇都打開了，向上可見長天一色，向下可見桃花灼灼。偶有風過，懸掛在簷下的鐵馬就叮叮咚咚地敲起來，聲音清脆入耳。

這時，屋子裡的幾位姑娘都在說著閒話，無非也就是誰家姑娘的字寫得好、刺繡如何精美；或是這京城周邊有些什麼好玩的，約了下次一起去玩；再不就是各自誇耀自己又得了什麼新衣裙、好首飾之類。

簡妍不作聲，慢慢地喝著茶，吃著剔彩梅花攢盒裡的玫瑰糕。

這時聽得郭丹琴正恭維著李念蘭，說她畫了一手好梅花，又寫得一手好簪花小楷，京城中誰人不誇？

徐妙寧原就不忿先前郭丹琴那般出口奚落嘲諷簡妍，有心要讓眾人知道簡妍其實也很多才多藝，便插口道：「我表姊也寫得一手好簪花小楷，便是我大哥看了都說好的；畫也畫得好，畫朵芍藥，那芍藥就跟才摘下來貼到紙上去的一般，再是鮮活沒有的了；刺繡更是不用說了，妳們瞧，我身上的這只貓兒撲蝶荷包就是我表姊繡的呢！」

簡妍不禁在心裡暗暗地嘆了一口氣。她自然知道徐妙寧是一番好意，可她現下真的只想安安靜靜地坐在這裡當個擺件，等到差不離的時候找個藉口離開也就是了，省了多少事啊？可徐妙寧這一番話，少不得又將她推到了風口浪尖去，只怕接下來又得聽一耳朵奚落嘲諷的話了。

這時屋中各位姑娘的目光已都望了過來，徐妙寧忙摘了腰間掛著的荷包，舉在手中給她們看著。

「竟是顧繡，」周盈盈輕輕柔柔的聲音說著。「且配色配得清雅，繡得也精美，簡姑娘好手藝。」

簡妍聞言，便對她點頭微笑，客套地說：「粗製濫造得很，周姑娘過獎了。」

李念蘭和郭丹琴也看見了這只荷包。

雖然剛剛李念蘭看清簡妍的容貌時嚇了一跳，但隨後便想，這世上長得相似的人多了去，且只不過是一個商賈之女罷了，做什麼便跟見了鬼似的？是以便將心中那點詫異和震驚全都拋卻，轉而越發看不上簡妍。這會兒聽了徐妙寧那句，「我表姊也寫得一手好簪花小楷，便是我大哥看了都說好的」的話，更是深深地刺了她一下，她望了一眼那只荷包上的刺繡，雖然心中也是訝異的，卻還是顯出十分不屑的樣子來，鼻中更是輕哼一聲，道：「便是繡得再好又能怎麼樣呢？正經高門大戶的人家，誰家裡沒有繡娘？一應穿戴刺繡之物自然是由繡娘來做，誰還煩勞自己動手？也就只有那等小門小戶的人家，請不動繡娘，只好什麼物件都自己繡了。」

簡妍垂著頭，沒有作聲。

徐妙寧本想讓大家高看簡妍的，可到頭來李念蘭卻藉著這個又嘲諷了簡妍一番，便急道：「我表姊不是那等小門小戶的人家出身，她也寫得一手好字、畫得一手好畫！」

這時簡妍伸手過去握住徐妙寧的手，對她搖搖頭，示意她坐下，不要再說什麼。若是不喜一個人，說再多也是沒用，別人總會用各種各樣的理由來奚落嘲諷。

吳靜萱意味深長地望了簡妍一眼，隨即便轉頭對李念蘭和郭丹琴笑道：「可不是？論起來，我妍妹妹當真是有才得很。琴棋書畫、女紅針黹，哪一樣是不精的？我大表哥數次在我面前提起她呢，說她是好一個才女！」

徐妙錦看了吳靜萱一眼。這吳靜萱擺明了就是扯謊，說起來，吳靜萱平日裡壓根兒也沒什麼機會見著徐仲宣，不過就是料定大哥休沐之時會來看她，所以那日就賴在她的凝翠軒裡不走。可大哥什麼時候對吳靜萱說起過關於妍姊姊的話了？吳靜萱這般扯謊，顯然是想在中間拱火，讓李念蘭和郭丹琴越發奚落嘲諷簡妍罷了。

果然這時就聽得郭丹琴問簡妍。「妳一個商賈之女，還會寫字、畫畫？別只是會握筆，分得清調料便說自己會寫字、會畫畫吧？」

因地位差異，郭丹琴素來便對李念蘭很阿諛奉承，但凡李念蘭說那天上的月亮是方的，她都會說瞧著真是有那麼點起角；若是李念蘭不喜一個人，她勢必會跟上前去，再狠狠地踩上一腳。現下李念蘭不喜簡妍那是肯定的了，她心裡大約也知道些緣故。

李念蘭甚是喜歡徐仲宣，幾次不顧自己的臉面，求了鄭國公遣人上徐家說親，鄭國公不答應，她便又跑去求自己的長姊——寧王側妃，求長姊在中間斡旋，皆是不果。但她癡心不改，一心只想嫁徐仲宣，見不得徐仲宣說任何一個女人好。而方才徐妙寧無意中說了簡妍寫的簪花小楷便是連她大哥也說好，吳靜萱又提她大表哥曾稱簡妍是個才女，便拂了李念蘭的逆鱗，李念蘭不厭惡簡妍才怪。

郭丹琴想著，這樣現成的機會，自己為什麼不跟著上前去踩一腳呢？一來討了李念蘭的喜歡，二來也可以展現自己的優越感。那簡妍說到底也只是個商賈之女，還怕她怎地？於是郭丹琴便可勁兒地嘲諷，諒簡妍也不敢如何，只能巴巴地受著——

簡妍果然沒有如何，面上甚至還有幾絲笑意。「如郭姑娘所說，我不過是會握筆、認得幾樣調料罷了，並不會真的寫字、畫畫。」

李念蘭此時卻是不知道為何，成心想與簡妍一較高下。說什麼簡妍畫的畫好，寫得一手好簪花小楷，連徐仲宣都讚揚，她倒是想瞧瞧這簡妍的畫，畫得到底有多好，簪花小楷寫得又有多好！

於是她便揚起下巴，問著簡妍。「既然大公子都說妳寫得一手好字，那妳敢不敢與我比試比試？」一面又伸手捋下手腕上那只赤金鑲紅寶石的鐲子，扔在旁邊的几案上，道：「若是妳贏了，這只赤金紅寶石鐲子就是妳的了！」她這只金鐲子足足有二十多兩重，上面鑲嵌的紅寶石更是晶瑩剔透，拿出去也值個兩、三百兩的銀子了。她滿以為這樣的一只鐲子，簡妍見了定然會心動的。

但簡妍只淡淡地瞥了這只鐲子一眼，隨即就收回了目光，並不為所動。這算什麼呢？她的首飾匣裡，這樣的赤金鑲紅寶石的手鐲就有兩只，她都嫌重，不愛戴。且她現下左手腕上攏著的這兩只翡翠手鐲，水色通透，隨便拿一只出去都夠買兩只這樣的赤金鑲紅寶石的手鐲了。

「教李姑娘失望了，」簡妍面上笑意微微，卻未達眼底，只是輕淡地說著。「我並不會寫什麼字、畫什麼畫。」一邊又站起身來，對她們幾人點頭致意，說：「我出來得也久了，恐母親惦念，便先告辭了。」說罷，也不待她們幾人出聲，抬腳就走。

徐妙寧一見她走，立即跟上前去，徐妙錦隨後也跟了過去。

「哼，原來竟是個這般沒教養的人！也不知道妳爹娘平日裡是如何教導妳的？」郭丹琴的聲音響起，語氣裡是滿滿的不屑和輕視。

簡妍停下了腳步。她爹娘是如何教導她的？

她父親是這樣對她說的：人不可有傲氣，但不可無傲骨。

她母親則對她說：做人要自尊、自愛。

她哥哥對她說的是：無論是誰欺負了妳，別問什麼原由，直接一巴掌搧過去！別怕，有我和爸媽在後面給妳罩著呢！

可她自從穿越到這個朝代以後，卻日日隱忍、時時克制，便是人欺負到她的頭上來了，她還得面上帶了笑意地受著！她上輩子活得那樣恣意瀟灑，什麼時候由著別人這樣奚落嘲諷而一句話都不敢回？

「李姑娘和郭姑娘不要惱，」吳靜萱輕聲細語地說著。「妍妹妹年歲小，不知事，妳們就多擔待些吧！」吳靜萱這話明面上看著是在幫簡妍開脫，其實內裡還是在拱火，說簡妍不懂事。她無非就是料定簡妍縱然真的在書畫上再厲害，也不敢和李念蘭比試罷了。

但這時，卻見簡妍轉過身來。

在吳靜萱的印象中，無論何時見著簡妍，她都是微垂著頭，面上帶著淺淺的笑意，對誰說話都是輕聲細語的，深恐得罪了任何人般。可是這會兒，簡妍卻抬起頭來，目光三九寒霜似的冷，清凌凌地掃視了她們一圈，而後落在李念蘭的身上，淡淡地拋下一句話出來——

「琴棋書畫、女紅針黹，妳想比試什麼？儘管放馬過來。」

第十四章　潑墨揮灑

青竹找到徐仲宣的時候，他正和杜岱在醉花榭裡把茶清談，聊的是一些私事。沈綽原也是和他們一塊兒坐的，可小廝來喚他有事，便先告辭走了。

杜岱正同徐仲宣笑道：「蘭溪，說起來我們緣分也是不淺。三載同窗，時常抵足而談不說，又差些就成了連襟。唉，只可惜玉娘是個沒福氣的，早早地就去了，不然你我兩家早就是通家之好。」

玉娘全名蘇玉娘，正是杜岱夫人蘇慧娘的二妹，也是徐大爺為徐仲宣訂的那門兒女親事，只是這蘇玉娘在十四歲時就香消玉殞。

徐仲宣將手裡的白底纏枝蓮花茶盅放在手側几案上，用手指摩挲著盅蓋上的花紋，抬頭望向槅扇外的滿樹繁花，沒有作聲。

杜岱又說：「上次我見著老岳父，老岳父的意思，甚是中意你，捨不得斷了你這門親，我聽他話裡話外的意思，竟是有姊死妹嫁的這個想法。我這些日子忖度著，瑾娘現下正當韶齡，出落得如花似玉，倒也與你般配，不知道蘭溪你心中是如何想的？」

「君卿兄，」徐仲宣收回目光，望向杜岱，唇角笑意淺薄，聲音更是淡淡的。「我竟是不知，你除卻通政司右參議，還兼任起了月老這一職？」這話雖是用玩笑的口吻說的，但內裡多少還是有說他多管閒事的意思。

杜岱聽了，面上有些訕訕的，正待要再說兩句，就見徐仲宣的隨身侍從齊桑走了進來。齊桑垂手恭敬地說：「公子，四姑娘身旁的丫鬟前來找您，說是四姑娘有話要對您說。」

徐仲宣聽了，便起身對杜岱說聲「失陪」，隨即走了出去。

青竹正站在廊下等候，見徐仲宣出來，忙對他福了福身子，恭敬地說：「奴婢見過大公子。」

徐仲宣在她面前幾步外站定，問道：「錦兒有什麼話要對我說？」

「姑娘只說，讓奴婢過來，請您務必要過去。」

「務必」兩個字讓徐仲宣面上微微變色。徐妙錦甚少會對他說這樣的字眼，於是便問：「錦兒現在在哪裡？可是發生了什麼事？還不快仔細說來。」

青竹就將方才綴霞閣裡發生的事細細地說了一遍，隨後又道：「姑娘約莫是見不得簡姑娘受委屈，可自己又不好出面說話，便讓奴婢出來尋您，請您務必要過去，也是讓您替簡姑娘解圍的意思。」

徐仲宣聽了青竹的話，一雙長眉就鎖了起來。

他是見過李念蘭和郭丹琴的，雖然並沒有和她們說過幾句話，可也看得出來這兩個是張揚霸道的主兒。簡妍雖然面上看著溫順嫻雅，可內裡到底只是個年歲不大的小姑娘，未必受得住李念蘭和郭丹琴的奚落嘲諷，若是她回了嘴，教李念蘭和郭丹琴抓住了把柄，只怕仗著她們的出身，不定就會怎麼折辱她。

思及此，徐仲宣抬腳就下了臺階，走了兩步方才想起來，又轉身吩咐跟在他身後的齊桑。「去對杜大人說一聲，就說我有要事先走一步，容後再敘。」

齊桑答應著轉身去了。

這邊青竹在前領路，引著徐仲宣朝綴霞閣的方向而去。

綴霞閣裡，簡妍那一句話說得石破天驚，一屋子的人都聽得愣怔住了。

李念蘭率先反應過來，冷著一張臉道：「好得很！既然都說妳寫得一手好字，畫得一手好畫，那今天咱們就來比試比試書畫，別回頭讓別人說我因比妳大一、兩歲就欺負妳！」

吳靜萱此時卻夾在中間說了一句。「妍妹妹，妳快和李姑娘賠個禮、道個歉吧！李姑娘可是畫得一手好梅花，寫得一手好簪花小楷呢，整個京城裡誰不知道？若是回頭妳輸了，丟了面子，豈不是徒惹人笑話？」

簡妍最煩的就是吳靜萱這樣的人。面上看著柔柔弱弱，說出來的話也是打著「為妳著想」的名頭，可內裡實則是怕她臨時怯陣，不敢和李念蘭比試，所以特地來了這麼一句激將的話，當她聽不出來嗎？

簡妍轉過頭看著吳靜萱，一臉冷淡平靜地問她。「吳姊姊，妳到底是希望我和李姑娘比試呢，還是不和她比試？」

吳靜萱沒想到簡妍忽然變得這麼咄咄逼人。先前明明無論別人說什麼，簡妍都是微笑以對，這樣的簡妍讓人覺得陌生，她一時竟不知該如何招架，只吶吶地說不出話來。

簡妍不理會她，只是望著李念蘭，很冷淡地說：「那便依妳之言，比試書畫吧。」

「慢著！」郭丹琴忽然又插了一句嘴，說道：「咱們可要先說好，這比試書畫可不是隨意寫兩個字、畫點什麼就可以，須得詩中有畫，畫中有詩，情景交融，不然總歸是落了下乘。」郭丹琴認定，簡妍畢竟是個商賈之女，縱然是寫得幾個字、畫得幾筆畫，可學問上必然是有限，她懂得什麼叫做詩中有畫，畫中有詩？只怕詩詞都沒有讀過幾首！給她設定些難的，待會兒她出的醜就會越大，李念蘭自然就會更有優越感，一舉兩得的事為什麼不做？

簡妍聽了也沒有說什麼，只道：「快些吧，我出來的時間夠長了，現下還趕著要回去。」竟是壓根兒不把這場比試放在眼裡。

李念蘭聽了，面色頓時沈了下來，都有些咬牙切齒的感覺。

一旁早有丫鬟抬了兩張水曲柳夾頭榫大畫案來，又一一地放了紙墨筆硯在上面。

徐妙寧挽著袖子，自告奮勇地上前來。「表姊，我來給妳研墨！」

徐妙錦則是一言不發，上前伸手按住畫紙，充當起一枚人形鎮紙的作用。

待徐妙寧磨得墨濃，簡妍走至畫案後，拿起紫毫筆，垂頭開始作畫。

她心中所有的悲憤，在此刻悉數噴薄而出。

這些年被逼著學取悅人的歌舞時的無奈、半夜醒來餓肚子時的煎熬、心中明明怨恨著人可面上還得討好微笑地隱忍、日日擔驚受怕下一刻就會被簡太太送去給人為妾的擔憂、受人奚落嘲諷時的不平……皆在這一刻傾洩而出。

簡妍越畫越快，筆鋒也越來越凌厲，不到一炷香的工夫，她的畫就已經好了。

隨手將手中拿著的斑妃竹管紫毫筆扔到畫案上，簡妍抬頭對徐妙寧和徐妙錦說：「咱們走！」說罷，竟是看也不看屋內其他人，轉身自行就走了，很有一種事了拂衣去，深藏功與名的瀟灑。

一屋子的人再次地愣怔住。

李念蘭恨得咬緊了後槽牙，握著紫毫筆的手抖個不住。她的梅花才剛畫了一半呢，可簡妍早就畫完了不說，竟還如此瀟灑地就走了！她就這麼自信自己一定會贏？

這時，其他人都已圍到簡妍的畫作前看去了，只是看了好一會兒後，依然沒有一個人說話。

李念蘭便問道：「她畫得到底如何？」

沈默了片刻後，只聽得吳靜萱說：「她畫得甚是隨意，自是不能與李姑娘的工筆細描相比。」

郭丹琴也道：「妳的梅花可是經國手大師指導過，她如何能與妳比呢？」

李念蘭卻是有些不信，待要扔了筆過去看時，只見室內光影一暗，有人推開竹簾走了進來。

吳靜萱一見來人，當即就伸手拿了畫案右上角的端石雕雲紋硯，想要來個潑墨山水，毀了簡妍的畫！

豈料徐妙華眼疾手快，搶在吳靜萱動手前就將畫拿在手裡，然後扭過頭去，對著來人道：「大哥，快來看簡姑娘畫的畫！」

第十五章　讒言進擊

三尺來寬的生宣上，落日沈沈，江水淼淼，隔江嵐翠鮮明，江中帆檣可數，又有一人立於江邊絕頂高臺之上，身旁一株孤松，正負手眺望斜陽返照。他背影雖消瘦，卻又挺拔，一如他身旁那株傲然獨立的青松。而畫面右上又有行草四行，寫的是：前不見古人，後不見來者，念天地之悠悠，獨愴然而涕下。

單就畫而言，縱筆揮灑，墨彩飛揚，一氣呵成，其中的蒼涼寂寞、傲氣之感，縱然是隔著一張紙都能清晰地感受到。而那四行草書，筆勢連貫，鋒芒畢露，力透紙背，十分的厚重大氣。

徐仲宣眸色微沈，伸手自徐妙華的手中拿過這幅畫，小心且仔細地捲了起來，而後便一語不發地轉身走下了樓梯。

吳靜萱忙在背後喊了他一聲。「表哥！」

徐仲宣置若罔聞，身影漸漸消失在樓梯的轉彎處。

而這當會兒，李念蘭手中握著筆，還站在畫案後面。

她面前案上三尺來寬的宣紙上畫的是傲雪紅梅，只是才畫了一半，並沒有完工。

眼見徐仲宣來了又走，從進來之後目光就一直在簡妍的那幅畫上，竟是都沒有瞧她一眼，她不由得覺得心裡憋屈、憤怒至極，手中紫毫筆的湘妃竹管都快要被她折斷了。

簡妍到底是畫了一幅什麼樣的畫？雖然吳靜萱和郭丹琴先時都說不如她的梅花畫得好，可她縱然是個聾子也聽得出來裡面的恭維之意。再者，徐仲宣什麼樣的名人字畫沒有見過，可他見著簡妍那幅畫時，面上都是動容的，這足以證明簡妍的畫非同一般。

她沈著一張臉，望了望屋裡的人，最後視線定在了周盈盈身上。

周盈盈說起來雖然只是周元正的姪女，但是聽說周元正極喜愛她，連自己的親生女兒都是要靠後站的，所以縱然周盈盈的父親早已亡故，可在京城名門閨秀的圈子裡也是無人敢小覷她。

這當會兒，周盈盈正坐在花梨木四出頭官帽椅中從容地喝著茶，彷彿周遭的一切都是風聲過耳，與她再無關係一般。

實際上，今日她確然也沒有說上兩句話，自始至終只是以一個旁觀者的角度坐在這裡，冷眼看著她們爭來爭去。

李念蘭想了想，雖然不願意開口詢問，可是現下屋子裡的這幾個人，想必也就只有周盈盈會說實話了，所以她少不得要拉下面子來問。「周姑娘，簡妍的畫到底畫得如何？」

周盈盈聞言，抬起頭來，沒有什麼情緒地瞥了她一眼。私心裡，她其實是不大瞧得上李念蘭的，不過是個妾室所生的庶女罷了，也就是仗著自己的親姊姊是寧王的側妃，國公府裡又沒有嫡女，倒把她這個庶女看得金貴。會寫幾個字，會畫幾筆畫，就以為自己真是個才女了？這滿京城的閨秀都是及不上她的了？

周盈盈有心想滅滅她的火焰，便索性實話實說了。

「在我看來，簡姑娘的那幅畫和那一手行草，絕非是閨閣女子的手筆。她內裡的那分豁達和傲氣，我們只怕都是及不上的。」

李念蘭聽了，自然是不服氣。她劈手就將手中的紫毫筆重重地扔到地上，光可鑑人的青磚上立刻就濺落了一大灘黑色的墨。

立時便有丫鬟過來蹲身收拾著。

李念蘭瞧著那丫鬟收拾，袖子裡的手緊緊地握著，很不屑地道：「什麼豁達傲氣？不過是一個商賈之女罷了，滿身的銅臭味，還曉得什麼叫做豁達傲氣？」

郭丹琴也在一旁幫腔，陰陽怪氣地說著。「周姑娘，都說妳最會鑑賞字畫，再不會看走眼，可今兒個妳怎麼就看走了眼？」她素來就看不上周盈盈。憑什麼一個父親都死了好些年的孤女，無論到哪兒都能得到別人的青眼呢？不過仗著是首輔周大人的姪女罷了，再是姪女又能怎麼樣呢？又不是親生女兒！再者，周盈盈人如其名，生得溫婉秀美，人都說她聰慧沈靜，將郭丹琴是大大地比了下去，所以郭丹琴對此也很是氣忿。

對於李念蘭和郭丹琴說的這幾句話，周盈盈倒也沒有放在心上。她將手中的茶盅放到花梨木小几上，面上笑意淺淡。「我今兒下午還約了文安郡主，不能再陪兩位妹妹在此閒話，這便先告辭了。」說罷，起身對李念蘭、郭丹琴，以及一直垂頭站在那裡不曉得在想些什麼的吳靜萱點點頭，隨後便帶了丫鬟從從容容地下樓去了。

待她一走，郭丹琴就對李念蘭說：「李姊姊，妳看看這個周盈盈，沒地倒拿文安郡主作藉口，這樣就走了，實在是倨傲得不得了，竟是都不將姊姊放在眼中！」

李念蘭心中想著，周盈盈自然是有這本錢的。她的大伯父周元正雖說沒有爵位在身，可他是首輔，在朝廷一手遮天，誰不讓他半分？便是自己的父親說起來好歹也是個國公，可也不敢正面和這周元正起衝突。

只是這些卻也不用和郭丹琴明說。她雖然生了一副還算可以的相貌，但腦子裡卻全是稻草，再是不會動腦子想事的，和她說了也不懂，指不定還到處去嚷嚷呢！

於是李念蘭也沒有理會她，想了想，轉而問吳靜萱。「剛剛那個簡妍，她是什麼來歷？妳與我細細說來。」完完全全一副命令的口氣。

吳靜萱聽了，心裡自然不舒服，可轉念一想，她完全可以借了李念蘭的手去整治簡妍，她樂得在中間坐收漁翁之利，於是便道：「這簡妍原是隆州人，家裡是做生意的。去歲死了父親，年初的時候她母親便帶了她和她的兄長來通州投靠我五表嬸，也就是我三表妹的母親，我五表嬸和簡妍的母親原是一對親姊妹。這簡妍來了徐家不到兩個月，倒是與我大表哥見了好幾次面，且我在旁邊冷眼瞧著，她對我大表哥也是有意的，不過就是面上裝得清高罷了。」

李念蘭聽了，自然是怒不可遏。徐仲宣是她瞧上的人，怎能讓旁人覬覦呢？這個簡妍，她憑什麼能覬覦徐仲宣呢？且她的相貌……想到這一環節，李念蘭心裡動了動，不由得又問了一句。「這個簡妍，是她母親親生的嗎？不是撿來的？」

「李姑娘為何會如此問？」吳靜萱奇道。「她自然是簡太太親生的。剛剛妳也見過她了，她身上的衣裙、首飾，哪一樣是普通的？旁的不說，單就她頭上的那支點翠小鳳釵，可是京城桂香樓的手藝，不是親生的，簡太太捨得在她身上這般大手筆花錢？」

李念蘭的目光投向了一側花梨木小几案上，先前她褪下來的那只赤金鑲紅寶石的鐲子還放在上面呢。那只鐲子少說也值個兩、三百兩的銀子，可剛剛她褪下來說要當作彩頭的時候，簡妍的目光只不過淡淡地瞥了一眼就收了回去，竟是不將那只赤金手鐲放在眼中，想來她的首飾定然是不會差的。

但她轉念又想著，便是簡妍的首飾再是不差又怎麼樣呢？也就只是個上不得檯面的商賈之女，拿什麼來和她比？她可是國公府裡的女兒，親姊姊又是寧王的側妃，難不成還不如簡妍了？於是，她抬頭問吳靜萱。「你們今日是在哪裡辦桃花宴？妳在前面領路，我也去湊個熱鬧。」

不論怎麼說，剛剛的事她都記著呢，這口氣怎麼著也得問簡妍討回來才行！

第十六章　猝然心動

其實簡妍從綴霞閣出來之後就後悔了。

剛剛因滿心悲憤逞了一時之快，當時倒是暢快了，可是往後怎麼辦？

說起來李念蘭畢竟是鄭國公的女兒，又有一個做了寧王側妃的親姊姊，瞧著也不是個什麼好相與的角色，若是因這事惱了她，隨隨便便給自己使個絆子，以自己現下的身分地位，只怕也是反抗不得。

簡妍剛剛還滿心悲憤，腳步走得飛快，可是這會兒想到了這一層，腳步不由得就漸漸慢了下來，想著可有什麼法兒補救？

只是想了想，依李念蘭的個性，只怕她就是這會兒回去道歉了，李念蘭都不會善罷甘休的。所以剛剛她到底為什麼要頭腦一熱，逞了一時之快呢？

她這邊正懊惱著，那邊徐妙寧和徐妙錦氣喘吁吁地自後追了上來。

簡妍走得太快，她們兩人壓根兒就追不上。

「表姊……」徐妙寧只走得氣喘如牛，上氣不接下氣地問著。「妳……妳做什麼走這麼快？我們……我們一直在後面叫妳，妳都沒聽到嗎？」

簡妍滿臉歉意地望著她，誠懇地道歉。「剛剛我一直在想事情，真的沒有聽到妳們在叫我。」

「妳在想什麼？」徐妙寧這當會兒雖然是站住了身子，可還是彎著腰，一隻手撐在膝蓋上，喘氣喘得很急。

「笨蛋！」一旁的徐妙錦嘲諷地說了她一聲。「妍姊姊定然是在想剛剛得罪了李念蘭，現下要用什麼法兒來補救，讓她不要發難的事。」

簡妍很讚許地望了她一眼，徐妙錦實在是個心思玲瓏剔透的小姑娘！只是這一望之下，卻讓她嚇了一大跳。徐妙錦的身子原就較徐妙寧差了許多，剛剛這麼一路疾走而來，雖然沒有如徐妙寧那般喘氣喘得厲害，可她兩邊臉頰卻顯現出不正常的潮紅來，教簡妍看了實在是擔心不已。

她忙一手拉了徐妙寧，一手拉了徐妙錦，走到一株桃樹下躲避日頭，又問著白薇她們有沒有誰帶了水，讓她們兩個人喝口水，在這樹蔭下好好地歇息一會兒。

一陣手忙腳亂之後，好在她們兩個人都好好的，並沒有出什麼事。不過簡妍還是不放心，便提議在這裡休息一會兒再走，她們兩個人也都同意了。

簡妍心中很懊惱憂愁。她都已經隱忍了這麼些年，怎麼剛剛就那麼沈不住氣，破了功呢？若是教簡太太知曉她得罪了李念蘭，回去不定就會怎麼責罰她。簡太太的責罰倒是小事，橫豎只要忍著也就是了，只是誰知那李念蘭盛怒之下會給她使什麼絆子？而且她忖度，李念蘭應當是個有仇必報，且絕對會是當場就要報的性子，指不定她這當會兒就已經去玉照樓尋她，盤算著怎麼找回場子呢！

簡妍只要一想到待會兒還得面對李念蘭，就恨不能原地挖個洞鑽進去，再也不要出來了。她不由得就伸了右手的大拇指到口中，慢慢地咬著。這是她的一個壞習慣，但凡有什麼解決不了的煩心事，就會一面咬著手指，一面想著解決的辦法。

當徐仲宣尋過來時，一眼見到的就是桃樹下面盤膝坐著的三個人。

徐妙寧和徐妙錦正將頭湊在一塊兒，小聲地說著話；而簡妍則蹙著一雙纖細的遠山眉，口中咬著自己的手指。頭頂滿樹韶光，自樹葉的間隙裡漏下來，斑斑駁駁地灑在她們三個人的身上，美好若夢。徐仲宣不由得停下了原本急匆匆的腳步，站在原地望著她們。

他手中還拿著簡妍先時在綴霞閣裡畫的那幅畫。單看這幅畫，滿紙蒼涼孤憤，任誰看了，只會以為畫這畫的是怎樣一個桀驁不馴之人，可是眼前的少女卻是一副弱不禁風的模樣，非但秀美絕倫，她蹙著眉頭咬自己手指的模樣，瞧著又有一種小女兒的嬌憨之態。

還是白薇先看到了站在那裡的徐仲宣，忙彎腰低聲對簡妍說：「姑娘，大公子在那邊呢！」

簡妍吃了一驚，下意識就抬頭看了過去，立時就對上了徐仲宣正望著她的探究眼神，她忙收回目光，又停止了啃手指的動作，站了起來。

徐仲宣這會兒已是背著雙手，抬腳走了過來。

「見過大公子。」

又是垂頭斂目，對著他斂裾行禮，再是如何都挑不出半點錯來的端莊嫻雅。可是他不喜歡看到這樣假的她，他想看到的是那個高興時會滿目靈動哼歌逗貓、被人嘲諷奚落之時會怒而潑墨揮灑、煩惱時會旁若無人，不顧形象地啃著自己手指的簡妍。徐仲宣眉頭微皺。

但他也知道，在簡妍的心中，現下他只是一個不熟悉的外人。且不曉得因著什麼原因，她每次見了他時，總是很疏離客套。

他又望了她一眼，可壓根兒就看不到她現下面上是什麼表情，只能看到她垂著頭露出來的一截細膩、白皙若初雪的脖頸。

「大哥。」

徐妙寧和徐妙錦也忙起身，開口喚了他一聲。

徐仲宣淡淡地「嗯」了一聲，隨後斟酌了一下措辭，才開口謹慎地說：「簡姑娘，老子曾經說過一句話：『良賈深藏若虛，君子盛德，容貌若愚。』沒有根基的鋒芒畢露並非什麼好事，這會招致有心人的打擊報復，給自己埋下後患。」

簡妍早就看到徐仲宣手中拿著的畫卷，心中原就訝異，這會兒又聽他說了這兩句話，便知道他這是曉得了剛剛綴霞閣裡發生的事，因此這當會兒本著為她好的念頭，便婉轉地規勸她兩句。

她確然是不該和李念蘭硬碰硬的，人家畢竟是國公之女，身分擺在那裡，自是有在她面前橫行的資本。她即便心中再不忿，也該巧妙地用其他婉轉的法子，而不是用上這般激烈直白的回擊，這不是等著讓人家仇恨自己嗎？

她心中感激徐仲宣說的這兩句話，便又屈膝對他行了一禮，誠摯地道了一聲謝。「多謝大公子教誨。」她腰間懸著的明珠玉珮禁步隨著她的動作輕輕地擺動著，飛珠濺玉一般，發出叮咚的一聲輕響。

徐仲宣垂下眼，瞧著她裙襬禁步上的圓形鏤空如意雲形玉珮，知道她這是明白了他的意思，心中放心不少，於是便放柔了聲音，又說了一句。「但一味地韜光養晦也不好，該出手的時候也要出手，不然總是一味隱忍，只會教人輕視欺負了妳。」

簡妍明白徐仲宣的好意，便又很誠懇地道了聲謝。「多謝大公子教導。」

徐仲宣一時沒有再言語，只是望著她腰間的那塊玉珮出神，心裡納悶，自己剛剛看了那幅畫之後，心中一陣悸動，隨即便一路疾行追著而來，迫切地想看到簡妍是怎麼一回事？而現下見著她以後，只覺得內心安寧舒適，這又是怎麼一回事？

他出神的這當會兒，就聽簡妍輕聲地問了一句——

「大公子，請問，您能將這幅畫還給我嗎？」剛剛那幅畫是她一時激憤所畫，並不想落到徐仲宣或是其他任何人的手中。

徐仲宣的目光望向自己手中握著的畫卷，沈吟了片刻之後，終於還是手心向上，將這幅畫平遞了過去。

簡妍忙雙手接過，說了一句。「多謝。」

她心中想著，待會兒她回去了，可得趕緊毀掉這幅畫才是，不然教簡太太知曉了，不定就會起什麼疑心。

誰知這時徐仲宣又說了一句。「回去之後不要毀掉這幅畫，可惜了。」

簡妍心中呵呵笑了兩聲，想著：你這還生了一雙透視眼呢還是怎麼著，連我心中想什麼你都知道？只是，留著這禍根子做什麼？剛剛綴霞閣裡的事，最好是一個字也不要讓簡太太知曉。她握著手裡的畫，抿著唇，並沒有回答。

徐仲宣一見她這副模樣，便曉得他說的這話她是不肯聽的。

他不由得在心裡嘆了一口氣。若是早知道如此，剛剛他就不該歸還她這幅畫才是。只是簡妍為人小心謹慎，若是不將這幅畫歸還於她，只怕她心裡總是會懸著這件事，那樣反而對她不好。

「大哥，」徐妙寧問了一句：「你這是剛從綴霞閣裡出來？那剛剛裡面發生的事你都知道了？」

徐仲宣收回望向簡妍的目光，看向徐妙寧，點點頭。「是，我都知道了。」

「那個李念蘭和郭丹琴都好大的架子啊，一口一聲地說著我表姊滿身的銅臭味，再是上不得檯面的，我倒是不知道她們兩個身上是什麼味兒，怎麼上得檯面了？下次見了，我可得好好地問一問才是！」

徐妙錦接著說道：「什麼味兒？左右不是玫瑰香味就是茉莉香味，都是熏爐裡熏出來的味兒，再不就是香包裡的味兒，妳跑去問她們這個做什麼？也想和她們一樣上不得檯面嗎？沒地倒丟了我們的身分。」

徐妙錦的一張嘴素來便是要麼不開口，一開口就尖酸刻薄得厲害。

這兩句話說完後，她又伸手拔下了髮髻上插著的那支李念蘭給她的赤金鑲紅寶石蝴蝶簪子，皺著一雙秀眉，隨手遞給了跟在她身後的青竹，一臉嫌棄地說：「她的東西我不要，給妳了！」

簡妍拿畫卷擋了臉，想著剛剛那事。看不出來這兩位小姑奶奶比她還義憤填膺啊！

徐仲宣這時招手喚了徐妙錦過去，俯首在她耳邊輕聲地說了兩句話。

徐妙錦望了簡妍一眼，而後便點了點頭。

「簡姑娘，」隨後只見徐仲宣直起身來，問了一句。「可否煩勞妳一件事？」

簡妍拿下了擋著臉的畫卷，甚是乖巧安靜地說著。「大公子客氣了，但請吩咐就是。」

「錦兒身子原就不好，今日出來得也久，是時候該回去了，能否煩勞妳陪她先回去？妳母親那裡，我待會兒自會和她說明。」

簡妍心中一震，不由得抬頭望了徐仲宣一眼。徐妙錦的身子雖然不好，但今日這趟出來，明眼人都能看得出來她是很高興的。現下尚且還是上午，午飯都還沒有吃，便是真的著急要徐妙錦回去也不急在這一時。

徐仲宣不過是想，因剛剛綴霞閣裡比試的事，李念蘭自然不會輕易饒過簡妍，這當會兒說不定就已經奔著玉照樓而去。若是這會子她回去遇上李念蘭，不定又會怎麼被奚落嘲諷一番，所以便要她先回去，避免跟李念蘭打照面，可又怕她多心、怕她覺得尷尬，於是便拉了徐妙錦出來做個幌子。

簡妍心中明瞭，也甚感激徐仲宣為她方方面面都著想到的這份細膩心思，聲音不由得低了下去，說了一句。「多謝。」

這份人情她是必須領的。剛剛她就一直在思考，可有什麼法子先回去，不回玉照樓？可想來想去也沒有想到個什麼好的法子出來，便是裝病裝暈，只怕簡太太也不會憐惜她，反倒還會責罰她，甚至由著她繼續待在這裡。可若是現下說徐妙錦身子不好，再由徐仲宣出面去說讓她陪了徐妙錦先回去，那簡太太定然不會說什麼，說不得還覺得她這樣是成功地與徐妙錦和徐仲宣打成了一片，心裡高興呢！

這時徐妙寧也在旁邊說：「大哥，我也隨了錦兒和表姊一起回去吧。出來這麼些時候，也逛得差不多了，我懶得再走，也懶得再回去聽祖母她們說閒話，待會兒你和我娘說一聲吧？」

徐仲宣點頭答應了，隨後就吩咐齊桑。「好生護送三姑娘、四姑娘和表姑娘回去。」

齊桑垂首領命。

簡妍便對徐仲宣點頭致意，而後轉身隨徐妙寧、徐妙錦一塊兒離開。

「簡姑娘。」這時徐仲宣又喚了她一聲。

簡妍轉過身來，眉眼低垂，輕聲地問了一句。「請問大公子還有何吩咐？」

她今日耳上戴的是一副珍珠墜子，銀色的鍊子下面是一粒淚滴形的白色珍珠，走動間前後輕搖，越發顯出她柔和白皙的臉龐來。

徐仲宣忽然想起那日梅林之中，她眉目靈動地和小毛團說話時的情景，少女容顏俏麗純真，笑靨如花，頭頂風兒細膩柔和，日光細碎如金。

「李念蘭的事，妳無須擔心。」他望著她低垂的眉眼，聲音不由得就柔軟了下去。「我自會處理好，妳且放寬心就是。」

這一刻，他只覺得自己心中莫名的就好似被什麼東西給戳了一下，柔軟酸脹得厲害……

第十七章　投餵之路

等徐仲宣到了玉照樓時，吳靜萱正巧領著李念蘭、郭丹琴過來。

李念蘭見著徐仲宣自然歡喜，趕著上前同他說話，只是徐仲宣神色淡淡，不過與她客套寒暄兩句，隨後便面向簡太太，說了徐妙錦身子不好，他讓簡妍先陪徐妙錦回去的話。

簡太太原就想著要巴結他，存了想將簡妍送到他身邊去的意思，這當會兒得他親自開口為簡妍說話，她還有什麼不依從的？當下便滿面笑意地應了。

有徐仲宣在此，他又對簡太太那樣客氣地說話，李念蘭自然是不好在簡太太面前說簡妍的不是了，反倒還得做出端莊大氣的樣兒出來，客客氣氣地與眾人相處。

徐仲宣見自己的目的已達到，自然不會在這裡多待，拱手對眾人客套又疏離地作辭，隨即振一振衣袖，轉身就走。

李念蘭急忙抬腳追上前。但徐仲宣的腳步極快，她如何能追得上？只能眼睜睜地看著徐仲宣的背影消失在園門外，兀自氣得雙拳緊握、銀牙暗咬，可到底也不能如何。

而園門外，齊暉早就備好了馬，正等著徐仲宣出來。

齊暉是齊桑的弟弟，兩個人同為徐仲宣的近身長隨。

齊暉在一旁垂手問道：「公子，現下您要去哪裡？」

徐仲宣一手按了馬背，一腳蹬了馬鐙，俐落地翻身上馬，伸手拿了轠繩，目視前方，說：「回家。」隨即，他一拽手中的轠繩，座下的高頭青馬長嘶一聲，四蹄翻飛，轉瞬就竄了出去。

齊暉也忙翻身上馬，一鞭子抽在馬屁股上，隨後跟上前。

徐仲宣一路快馬加鞭地回了家，將馬兒交給看門的小廝牽到了馬棚裡，自己則徑直走到凝翠軒這裡來。

凝翠軒裡面，簡妍正同徐妙寧、徐妙錦一塊兒用午膳。

簡妍回來後原本是想回自己的院子，可徐妙錦的盛情難卻，又有徐妙寧在一旁竭力攛掇，最後便索性留在凝翠軒裡用午膳。

只是前些日子吳氏說要裁減用度、節省開支，所以一應家中大小的葷菜都減了好些，且今日原就是闔家都出去遊園賞花，廚房裡本就沒預備什麼菜，現下徐妙錦她們又回來了，夏嬤嬤倉促之間雖是做了幾樣菜出來，可到底也不怎麼樣，瞧著素淡得緊。

於是當徐仲宣走進來時，瞥見這桌上放著的幾碟子菜，不由得皺了眉頭，問道：「怎麼就這樣幾個菜？」

簡妍和徐妙寧、徐妙錦三個都沒想到徐仲宣會忽然回來，忙不迭都扭頭望了過去。

徐妙錦所住的這凝翠軒正面是一明兩暗的三間屋子，明間待客，東次間是臥房，西次間是書房。往日徐妙錦用飯的時候都是獨自一人在臥房南窗下的木炕炕桌上用飯，今日因邀了簡妍和徐妙寧一起，青竹便指使粗使丫鬟和婆子抬了一張花梨木鑲大理石的圓桌到明間，擺在正中，大家圍坐在一起用飯。

當下三個人全都站了起來，徐妙寧和徐妙錦叫了一聲「大哥」。

簡妍則是行了個禮，叫了一聲「大公子」，而後垂下頭去，心想著，這徐仲宣怎麼忽地回來了？難不成是吳氏和簡太太她們都回來了？於是她又抬頭問了一句。「敢問大公子一聲，我母親她們都回來了嗎？」

徐仲宣一聽這話，頓時就知道了她的意圖。

若是簡太太現下也回來了，只怕簡妍接下來定然會說「我要回去見簡太太，這就先告辭了」之類的話。

慣常都是見著他了，她立刻就會找出各種各樣的理由離去。

徐仲宣且先不回答，反而是走至一旁的椅中坐了，才慢慢說道：「簡太太她們並沒有回來，只是我擔心錦兒的身子，這才趕著先回來看看。」

簡妍覺得自己都快要無語了。先前到底是誰拿了徐妙錦的身子不好當藉口，讓她們三個先回來的？這不過是搪塞吳氏和簡太太的藉口罷了，可現下倒是被他自己也拿來用，當她是傻子，聽不出來嗎？

不過簡妍只以為徐仲宣是不耐煩留在桃園和那些人虛以委蛇，所以也隨便找個藉口跑回來，再是想不到其他的理由上去。

徐妙錦見徐仲宣額頭上有汗，忙讓青竹上茶，又讓杏兒趕快去尋一把扇子出來給他，一面問他。「大哥，現下還是春日，怎麼你就熱成這樣了？連額頭上都出汗了。」

徐仲宣伸手摸了摸額頭，果然是有些許汗珠，他也不甚在意，只說：「無妨，許是剛剛走得有些急了。」

青竹上了茶好一會兒後，杏兒終於尋了扇子出來，只是她面上卻甚是為難地對徐妙錦道：「姑娘，奴婢將您裝扇子的描金匣子打開，尋了半日，都是這樣的團扇，再不就是這樣的檀香扇，您看，這還要不要拿給大公子啊？」

徐妙錦就著她的手一看，見一把是蘇州造的白檀香扇，上面鏤空雕著各樣花紋；一把是杭州造的圓形團扇，上面繡著紫藤翠鳥的圖案。這兩把扇子怎麼看都是閨閣女子所用之物，若是讓徐仲宣用了，只怕是有些不倫不類的。

徐妙錦便忍了笑，教杏兒將這兩把扇子都拿到徐仲宣的面前去，說：「大哥，你將就些，先拿了一把搧搧風吧。」

徐仲宣瞥了簡妍一眼，見她只是垂著頭，看不清面上表情，但唇角還是略微有些上揚的弧度。於是他便隨手拿了那把繡著紫藤翠鳥的團扇，拿在手中搧著風。

方才回來的這一路上他都在思考，是不是平日裡自己太端著高冷、不好親近的架子，所以簡妍見著他的時候才會找了各種理由想離開？但其實他也有隨和的一面，譬如說現下拿了閨閣女子所用的團扇搧風這樣。

徐妙寧性子直，沒有徐妙錦和簡妍那麼會忍，所以見著徐仲宣面上一本正經地拿著女孩兒家用的團扇搧風的模樣，不由得笑出了聲，也一下子就覺得自己沒有像以前那麼怕徐仲宣了。實在是以前的徐仲宣怎麼看都是高高在上，如在雲端一般的不好親近，目光隨便一掃就能讓人覺得遍體生寒，可現下他拿了這團扇在手裡搧著風，一下子就覺得平易近人了許多。於是她擦了擦自己眼角笑出來的淚水，主動問著。「大哥，你午膳用了沒有？」

徐仲宣搖搖頭。「沒有。」方才他一路緊趕慢趕地回來，哪裡還有那閒工夫去用午膳？於是徐妙寧便邀請他。「那大哥來和我們一起用午膳啊！青竹，妳去拿一副碗筷來。」

青竹答應了一聲，轉身去拿了一雙金鑲牙箸和一只白底青花瓷碗來，擺在了桌上，又指使杏兒掇了一張繡墩放在桌旁。待這一切都做好了，她才和杏兒躬身退了下去。

徐妙寧叫著徐仲宣。「大哥快來！」

徐仲宣沒有起身，只是瞅了瞅桌上那些素淡的菜色，再望了望簡妍。想起前些日子齊桑所說，簡太太每日只讓簡妍吃些素菜，葷腥都不見一星半點的話，他心中立時就有了一個計較。

隨手將團扇放在旁側的几案上，然後他對徐妙寧提議。「這樣的素菜有什麼好吃的？我聽說街上新近開了一家酒樓，叫做蕪荔樓，做的水晶鵝和櫻桃肉是遠近聞名，不然我讓齊桑和齊暉去那裡叫一桌酒菜來吃？」

徐妙寧就大著膽子問道：「大哥，你出銀子嗎？」

徐仲宣點點頭。「自然。」

徐妙寧再問：「那我可不可以點兩樣我愛吃的菜？」

徐仲宣又點頭。「自然可以。」

是以徐妙寧便點了木樨銀魚和玉絲肚肺。

徐仲宣復又問徐妙錦可有什麼想吃的？

徐妙錦想了想，點了一樣糟鵝掌，一樣糟鴨信，兩道都是涼菜。

徐仲宣早先就讓青竹拿了紙和筆來，這時聽了她們兩個所說的菜式，就一一記在了紙上。然後他抬起頭，問著簡妍。「簡姑娘，妳想吃些什麼？」

早在徐仲宣提議說要請客的時候，簡妍就想走了。這算什麼呢？他們兄妹三個自然是親近，做大哥的請了妹妹們吃飯是再正常也沒有的，可她說起來畢竟只是個外人，這樣白眉赤眼地留在這裡算怎麼回事？可現下徐仲宣竟然問她想吃些什麼菜！

於是簡妍開口推辭道：「先時大公子未來之前我已吃好了，現下再也吃不下了。大公子您同寧兒和錦兒用膳吧，我就先回去了，不然待會兒母親回來不見我在院裡，只怕她掛念。」說罷便站了起來。

徐仲宣險些就要伸手去拉她，可到底還是硬生生地止住了，只是說著。「妳母親和我祖母她們還在桃園裡賞花，一時半會兒的不會回來。且她們若是回來了，自然會有丫鬟過來說，簡姑娘不用急著回去。」這已是留客之意了。

但可惜簡妍去意已決，依然還是笑道：「即便母親現下還沒有回來，可今日我出來得久了，院子裡沒人照看著，我也放心不下，還是回去看看的好。」

此時徐妙寧在一旁拉了她的胳膊，說著。「表姊妳就放心吧，我娘早先就吩咐過院子裡的丫鬟和婆子，只待我們出門了，就讓她們關了院門，誰都不放進去，妳還有什麼不放心的？難得大哥今日請一次客，妳為什麼不留下來呢？等吃了飯，我們兩個人一塊兒回去好不好？」說罷又是「好表姊」的叫了十幾聲，又是搖著她的胳膊撒嬌。

一旁的徐妙錦也開口了，軟語地說著讓她留下來吃飯。

簡妍推卻不過她們兩個人的情，且她什麼藉口都被她們兩個人給拆穿了，再堅持要走只怕反而不好，索性便留下來。

徐仲宣這時發現，好似但凡寧兒開口和簡妍撒嬌求著她什麼事的時候，她從來都不會拒絕，所以，簡妍其實是吃軟不吃硬的人？

徐妙寧這時問著簡妍想吃什麼菜？簡妍想了想，覺得既然自己都已經決定留下來，問她吃什麼菜她再推辭，只怕就顯得有些矯情，便點了一道龍井蝦仁、一道脆筍炒肉。

徐仲宣忙提筆將這兩樣菜寫在紙上，自己又加了一些菜和糕點，而後便讓青竹拿這張紙出去交給齊桑和齊暉，讓他們兩個速去蕪荔樓將這些菜買回來。

齊桑和齊暉接過這張紙，看著上面滿滿的瀟灑行書，不禁面面相覷。

齊暉就問齊桑。「哥，你說就公子和三位姑娘，能吃得了這麼多菜和糕點嗎？就是四個大肚子的彌勒佛也吃不了這麼些啊！你瞧瞧，旁的不說，單就這糕點，光這荷花酥、銀絲卷、果餡酥餅就是每樣三盒，這到底是拿來吃呢，還是拿來送人呢？」

齊桑瞪了他一眼。「管這麼多做什麼？左右是公子吩咐的，咱們照著吩咐去辦了就是。」不過他心裡也認為，只怕公子真是要拿來送人的。

兩人拿了這張寫滿菜式和糕點名的紙，懷裡揣著徐仲宣讓青竹拿過來的銀子，忙忙地就去了。

第十八章 靜謐相處

凝翠軒裡，徐妙錦讓青竹拿了棋盤放到書房的套間小暖閣裡，正和簡妍兩人在下棋玩。

蕪茘樓雖說隔得不遠，就在間壁的那條大街上，可那麼多的菜式和糕點也夠他們整治好些時候了。在這等飯吃的間隙裡該做些什麼呢？四個人坐著說閒話？簡妍覺得跟徐仲宣說話實在是太費腦細胞，可若是老不開口說話，別人還不曉得她是什麼意思。畢竟說起來她今日可是承了徐仲宣的人情，若不是他，指不定這當會兒她就在玉照樓裡被李念蘭怎麼為難呢！好在這時徐妙錦提議要和她下棋，她立刻就答應了。

都說觀棋不語真君子，那下棋不語也是很正常的嘍？這樣就可以名正言順地不說話了。

徐妙錦的書房甚是寬闊，用一架梅木槅扇落地罩隔開來。臨窗這邊是木炕，落地罩那邊則放了黑漆描金書架，上面擺擺的圖書。旁側又放了一張黑漆描金平頭書案，上面紙墨筆硯瀟灑；書案後面又放了一張花梨木圈椅，一旁的黑漆描金高几上放著一盆杜鵑花，正開得如火如荼。

簡妍就和徐妙錦坐在臨窗炕上，正下著圍棋玩；徐妙寧則是讓丫鬟掇了一張花梨木海棠繡墩來，坐在一旁觀戰。

至於徐仲宣，他在書架上隨意地揀了一本書，而後就坐在書案後的圈椅中看著。看了一會兒後，他抬眼望著臨窗坐著的三個人。徐妙寧伸了食指在口中含著，目愣愣地望著棋盤不語；徐妙錦則是手中拈了一枚白子，一雙纖細的眉緊緊地蹙著，似是在琢磨應當將手中這枚白子落在哪裡的好？而簡妍，她微微地垂著頭，雖是望著棋盤，只將側顏對著這邊，還是可見她唇角噙著一絲淡淡的微笑。

有風從菱花窗外吹進來，帶來春日薔薇的香氣，落地罩上懸著的蔥綠紗帳隨之輕輕地飄動著。

徐仲宣的唇角便也噙了一抹笑，復又垂下頭去看書，一會兒後又抬起頭來望了那邊一眼，復又垂下頭去看書，如此往復。

在隆州的時候，簡太太可是請了名師來教簡妍下棋，而簡妍又是個聰敏的人，所以在棋藝也有些造詣，徐妙錦年歲畢竟小，哪裡是她的對手？不一會兒工夫就下不過簡妍了，最後索性叫了徐妙寧，兩個人一邊坐著，互相出主意，可到底還是贏不了簡妍。若不是簡妍存心讓了些，只怕還會輸得更不好看。

徐妙錦的棋藝是徐仲宣教的，也算是小有成就，往日裡和人下棋甚少有輸的時候，這時猛然受了這麼一回挫，就只能呆呆地望著棋盤上的黑白雙子，想著自己到底是哪幾步走錯了？

徐妙寧知道她是個喜歡鑽牛角尖的執拗性子，就怕她一直盯著棋盤想岔了，索性便伸手將棋盤上的黑白子都弄亂，然後扭頭對徐仲宣道：「大哥快來，你和我表姊下盤棋，我和錦兒在旁邊看著！」她這是有讓徐仲宣過來救場，省得徐妙錦待會兒只顧想著下棋，想得鑽了牛角尖的意思。

簡妍吃了一驚。這個寧兒慣會給她招惹禍事，她是時時避讓徐仲宣唯恐不及，這個寧兒卻是主動叫他過來和她一處下棋。

她待要起身推辭，但已晚了，徐仲宣已經走至她的對面坐下來，正伸手揀著棋盤上的白子。簡妍無法，只得不言不語地伸手揀著棋盤上的黑子。

待棋盤上的棋子都揀完了，徐仲宣將放在他那邊裝著白子的棋笥遞過來，將簡妍這邊裝著黑子的棋笥拿過去，隨後笑著對簡妍說了一句。「簡姑娘，待會兒還請妳手下留情。」這話說得多少就有點俏皮了。

簡妍面上微熱，卻還是儘量平靜地說著。「大公子謙虛了，是我請大公子手下留情才是。」

依著白子先下的慣例，簡妍拈了一枚棋子在手，思索片刻後，輕輕地落在了棋盤上。

徐仲宣隨後也落下了一子。

兩人都是高手，且都是謹慎的人，走一步都要考慮到後面的好多步。不同的是，簡妍可能就只看到後面的五、六步，徐仲宣卻能看到後面的十幾步，甚至是二十幾步。

這種互相挖坑給對方跳的遊戲，很顯然簡妍挖不過徐仲宣。因此下了一會兒工夫之後，簡妍便蹙起了一雙秀美的新月眉，拈了一枚白子在指間，只是沈吟著不知道下一步該如何走，倒是將先時想著該怎麼與徐仲宣疏離的心思給忘了。

徐仲宣就見細膩如玉的白子被她夾在手指間，她的手指白得竟和這白子沒有什麼區別。視線再往上移，就見她皓如霜雪的右手腕上戴了兩只光面的金鐲子，左手腕上則戴了兩只玉鐲子。那兩只玉鐲子的成色極好，一汪綠水似的，越發顯出她手腕的纖細和白皙來。

徐仲宣心裡也不知道為何，突然就興起了想去握一握她手腕的念頭。他忙壓下自己心中的這股綺念，轉而眼觀鼻、鼻觀心，只是專注地望著棋盤上的戰局。

徐妙寧早就拉了徐妙錦到明間裡去摀瓜子玩了，一時，這套間暖閣裡就只有他們兩個人。偏偏簡妍因在思索棋局，顧不上說話，徐仲宣則覺得自己方才不該起那樣的心思，很是唐突佳人，所以這當會兒只顧在心裡譴責自己，也沒有說話。於是，暖閣裡就靜得很，恍似都能聽見窗外風過樹梢的聲音。

片刻之後，只聽得「嗒」的一聲輕響，是簡妍終於將手中的白子落在了棋盤上。

徐仲宣定了定神，想了想，隨即也落下一枚黑子。

方才他見簡妍蹙眉思索棋局的模樣，不忍心她這般費心費神，便有心要讓一讓她。可這讓也是有講究的，畢竟簡妍在圍棋上也是高手，若是讓得明顯了，只怕會讓她心中不喜，所以縱然是讓，也得讓得不很明顯，至少三步之內顯不出來。

三步之後，簡妍果然神色微喜。

因沈浸在這盤棋局中，她忘了周遭的一切，一見棋局有了轉機，於自己有利，面上不由得顯了幾絲笑意出來，一雙秋水雙眸也是熠熠有神。

徐仲宣見了，便又不著痕跡地讓了兩步。

因而簡妍就覺得自己應對得沒有方才那麼吃力了，一雙蹙著的纖眉也漸漸地舒展開來。

徐仲宣倒也沒有一味地讓著簡妍。畢竟若他一味讓著，只怕會教簡妍看出來不說，反倒還會讓她覺得跟他下棋是件沒有意思的事，是以他便走個幾步再讓一步，這樣既能確保簡妍覺得跟他下棋有意思，又不用讓她勞神費力地去想該怎麼走一步，同時還能延長下這盤棋的時間，與她單獨多相處一會兒，何樂而不為呢？

這般下得一會兒，徐仲宣始終牢牢地掌控著整個棋局的走向，而齊桑和齊暉也回來了。

徐妙錦讓青竹進來請他們二人出去吃飯，簡妍丟開棋局的時候，面上還有些意猶未盡，因今日和徐仲宣下的這盤棋實在是教她暢快得緊。

徐仲宣察言觀色，打鐵趁熱地問了一句。「簡姑娘，改日我們再切磋切磋，如何？」

簡妍下意識就答應了。「好啊！」等她回過神來的時候，恨不能伸手抽自己一巴掌。怎麼就教一盤棋給她整得腦子都沒舌頭轉得快呢？她可不可以反悔？

但徐仲宣沒有給她反悔的機會，已伸手做了個「請」的姿勢，說：「簡姑娘，請。」

簡妍只好尷尬地點頭，但也不敢真的自己走上前，讓徐仲宣在後面跟著，便推辭了一番。「大公子，還是您先請吧。」

最後推辭來、推辭去的結果，是兩個人並肩走了出去。

徐妙錦這處書房是用碧紗櫥與明間隔斷的，碧紗櫥的中間兩扇槅扇開著，懸了淡綠的軟綢簾子。

青竹在外面打起了簾子，簡妍落後一步的距離，讓徐仲宣在前，但徐仲宣走出去之後，竟是停下了腳步，在原地等著她。

簡妍只想扶額！客氣成這樣也是絕了，太讓人覺得心累。於是她索性也懶得再裝，就這麼自顧自地走著自己的路，管他徐仲宣到底是在前、在後，還是和她並肩。

明間正中的圓桌上，擺了滿滿一桌子的菜。除卻她們三個人各自點的六個菜，再就是徐仲宣說的那兩樣招牌菜水晶鵝、櫻桃肉，並著桂花魚條、清燉蟹粉獅子頭，還有一大碗的人參烏雞湯。旁側放著三只罩漆方盒，不曉得裡面還裝了些什麼？

滿滿一桌子的葷菜，再是一點素菜的影子都看不到。簡妍不禁想著，徐仲宣這到底是土豪到了一定的程度呢，還是壓根兒就是個土包子，只知道吃肉喝湯？

徐妙寧和徐妙錦沒有落坐，而是等著徐仲宣和簡妍過來，看徐仲宣落坐之後，她們隨後才坐下。

徐妙寧和徐妙錦雖然素來便在一塊兒玩得好，但近日兩個人的關係可謂是突飛猛進，較往日越發的好了，真有焦不離孟、孟不離焦的意思，是以兩個人索性就親親熱熱地坐在一塊兒，而簡妍就只能挨著徐仲宣坐了。

這種坐在自己一心想要遠離的人身邊的感覺，讓簡妍心裡有點慌，也有點醉，於是她就只是低頭吃飯吃菜，儘量不說話。

不過好在大家族裡很講究食不言，是以飯桌上也沒有人說話，都是各自吃著自己的。

徐仲宣一面挾菜，一面不著痕跡地觀察簡妍喜歡吃哪些菜，想大致瞭解她喜好什麼樣的口味，往後才能投其所好。然後他就發現，簡妍好像什麼都愛吃……

飯畢，簡妍滿足得只想哭。有多久沒有好好地吃過這麼多的葷菜了？這些年肚子裡盡是素食，半滴油水都沒有，今日猛然狂補了這麼多的油水，她都怕自己會不習慣。

小丫鬟上了濃濃的毛尖茶來，鮮濃甘爽，極是解膩。

簡妍一面端了茶盅在手裡慢慢地喝著，一面面帶微笑地聽著徐仲宣和徐妙寧、徐妙錦他們說話。

似是錯覺，她怎麼就覺得今日的徐仲宣瞧著不似以往那麼高冷，有點像下了神壇，很是隨和的意思，不再瞧著就覺得那麼高不可攀呢？

而徐仲宣雖然溫和地和徐妙寧、徐妙錦說著話，可不時也會不易察覺地將話題轉到簡妍的身上來，簡妍也就只得開口說個一、兩句。如此反覆，到後來簡妍也不曉得自己今日到底說了多少話了。

一盅茶喝完，簡妍偏頭看了看屋外的天色，猜想著簡太太她們也快回來了，便帶了徐妙寧起身，和徐仲宣及徐妙錦告辭。

徐仲宣隨即也抬頭望了望外面的天色，竟是不知何時日頭都偏西了。院中翠竹的影子長長地投在石子甬道上，有風吹過，地上的竹影左右搖擺個不住。

於是徐仲宣也不再留簡妍和徐妙寧，只是拿了桌上的兩只罩漆方盒遞過來，說：「蕪荔樓不但菜做得好，糕點也是享負盛名。方才我讓齊桑他們也順道帶了幾樣糕點回來，妳和寧兒、錦兒她們一人一份。」

吃了人家的也就算了，臨走的時候還要拿人家的，簡妍覺得實在有點不好意思，於是就推辭著。「今日擾了大公子一頓飯，我心中已是過意不去，豈可再拿這些糕點？大公子留著自己吃吧。」

但徐仲宣已將一只方盒遞給了站在她身後的白薇，而後才道：「我素來便不愛吃甜的，給了我也是白費。」眼見簡妍還要再推辭，他又道：「妳也不用心裡過意不去，我只是想著，我素日不在這裡，錦兒她一個人難免覺得孤單，還希望簡姑娘日常無事的時候和寧兒多來陪陪她。」

既然話都已經說到這分上，簡妍只好對徐仲宣行了個禮，說了一聲「多謝」，而後收下了這些糕點。

徐妙寧自是不必說了，她今日覺得大哥不比以往，實在是太好了，所以她清脆地說了一聲「謝謝大哥」，便讓青芽接過徐仲宣手中的方盒，然後挽了簡妍的胳膊，對徐妙錦說了一句「明日我和表姊再過來找妳玩」的話，便揮手和她告別。

徐仲宣和徐妙錦站在石臺基上，眼望著她們兩人走出了院門，才轉身回來。

第十九章 鼎力助攻

簡妍和徐妙寧出了凝翠軒的院門後，兩人沿著池岸，一面說著話，一面往荷香院的方向走著。只是走不得一會兒，就見徐妙寧的身子往簡妍的身邊湊了湊，伸手指了指前面，低聲說著。「表姊，萱表姊在前面呢！」

簡妍抬頭一看，果見吳靜萱正帶著丫鬟雪柳，步履匆忙地往這邊而來，簡妍和徐妙寧便在原地站定。

先前在綴霞閣時，簡妍雖然反感吳靜萱在背後給她捅軟刀子的做法，可畢竟大家都是在一個徐宅裡住著，若是真的鬧開了於她也沒有什麼好處，所以這當會兒看到吳靜萱過來，簡妍還是很客氣地點點頭，叫了一聲「吳姊姊」，徐妙寧隨之也叫了一聲「萱表姊」就算完了。

吳靜萱站定，目光望向簡妍和徐妙寧，面上雖然有笑意，卻未達眼底，冷冷淡淡地問著。「妳們姊妹倆這是打哪裡來？」

簡妍微笑以答。「我和寧兒方才在錦兒那裡坐了一會兒。」她也不開口問吳靜萱要去哪裡，一來是她沒興趣知道，二來是都不用想，吳靜萱肯定是要去凝翠軒的。

一聽簡妍和徐妙寧是從徐妙錦那裡過來的，吳靜萱的心裡便緊了緊。若只有徐妙錦就罷了，她怕的是徐仲宣也在凝翠軒裡。

這些日子她在一旁冷眼看下來，已察覺到徐仲宣對簡妍有些不一般了。而方才簡妍先從桃園回來，隨後徐仲宣也匆匆離開桃園，誰曉得他是不是急著回來會簡妍呢？一想到這個，吳靜萱面上的笑容就有些勉強。

簡妍卻不想與她多說什麼，正打算開口告辭，卻聽得吳靜萱問——

「這方盒裡是些什麼？哪裡來的？」

簡妍有些不耐煩。巴巴地問著她和徐妙寧是從哪裡來的也就算了，只當是客套，可是哪還有硬要問別人手裡拿的東西是什麼？從哪裡來的？左右不是偷來的就是了！

簡妍面上的笑容有些淡，簡單地說：「只是一些糕點罷了。」

吳靜萱心裡想的卻是：難不成這是徐仲宣送她們的？

她知道若是問簡妍，只怕就會教她隨意搪塞過去，於是她便笑著問徐妙寧。「妳和妳表姊這是哪裡來的糕點？」

徐妙寧原本是不待說的，可轉念一想，這萱表姊不是喜歡大哥嗎？可大哥卻是不怎麼待見她，索性不如實話實說這是大哥送的，好好地氣氣她！

於是她就照實說了。「是大哥送的，還是大哥巴巴地讓人去蕪茘樓買來的呢！中午也是大哥從蕪茘樓叫了一桌席面來請我和表姊吃的呢！一大桌子的菜，有櫻桃肉、桂花魚條、龍井蝦仁、糟鴨信這些，我們都吃不完。吃完了飯，我們就一塊兒邊喝茶邊說話。對了，大哥還和我表姊一塊兒下棋了呢！」

簡妍聽得在一旁不住地扶額，不過她沒有阻止徐妙寧。因為方才在綴霞閣裡，她可是被吳靜萱連著用軟刀子捅了兩次，她自認自己雖然不是什麼壞人，但也不是什麼好人，一笑泯恩仇這樣的話說說就罷了，真做出來她覺得自己可沒有那麼好的肚量，所以不妨讓徐妙寧說說這些話，以報自己今日背後被捅了兩記軟刀子的仇。想必這些話聽在吳靜萱的耳裡，定然也是難受得緊，說不定比真刀子戳著還難受。

簡妍之所以敢放任徐妙寧說這些話而不阻止，不過是從私心裡來說，她並不懼怕吳靜萱，並不覺得她會給自己造成什麼威脅。吳靜萱所會的那些手段，不是她自誇，用膝蓋想她也能猜得出來，因而她也只是別過頭去望著一旁淺碧垂金的柳樹。

果然，吳靜萱聽了徐妙寧說的這一番話，只覺得心裡發緊，手腳冰涼，面上的笑容都有些掛不住。「大表哥他……他剛剛一直和妳們在一起？」

徐妙寧天真無邪地點點頭。「是呀！大哥他方才一直和我們在一起喔，而且還一直和我們有說有笑的呢！」她知道徐仲宣面對吳靜萱的時候不但話語甚少，而且從來也沒出現過笑臉。

吳靜萱不由得抬頭注視著簡妍，目光閃爍。

簡妍只當自己沒看到，低頭和徐妙寧說：「母親和姨母都回來了，咱們還是快些回去吧。」隨後抬頭，對吳靜萱笑了笑，說：「吳姊姊別見怪，我和寧兒先回去了，妳慢慢地逛吧，我們就不陪著了。」說罷，也不等她回答，拉著徐妙寧的手就走。

吳靜萱則是站在原地，雙手緊緊地握著手絹，胸脯急遽起伏著，想來實在是被簡妍和徐妙寧給氣得不輕。

一旁的雪柳擔憂地看著她，待要說什麼，可想了想，最後還是沒有說出來，只是垂首安靜地站在一旁。

片刻之後，只見吳靜萱一甩手絹，繼續朝凝翠軒的方向去了。

凝翠軒裡，徐妙錦正和徐仲宣說著閒話。

「大哥，你剛剛可是對妍姊姊當面扯謊了。說什麼你不愛吃甜食，可我記得你最愛吃鹽漬梅子、鹽漬金桔之類的蜜餞，各式各樣的糕點也喜歡啊！」

徐仲宣伸手摸了摸鼻子，而後回答：「我不這樣說，妳妍姊姊會收下那些糕點嗎？」

徐妙錦想了想，然後點點頭，說：「也是。」頓了頓，她又嘆了一口氣，說道：「我可真羨慕三姊，有這樣好的表姊。大哥，你是不知道，妍姊姊為人最和氣，心也最好了。原本我和她也沒有什麼交集，不過是三姊說我身子不好，不常出門，只是一個人整日在院子裡悶著，妍姊姊聽了，平日你不在的時候，她倒沒事就會和三姊一塊兒來看我，和我說話，或是來邀我一塊兒出去玩，一點都不作假地對我好。不像萱表姊，平日裡再是不登我這院子的門，可每每等到你休沐的日子，她卻是必定會來的。打量我是小孩，什麼都不知道嗎？她哪裡是來看我，分明就是想來同你說話的！」

徐仲宣聽了這話，心裡就想著，原來簡妍平日也經常來錦兒這裡，不過逢他休沐的日子就不來，想是怕碰到了他。

只是她到底是因為什麼緣故才這樣躲著自己？怕別人說閒話，還是懼怕他？可是他這些日子冷眼看下來，簡妍不像是個會怕人的人。

徐仲宣想了想，並沒有理出個頭緒來，索性不再想了，只是問著徐妙錦。「方才我見妳吃的飯倒是較平日裡多些。」

「平日都是我一個人吃飯，有什麼意思？吃得自然少了。可方才有你們陪著，我心裡一高興，自然吃得多些了。」

徐仲宣心中一動，隨即又說：「那妳往後可以每日和寧兒還有她表姊一塊兒吃飯。」

徐妙錦抬頭，詫異地望著他，還沒有明白他這話是什麼意思。

徐仲宣耐心地解釋著。「妳住的凝翠軒原就和寧兒住的荷香院離得近，平日妳們也都在一起玩，何不就一塊兒吃飯？不拘是在妳的凝翠軒也好、在寧兒的屋子裡，或是在她表姊的屋子裡也好，三個人一塊兒吃飯，妳也有個伴，總好過每日自己一個人吃飯。」

徐妙錦對他的這個提議甚為動心，可還是有些猶豫。「只是，寧兒和妍姊姊會答應嗎？便是她們兩個答應了，五嬸和簡太太會答應嗎？」

「這些事妳無須擔心。」徐仲宣淡淡地說著。「由我出面去說，她們定然會答應的。」

徐妙錦瞧了瞧他，隨後便噗哧一聲笑出來。「大哥，你這句話說得可是好生霸氣呢！」不過她也知道，但凡由徐仲宣出面去說這件事，五嬸和簡太太定然是不會反對的。其實認真說起來，這偌大的一個徐家，大哥說什麼，又有誰會反對、誰敢反對？畢竟通州徐家的這個名頭，現下可是由大哥撐起來的呢！

兩個人一面吃著茶，一面說著閒話。徐妙錦又讓青竹將方盒裡的點心都拿出來，兄妹兩個人吃著。

徐妙錦說起近來小廚房每日送來的菜式都不如以往，葷菜也減了好幾樣，她讓丫鬟去打聽了一下，說是吳氏說了，現下家中進項不怎麼樣，便想著法兒要縮減開支，非但是家中一應大小的菜式都沒有以往好了，每季的衣裳也是要減的。秦氏和馮氏為著這事，很是鬧騰了一陣子，都說吳氏不會管家，倒使得往日開銷那樣大，浪費了多少銀錢。兩人都是爭著、搶著地想要管家，可無奈吳氏再是不鬆口、不放手的，兩人沒辦法，只好日日的指桑罵槐了。

徐仲宣聽了，只道：「這些事妳不用去管，每季的衣裳妳也不用叫裁縫來做，京城裡有得是名氣大的成衣鋪。挑個日子，妳和寧兒還有她表姊一塊兒去京城，一來買衣裳，二來我也可以帶妳們到處逛逛；至於小廚房那裡，我會讓齊桑去尋夏嬤嬤，對她說一聲，往後妳和寧兒還有她表姊的菜錢，全都由我來出，讓她每日單獨給妳們做些好菜。妳們若是想吃什麼了，儘管對她說就是了。」

徐妙錦便嗤笑了一聲，說：「讓她們去狗咬狗，我才懶得管呢！說起來這一家子，個個長了一雙勢利眼，不是看錢，就是看權，我做什麼要和她們同流合污？我只守著我的這凝翠軒，好生地過我自己的日子就罷了，左右又不會短了我的吃喝，我還怕什麼？」

徐仲宣聞言，不由得笑道：「妳這牙尖嘴利的，也不曉得將來妳的夫婿會不會受得了？」

「大哥！」徐妙錦畢竟是個小姑娘，聽了徐仲宣這般打趣她，不由得就紅了臉，嗔道：「你淨胡說些什麼！」頓了頓，又想著也要打趣回去，便說：「大哥，你倒是什麼時候給我找個嫂子啊？若是你娶了個嫂子回來，再開個口讓我嫂子管家，我擔保這滿宅子裡的人都是不敢反對的。」

徐仲宣沒有說話，只是垂頭慢條斯理地吃著手裡的銀絲卷。

銀絲卷看起來白如初雪，吃起來柔和香甜，甚是美味。

徐妙錦見他不說話，便繼續打趣他。「大哥，你想娶個什麼樣的嫂子呢？萱表姊那樣的就算了，也就是瞧著面上溫婉，背後捅人軟刀子的時候可是一點兒都不含糊呢！今日綴霞閣裡你是不知道，她竟是那般在妍姊姊和李念蘭之間挑事，像是恨不得李念蘭怎麼奚落、嘲諷了妍姊姊，她才高興一般，這樣人品不好的人還是算了。」頓了頓，見徐仲宣總是不接話，只是慢條斯理地吃著手裡的銀絲卷，她又道：「大哥，不如你娶了妍姊姊做我的嫂子，如何？」

徐仲宣的手一緊，軟綿的銀絲卷上立即就被他給捏出了兩個淺淺的坑來。

「妳一個女孩兒家，這都在說些什麼？」他微微提高了聲音，面色也沈了下來，但未免給人有些色厲內荏的感覺。

徐妙錦見狀，就笑出了聲。「我就知道！大哥你素來便是個冷面冷心的性子，誰的生死你都不放在眼裡，何曾對人這般上心過？午前你讓我裝身子不好，讓妍姊姊陪我回來，不就是為了不讓李念蘭尋她的麻煩嗎？接著又嫌今日中午的菜式不好，巴巴地讓人去蕪荔樓弄了好些菜來，末了又打著為我好的名頭，送了妍姊姊那一方盒的糕點，便是方才同我說話的時候，你也不時就會說起妍姊姊。大哥，你若不是對妍姊姊有意，今日又怎會如此反常？」

徐仲宣素來便知徐妙錦聰慧心細，想來自己的這些反常是逃不開她的眼去，索性便不再否認。「倒也沒有妳說的那樣，我只是覺得，簡姑娘不似其他的姑娘，她——」一語未了，忽然就見杏兒掀簾子走了進來。

「大公子，姑娘。」杏兒對徐仲宣和徐妙錦福了福身子，稟報道：「表姑娘在外面叫門呢，說是想來瞧瞧姑娘的身子好些了沒。姑娘，要不要開院門讓表姑娘進來？」

先時簡妍和徐妙寧離開後，徐妙錦隨即就讓人關了院門，也是防著吳靜萱過來的意思，不想現下人家果然是過來了。

徐妙錦皺了眉，不悅地說：「討人厭得很！果然一到大哥休沐的日子，她就往我這裡跑！」

徐仲宣笑道：「既是不想見她，就不要讓她進來。」

徐妙錦點點頭，隨即轉頭吩咐杏兒。「不要開院門，只隔著院門同她說一聲，就說勞她關心，只是我已吃了藥歇息下了，讓她明日再來瞧我吧。」頓了頓，又加了一句。「再有，妳同她說，大公子先時就走了，現下也不在我這裡。」

杏兒答應著去了。

徐妙錦忙又轉頭問徐仲宣。「方才你說妍姊姊如何？」

徐仲宣卻不說了，只是笑著繼續吃糕點，任憑她再如何纏著，也是一個字都不說，只是囑咐她，這些話千萬不可說出去，更不能對簡妍說。

她如今已是這般躲避著自己了，若是教她知道自己對她有意，往後豈非要躲到天涯海角去，再也不見他一面了？

第二十章 人情難還

簡妍和徐妙寧回了荷香院後，兩人分別去拜見了自己的母親。

原來出去逛了一圈後，紀氏和簡太太都覺得甚是勞累，回來時便各自回了屋子歇息去了。

簡妍吩咐四月將帶回來的方盒送回東跨院，自己則帶著白薇去了簡太太住的東廂房。

碧青軟綢簾子靜靜地垂在門口，有丫鬟在長廊下站著，一見簡妍過來，立刻屈膝對簡妍行禮，喚了一聲「姑娘」。

簡妍點點頭，問道：「母親已歇下了？」

她聲音雖然不高，但也不輕，足可確保屋裡的人能聽到。簡太太若是想見她，自然就會使了人出來喚她進去；若是不想見她，想必就不會作聲的。

果然，她這話才剛落了不到一會兒，就見簾子一掀，珍珠走了出來。

她先是對簡妍屈膝行了個禮，才說：「太太讓姑娘進去呢！」說罷，便伸手打起了門簾。

簡妍低了頭，走了進去。

簡太太正坐在明間的羅漢床上，沈嬤嬤侍立在一旁。

簡妍對簡太太福了福身子，喚了一聲母親。

簡太太點點頭，隨即便說：「坐吧。」

簡妍便坐在右手邊的第一張玫瑰椅上，白薇站在她的身後。

簡太太望著簡妍，見她依然還是早間出去所穿的那套衣裙，頭上的首飾也依然是那幾樣，並沒有變，想必她從桃園陪了徐妙錦回來後就一直待在徐妙錦那裡，並沒有回來，於是簡太太問道：「妳這是剛從徐四姑娘那裡回來？」

「是。女兒從桃園回來後，便一直待在凝翠軒陪著四姑娘，方才聽說母親回來了，便趕著回來見母親。」簡妍乖巧柔順地回答。

簡太太點點頭，頓了頓，又委婉地問了一句。「凝翠軒就只有徐四姑娘一個人在？」

簡妍心裡很清楚簡太太問的這句話內裡是什麼意思，但她還是裝傻，只是說：「寧表妹也是在的。」

簡太太心想：我才不關心寧姊兒在不在凝翠軒呢，我想知道的是徐仲宣在不在那裡的事！只是這個簡妍也是個傻的，這樣的話都聽不出來？

於是簡太太索性開門見山地問了。「方才大公子在不在凝翠軒？」

簡妍想著，徐仲宣今日下午一直在凝翠軒的事只怕是瞞不過簡太太的，與其現下撒謊，日後被簡太太知道了，還不如索性就實話實話。反正簡太太既然是存了讓她和徐仲宣走近些的心思，肯定是樂於見到她和徐仲宣多見面的。即便簡太太再是想著讓徐仲宣納了她為妾，可這樣的事畢竟不能一蹴而就，她先麻痺痺著簡太太，讓簡太太對自己放鬆警惕，等過了些時候，誰知到時會怎麼樣？說不定自己已經脫離了她的掌控呢！

思及此，簡妍就老老實實地回答。「在的。大公子不放心四姑娘的身子，一早就回來看她了。」

簡太太一聽，心中很歡喜，面上也透了幾絲笑意出來，忙問道：「那大公子可是和妳說話了？都說了些什麼？」

簡妍心裡冷笑一聲。簡太太就迫不及待成這樣了？但還是裝了一副柔順乖巧的樣子出來，細聲細氣地說：「不過是下了一盤棋，說了一些閒話罷了。」

「喔？他還和妳下了一盤棋？」簡太太忙追問著。

「是呢。」簡妍點點頭。「大公子的棋藝好生厲害，女兒都下不過他。」

「傻孩子，」簡太太就笑道：「便是妳再下得過他，也得裝著下不過他，男人可不喜歡事事比自己強的女人。」這話說得就很直白了，但簡太太其實也是故意這般說的。

既然都已經成功地讓簡妍和徐仲宣搭上線了，總歸得要簡妍懂些男女方面的事才成。以往盡是讓她學那些才藝，也總是想著要讓她看上去清雅端莊些，就沒讓人教她如何魅惑男人的技巧，只指望著她能自己摸索得出來。可現下看來，這個丫頭竟然是個傻的，一點都不懂該如何討好男人，看來少不得得讓她慢慢知曉男女之間的一些事了。

簡太太想到這裡，一時就覺得頗為躊躇。她們畢竟是客居在徐家，不像以往在自己家裡，想讓簡妍學些什麼，大可以立時就請人來教她這些事，如今只怕是不行的。

她又望了簡妍一眼，見她低垂著頭，循規蹈矩地坐在那裡，也不曉得到底是聽懂了自己那句話的意思沒有。不過她覺得，依簡妍這笨腦袋瓜子，想必是聽不懂的。

簡太太一時就恨不能拉了簡妍，好好地親自教她一番該如何討好男人的事。可她轉念一想，誰知道徐仲宣到底喜歡什麼樣的女人呢？說不定就喜歡簡妍這樣單純的、傻的呢！所以，暫且還是先觀察一段時日再說吧。

於是簡太太也就沒有再說什麼，只是與她閒話兩句之後，便說著自己乏了，要歇息，讓她先回去。

簡妍恭順地起身，又對她行了個禮，才帶著白薇出了屋子。

行至抄手遊廊上，白薇見四下無人，忍不住，終於還是低聲問了一句。「姑娘，太太方才說的那些話……是什麼意思呢？」

簡太太方才都已經說得那樣直白了，但凡是長了耳朵的人，誰聽不出來呢？

簡妍微笑，慢慢地說著。「就是妳想的那個意思。」

「太太她……她是想著讓姑娘嫁給大公子？」白薇驚訝得很，也顧不得許多，直接就問了出來。

「不。」簡妍搖頭。「以我的身分地位，徐仲宣怎麼可能會娶我？母親自然也是知道這一點的，所以她不過是想著讓徐仲宣納了我罷了。」

自古娶為妻，納為妾，白薇自然知道。

「姑娘……」她喃喃地叫了一聲，卻不曉得到底該說些什麼。做妾有什麼好呢？如果可以，誰願意做妾？她家姑娘這樣的相貌、才情，為什麼要去給別人做妾？

簡妍面上帶著淺淺的笑意，說：「不用替我傷心，也不用想著該怎麼安慰我，其實我一早就知道母親的打算了。母親她養我一場，又讓人教會我這麼些才藝，早就是打算讓我給人做妾的。」

簡妍以往從來沒有和白薇說過這些話，所以縱然白薇一直都知道簡太太對簡妍不好，簡妍對簡太太也全不似女兒對母親那般，可從來都不知道中間還有這些原由，白薇一時就覺得難受得有些說不出話來。

簡妍察覺到了，忙笑道：「這有什麼可難受的呢？咱們在一塊兒都這麼些年了，妳還不曉得我的性子嗎？我是絕不會給任何人做妾，也絕不會讓妳和四月一輩子都是奴籍的。」

白薇很感動，忙道：「姑娘，奴婢一輩子是不是奴籍有什麼關係，只要姑娘好就成了，奴婢和四月願意一輩子都伺候姑娘！」

簡妍沒有再說什麼，只是想著，她絕不能向命運低頭認輸。白薇和四月伺候了她這麼些年，又對她極是忠心，她非但要想法子逃離簡太太的掌控，還得想法子讓她們兩個脫離奴籍才成，不然可真是枉費了這麼多年來彼此之間的情分了。

一夜春雨淅瀝，隔窗可聽雨打芭蕉之聲。等到雨停，已是三日之後的事。簡妍正倚在秋香色的鎖子錦靠背上，手裡拿了一本書在看。

白薇這時手中捧了填漆描金海棠式茶盤，上面放了一碟荷花酥、一盅茶，伸手掀開碧紗櫥上吊著的碧青梅花軟綢簾子走進來。一見簡妍正靠在靠背上出神，她便沒有出聲打擾，只是輕手輕腳地將荷花酥和茶盅放到炕上的雞翅木束腰小炕桌上，而後手中拿了茶盤，便又想著輕手輕腳地退出去。

但簡妍這當會兒正好抬起頭來，見她要走，忙開口叫住她，問道：「白薇，四月去了哪裡？怎麼這半日都不見她？」

白薇便停住腳步，轉過身來笑道：「那小蹄子性子浮躁，在屋子裡是待不住的。我見她晃蕩來晃蕩去，再沒個能靜下心來好好坐著的時候，索性便使了她去四姑娘那裡問一聲，今日的午膳是擺在四姑娘的凝翠軒呢，還是三姑娘的西跨院，再不就是咱們這東跨院？」

原來那日徐仲宣同徐妙錦商議了一番往後讓她和徐妙寧以及簡妍一塊兒吃飯的事之後，傍晚時分便打發了青竹過來同紀氏和簡太太說了這事。簡太太和紀氏自然是沒有什麼不答應的，於是自那之後，簡妍便每日同徐妙寧、徐妙錦一塊兒吃飯。

一來這是簡太太吩咐下來的，二來簡妍也確實不想每日都吃些素菜，還吃不飽，既然有了這麼一個可以堂而皇之改善伙食的機會，她為什麼不答應呢？

現下簡妍聽著白薇說的這話，轉過頭，望了一眼窗外的日頭。

如今雖然是春日，日頭也算不得太烈，可徐妙錦的身子實在是有些弱，若是讓她來荷香院用午膳，這日頭底下走上這麼一遭，不定就會怎麼樣呢。

於是，簡妍便對白薇說：「今日的日頭有些大，妳待會兒也跑一趟凝翠軒，對四姑娘說一聲，只說午膳就擺在她那裡，我和寧兒待會兒就過去吧。至於寧兒那裡，待會兒我自會去和她說一聲，妳就不用跑一趟了。」

白薇答應了一聲，又說：「現下離午膳還早呢，姑娘先用些糕點和茶水吧？」

簡妍「嗯」了一聲。

白薇這才轉身退了出去，自去凝翠軒傳話。

簡妍則低頭看著碟子裡的荷花酥。這小小的荷花酥竟是做成了荷花的形狀，一共六片花瓣，花瓣外層是白色，內裡卻是粉色的，中間的花蕊是用豆沙餡做出來的，瞧著極是好看。她拿了一塊，慢慢地吃著。入口既酥脆，又甜香，當真是好吃得緊。

簡妍一口氣就吃了三個，而後端了粉彩紫荊花茶盅，慢慢地喝著裡面的茶水。

這荷花酥還是上次在凝翠軒時，徐仲宣讓她帶回來的。當時一共是三樣點心，不過另兩樣銀絲卷和果餡酥餅昨日就已吃完了，這荷花酥想來今日也會吃完。

若是在以往，這三樣點心她定然會留著慢慢吃，因為那時候她每日都沒吃飽過。可如今她每日都和徐妙寧、徐妙錦一塊兒吃飯，不說吃幾碗飯是由著她自己，再沒人管，便是連那菜色也是很好，竟是每一頓都不重樣。她曾探了幾句徐妙錦的話，知道這是徐仲宣自己拿了銀錢出來，特地吩咐小廚房裡的夏嬤嬤，讓她每日換著花樣給她們弄些好菜。

簡妍聽了，心裡就覺得說不上來是什麼滋味。縱使徐仲宣明面上是為了自家的妹妹，所以請她們每日陪他妹妹吃飯，就算他出銀子吩咐夏嬤嬤做這些菜，也可以說全都是為了他妹妹著想，可簡妍不知道為何，總覺得自己好似欠了徐仲宣天大的人情似的。

第二十一章 繼續投餵

「這是什麼？」徐仲宣手中拿著一樣布偶，胖胖的身子、尖尖的耳朵，笑得彎成了一雙新月樣的眼睛。瞧著像是貓，可分明又不是貓。

徐妙錦正坐在臨窗的琴案下調著琴音，聞言回頭看了一眼，而後又立時轉過頭去，繼續調著她的琴音。「這是妍姊姊送給我和三姊的，一人一隻。妍姊姊說，這叫做招財貓。」

「招財貓？」徐仲宣跟著慢慢地唸了一遍，又見這隻貓的右手舉了起來，脖子上用編製好的紅線掛著一只小金鈴，胸前也確實寫著招財這樣的黑字，想想倒確實挺符合招財貓這個名稱。

徐仲宣不由得失笑，心想，她倒是慣會弄一些稀奇古怪的東西。

因是簡妍送的，他便仔細地端詳了一下這隻胖胖的、憨態可掬的招財貓，眉眼之間的笑意越發深了起來。放在手中把玩片刻後，又將這隻招財貓放回博古架上，擺好了，見這隻招財貓笑咪咪地望著自己。

又過了一會兒後，他才緩步踱到徐妙錦的身旁，問她。「妳在做什麼？」

「我這張琴的琴音聽起來總覺得有些不對，」徐妙錦皺了一雙秀氣的纖眉，正低頭無可奈何地看著琴案上放著的瑤琴，有些不耐煩地說：「只是我都調了半日，還是沒有調好。」

「我來幫妳看看。」

徐仲宣讓徐妙錦起身，自己坐到了凳子上，伸了右手，一一地拂過七根弦，凝神聽了一會兒，而後先定了商弦，再一一地調試其他幾根弦，最後又伸手一一地拂過七根弦，便起身笑道：「好了。妳來試試看對不對。」

徐妙錦坐下去，伸手試了一試，隨即也笑道：「我也不曉得到底對不對。不過大哥你在琴藝上的造詣比我深，既然你說好了，那定然就是好了。」一面眉開眼笑地吩咐青竹，趕緊將昨日她剛得的那幾樣蜜餞拿過來給大公子吃。

青竹答應一聲，很快就捧了一只黑漆描金的桃形小攢盒過來。攢盒裡面一共是七格，放了蜜金柑、糖楊梅、金絲蜜棗、金桔餅、桃脯、杏脯、八珍梅七樣蜜餞。

徐仲宣坐在椅中，伸手拿一塊桃脯吃了，又打趣徐妙錦。「幫妳幹了活才有蜜餞吃，若是我方才沒有幫妳調試琴音，這幾樣蜜餞妳是不是不肯拿出來了？」

徐妙錦也坐過來，伸手拿了一個金絲蜜棗吃著，笑道：「昨日我統共就得了這麼些蜜餞，還想留著等妍姊姊和三姊今日過來一塊兒吃呢，不想她們今日都有事來不了，你這是託了她們的福，不然猶且輪不到你吃呢！」

徐仲宣原本又想伸手去拿蜜金柑，聞言頓了頓，便收回手，問著。「今日妳三姊和簡姑娘都不過來嗎？」

今日他休沐，原本想昨兒傍晚就趕回來的，只是臨時有些事要處理，便沒來得及。今兒一早他就馬不停蹄地趕回來，早飯都沒顧得上吃，在這凝翠軒坐了半日，只想著回來能見到簡妍，不想她今日卻是不來了。

想必她是知道今日他休沐，知道他會過來看錦兒，存心躲著他，這才不來的。

徐仲宣一時覺得心中有說不上來的失落，便是再甜的蜜餞都挽救不了心裡的那分苦。

一旁徐妙錦見他面上方才還笑意盎然，現下卻滿是失落之色，忍不住就開口打趣他。「怎麼，大哥是聽到妍姊姊說今日不過來了，見不到她，所以覺得心裡很失落嗎？」

徐仲宣既沒有承認，也沒有否認，只是沈默地伸手拿了一塊桃脯吃著。

徐妙錦又打量他一番，見他身上穿了簇新的玉色直身，腰間繫著雙穗藍色絲絛，不由得又噗哧一聲笑出來。「大哥……」她笑得不能自已。「你這是特地挑了一件新衣裳來穿著，想讓妍姊姊瞧瞧你長得有多俊朗嗎？」

徐仲宣被她打趣得面上都有些掛不住，便提高聲音說了一句。「妳話就這樣多？快吃妳的蜜餞吧！」

竟是有些惱羞成怒的意思了。

徐妙錦一時只笑得「哎喲哎喲」的叫喚個不住，忙喚了青竹來給她揉肚子。

青竹見自家小姐笑成這副模樣，而大公子雖然是端坐在那裡，面上看起來是一臉正色，但耳根子還是泛起了一層可疑的紅色，不由得也覺得有幾分好笑，但她還是竭力地忍住，過來幫徐妙錦輕柔地揉著肚子。

然而，徐仲宣早就眼尖地看到青竹面上竭力想忍，但依然沒有忍下去的笑意了。他頓時覺得自己再待下去，不定就要被徐妙錦和青竹主僕兩個嘲笑成了什麼樣，於是便起身，竟是要走的意思。

徐妙錦一見，忙叫他。「大哥你別走啊！」

徐仲宣沒有理會她，已經轉過身走到門口，正要伸手掀簾子。

徐妙錦眼珠子轉了轉，急中生智，笑嘻嘻地說：「我有法子可以讓你待會兒見到妍姊姊喔！」

就見徐仲宣果然轉過頭來，雖然沒說話，但瞧他面上的神情，已然被她說的那句話給打動，不打算走了。

徐妙錦一見，立時就笑得更厲害，連眼淚都給笑了出來。

徐仲宣站在原地，見她笑成這樣，這會兒非但是耳根子處，甚至連面上都泛起了一層可疑的紅色，握著軟綢門簾子的手也緊緊地握成拳。

徐妙錦見了，簡直都要懷疑下一刻他會因為惱羞成怒，就徒手將那門簾子給扯下來。

但他到底還是沒有把門簾子扯下來，反倒是鬆開了握著簾子的手，轉身走到方才坐著的椅子前，又坐了下去，一語不發，只是端了手側花梨木几案上的茶盅，慢慢地喝著茶。

徐妙錦覺得她也打趣得差不多了，就慢慢地止了笑。

「大哥，」坐在徐仲宣旁側的椅中，她傾身過去，笑道：「我可是從沒見過你這樣，原來你竟也會害臊的！」

徐仲宣放下手裡的茶盅，淡淡地說了一句。「我也只是個普通人罷了。見著心儀的姑娘一樣會心跳過快、會緊張、會不知所措，也會想方設法地想討她的歡心，會擔心她瞧不上我，所以總是想在她面前表現出自己最好的一面來。」

聽他這般說，徐妙錦反倒沈默了。過了一會兒，她才低聲地問：「大哥，說起來，你和妍姊姊相處也沒幾次，你竟是真心地喜歡上她了嗎？」

徐仲宣覺得和自己的妹妹，而且還是只有十歲大的妹妹談論這樣的事有些荒誕，但一來他是初嘗情滋味，心中也忐忑，不曉得該如何做才能討簡妍的歡心；二來簡妍現下這般躲避著他，若往後想與她多接觸，少不得也要指著徐妙錦在其中多斡旋，所以這樣的話倒也不妨與徐妙錦說一說。

「我不知道。」於是他便垂著頭，伸手摸著案上放著的茶盅，語聲輕輕。「我只是覺得，與她在一起的時候，便感到心中很是安寧平和；且我見著她平日裡這樣循規蹈矩的模樣，也不曉得為何，總會覺得很心疼。好似……好似她原本應當是很活潑靈動、無憂無慮的姑娘，而不應當是如現下這般，將所有的事都壓在心底，面上瞧著永遠都是那樣一副波瀾不興的模樣。」說到這裡，他抬起頭來，目光望著博古架上那隻胖胖的、憨態可掬的、永遠都在笑咪咪的招財貓，唇角笑意溫柔。「我就想見著她每日都高高興興的，時時刻刻面上都帶著笑意。不是那種對著人時客套又疏離的笑，而是打從心底發出來的笑。」

徐妙錦望著他，沈默了片刻，忽然伸手揉了揉胳膊。

她覺得有點肉麻，雞皮疙瘩起了一身，怎麼辦呢？但是對著現下正沈浸在深情表白中的大哥，她還是不要說什麼殺風景的話好了。且似是錯覺，她怎麼覺得她大哥這一刻看起來有點落寞的意思呢？讓她見了，心裡都有些不忍起來，恨不能現下就想了法子帶他去見妍姊姊一面呢！

兄妹兩人又閒話了幾句，徐仲宣便遣了青竹帶兩個小丫鬟前去小廚房拿今日的午膳。因今日徐仲安下學回來，五房一家三口好不容易才團聚，徐妙寧便和紀氏還有徐仲安一塊兒用飯，並沒有到凝翠軒這邊來。

而簡妍只說今日身子有些不大好，於是便也不來了。

徐仲宣一聽簡妍這個理由，直覺這只是個藉口而已，最實際的原由，還是因她知道今日他休沐會來凝翠軒，便存了躲避他的心思，就找了一個託辭不來了。但另一方面，他也擔心，若簡妍真的是身子不舒服呢？

他有心想打發個丫鬟前去看一看、問一問，但想必她定然也不會對丫鬟說實話，所以還是自己親自去瞧一瞧才放心。

只是又擔心她中午吃些什麼，生恐簡太太又只拿兩樣素淡的菜給她吃，所以方才他特地囑咐青竹，讓她從小廚房裡多拿些菜和飯，再拿兩碟子糕點回來。

青竹答應了一聲，轉身和小丫鬟去了，很快就又回來。

她身後的兩個小丫鬟，每人手中提了一只酸枝木朱漆雕花食盒，她自己手中也提了一只一樣的。揭開來，兩個小丫鬟提著的食盒裡菜色都相同：葷菜有兩樣，一樣是火腿煨肉，一樣是清蒸鯉魚；素菜則是一樣玫瑰豆腐，一樣清炒馬蘭頭，又有一大碗的酸筍雞皮湯，並著兩碗香米飯。青竹手中提著的則裝著兩樣糕點：雪花糕和四鑲玉帶糕。

徐仲宣見了這幾樣菜式，猶說太素了，遂又吩咐青竹，讓她將其中一只裝了飯和菜的食盒和那裝了糕點的食盒都給簡妍送過去。

青竹答應一聲，說：「是，奴婢這就遣兩個小丫鬟給簡姑娘送過去。」

「不，」徐仲宣卻吩咐著。「妳帶個小丫鬟親自給她送過去。若她問起，妳只說這是四姑娘吩咐的。」

青竹怔了怔，心想，這明明是大公子要她特地將飯菜和糕點都送到簡姑娘那裡去的，怎麼卻要打著四姑娘的旗號呢？但她不敢問這裡面的原由，只是恭敬地答應著。「是，奴婢一定照著大公子的吩咐辦。」

等青竹帶了小丫鬟，提了兩只食盒到簡妍所住的東跨院時，簡妍正坐在臨窗木炕上，一臉生無可戀地望著炕桌上兩樣素淡得連一些油星都沒有的素菜，並著那小半碗的白米飯。

今日她既是託了身子不舒服，沒法和徐妙錦一塊兒用飯的原由，簡太太也不好強求，便也依了她，只是隨後讓珍珠取回來給簡妍吃的飯菜便是這樣了。

說起來，以往簡妍吃的飯菜也都是如此，且這麼些年她也是吃得好好的。只是那句話怎麼說來著？由儉入奢易，由奢入儉難。近幾日吃的都是再好不過的菜式，頓頓有葷腥不說，且都是換著花樣來的，簡妍早就不知不覺中吃刁了嘴，現下猛然又見著這樣的飯菜，她便覺得有些吃不下。

伸手挾了一筷子的清炒豌豆，聞著那味兒，未送到口邊又放回盤子裡，用筷子戳了戳白米飯，挾了幾粒飯到口中，嚼了嚼，覺得有些難以下嚥。

最後，她索性放下筷子，望著炕桌上的飯菜嘆了口氣。

她在思考一個很重要的問題——往後徐仲宣休沐的日子，她是要繼續尋了個藉口不和徐妙錦一塊兒吃飯，獨自吃一日這樣寡淡的飯菜呢，還是豁了臉皮出去，索性繼續和徐妙錦，甚至和徐仲宣一塊兒吃著各樣美味的飯菜呢？

想到這幾日吃的各式各樣美味的飯菜，早已飢腸轆轆的簡妍不由得嚥了一口口水。最後她握起了拳，心想著，還是自己獨自吃著這樣寡淡的飯菜比較好！實在是和徐仲宣在一起的時候，她覺得自己裝得有些累，且她若總是和徐仲宣一塊兒吃飯，落在有心人眼中，不定怎麼說她呢。她可不想到時流言蜚語滿天飛，雖然她是不怕，可也會覺得有點煩。

這般想了想後，她望了望炕桌上的飯菜，深深地嘆了一口氣，又伸手拿起筷子，心中直安慰自己：這不是清炒豌豆、這不是清炒豌豆！這是油爆大蝦、這是油爆大蝦！

真別說，這般在心裡暗示自己一番後，這清炒豌豆吃在口中倒真的和油爆大蝦的味道差不離了！

只不過她剛剛就著清炒豌豆吃了兩口飯，就見白薇打了簾子進來通報，說是四姑娘身邊的丫鬟青竹來了。

簡妍聽了，忙放下手裡的筷子就想起身，又說：「讓她在明間裡等候，我這就出去見她。」若讓青竹見到自己現下吃的是這樣的飯菜，回去對徐妙錦一說，人家會怎麼看她？

只是，青竹已經打了簾子進來，和小丫鬟一起，對簡妍畢恭畢敬地福了福身子，說了一聲。「奴婢見過簡姑娘。」

簡妍一見她們都已經進來了，索性又坐了下去，只當炕桌上壓根兒就沒有擺那兩盤菜，大大方方地對青竹點頭，笑問道：「可是錦兒找我有事？」

青竹早就瞧見炕桌上放著的那兩盤菜，心中很訝異。她雖然是個丫鬟，可每頓吃的菜也比這好，這簡姑娘怎麼倒吃了這樣的菜呢？難不成是嫌這幾日吃的菜都太葷腥，肚子裡油水太多了，所以今日才特地點了這兩樣寡淡的菜來吃？但她面上一絲訝異的意思都沒有顯出來，只是將手中提著的酸枝木朱漆雕花食盒交給白薇，依然恭敬地說：「是四姑娘遣了奴婢來給姑娘送飯菜和糕點的。」

簡妍聽了這話，面上滿是訝異的神情。

「我一早遣了四月過去告知錦兒，今日午膳不去她那兒用了，怎麼錦兒還給我送了飯菜和糕點來？莫不是我那小丫鬟偷懶，壓根兒沒去對妳們姑娘說這句話？」

青竹心中記掛著臨來之前徐仲宣的交代，怎麼樣都不能說這些是他吩咐廚房多做一份出來，而後又特意給簡妍送過來的。於是她腦中快速想著，可要說個什麼託辭，既能圓了謊，又能不讓簡姑娘心生懷疑呢？

青竹也是個有急智的，不過片刻工夫，她就笑道：「這事說起來倒是奴婢辦事不力了。上午您的丫鬟過來傳了話之後，四姑娘是對我說來著，讓我趕緊遣個小丫鬟去小廚房裡對夏嬤嬤說一聲，今日午膳只需做她一個人的飯菜就得了。可當時奴婢正在給姑娘做一件繡活，做得有些入神，就將這事給忘了，等到想起來時，已是近晌午的時候了。待奴婢忙忙地使了小丫鬟去小廚房說時，夏嬤嬤卻只當和平日一樣，已做好了兩、三個人分量的飯菜。這不，還遣了兩個婆子同那小丫鬟一起，將這些飯菜和糕點都送過來。咱們姑娘一見，她也吃不完，與其白放著，還不如給您送過來呢！奴婢臨來的時候，咱們姑娘還說了，請姑娘您務必要收下呢！」

簡妍聽得有些將信將疑，但青竹這番話聽起來確實是一絲漏洞都尋不到，也不由得她不信。於是她便對青竹點頭笑道：「回去同妳們姑娘說一聲，就說難為她時刻都想著我，她的這份心意我心領了。」

青竹暗中吁了一口氣，心想著，大公子給的這趟苦差事總算應付過去了。不過面上還是笑道：「是，奴婢一定將姑娘的話帶到。」

「錦兒中午一個人吃飯嗎？」簡妍忽然狀似無意地問了一句。

青竹正慶幸剛剛成功地圓了謊過去，且簡妍並沒有起疑心，這會兒猛地聽到簡妍問了這麼一句，下意識就回答：「大公子也在呢，他陪咱們姑娘一塊兒用午飯。」只是話一出口，她就恨不能抽自己一個大大的嘴巴子！忙偷眼去看簡妍，見她面上倒沒什麼表情，依然和平日一樣，平淡得很，且還貌似很欣慰地說了一句——

「那就好。我方才還擔心就錦兒一個人吃飯孤單，有大公子在那裡陪著她，說說笑笑的，她飯也要多吃一碗。」

青竹忙陪笑，道：「可不是這樣說呢！」她怕自己再多待一會兒，指不定簡妍就會狀似無意地又問了她一句什麼話，到時自己答不上來，或者被套了話去可怎麼使得？索性便推說徐妙錦還等著她伺候，就帶了小丫鬟向簡妍告辭，忙忙地去了。

簡妍倒也沒留她，還吩咐白薇給她們兩人一人一個荷包，內裡裝了些散碎的銀兩。

等她們離開後，白薇和四月便提了那兩只食盒，將裡面的飯菜和糕點都拿到炕桌上。

「可是趕巧了！」四月首先笑道：「姑娘剛剛還愁著吃珍珠拿過來的飯菜，四姑娘那裡就巴巴地送了這些來，且看著都是極誘人的！」

白薇也笑道：「可不是這樣！論起來，咱們姑娘也是極得人緣的。三姑娘也好，四姑娘也罷，都跟咱們姑娘十分親近，有什麼好吃的、好玩的，一定會想著咱們姑娘。」

「三姑娘和四姑娘跟咱們姑娘素日就在一塊兒玩得好，自然都會先想著咱們姑娘。」四月笑道：「不過按照我說，這首先是咱們姑娘真心實意地對三姑娘和四姑娘好，三姑娘和四姑娘心裡都是有數的，這才會由衷地對咱們姑娘好。不像那個萱姑娘，便是對人好也是不走心，虛情假意的，三姑娘和四姑娘就不會對她好。」

「四月！」見她說吳靜萱的事，簡妍便略略提高了聲音，說著她。「背地裡不可編派別人。小心隔牆有耳，教人聽了去。」

四月吐了吐舌頭，說了一聲。「姑娘，奴婢知錯了。」一面又忙忙地將炕桌上先前放著的飯菜都撤下去，將青竹送過來的飯菜都擺好後，笑道：「姑娘趕緊吃飯吧！先時三姑娘可是遣了青芽過來說，等吃完飯，她還要您教她撫琴刺繡呢，怕是待會兒等三姑娘吃完了，又會遣青芽過來催您了。」又將那一碟子雪花糕和一碟子四鑲玉帶糕都收起來，笑道：「這個等姑娘閒時再吃。」

簡妍點點頭，拿了碗筷，開始慢慢吃著青竹送過來的飯菜，心裡卻想著，青竹說的那番話，雖然面上聽起來滴水不漏，可她總還是覺得有不對勁的地方。

據她瞭解，夏嬤嬤是個精明吝嗇的性子，便是當時青竹忘了對夏嬤嬤說那事，可後來到底也遣了個小丫鬟去說了一聲，那夏嬤嬤豈不會將那多餘的飯菜和糕點都扣留下來，留著給自己和家人吃，反倒巴巴地又將這些全都送到徐妙錦那裡？這可不像是夏嬤嬤素日的作風；且她後來無意之中問了一句，徐妙錦今日可是一個人吃飯？青竹脫口而出就說徐仲宣也在那裡陪著她。青竹說了這句話後，面上滿是懊惱之色不說，又偷眼瞧著自己，這是個什麼意思呢？難不成她一開始並不想說徐仲宣在徐妙錦那裡？還是有人特地囑咐了她，讓她不要將徐仲宣在徐妙錦那裡的事說出來？

簡妍原本就一直在逃避徐仲宣，且她心裡也覺得，坐到徐仲宣那個位置的人，兒女情長都是過眼浮雲，再是不入心的，也就唯有權勢能動心了。所以她怎麼也想不到，徐仲宣竟然為了讓她能吃上些葷腥而費盡心思，可又怕她知道是他吩咐的之後會拒絕，於是便只有煞費苦心地編了謊話，打著徐妙錦的旗號來行他的投餵之路了。

第二十二章 關心則亂

青竹回到凝翠軒後，自然要將在簡妍那裡的所見所聞一一稟報給徐仲宣和徐妙錦，只不過那句簡妍突然發問、讓她不經意之間就露了些許馬腳出來的話卻是省去沒說。

「奴婢去的時候，簡姑娘正在炕上吃飯，不過是一碟子清炒豌豆、一碟子涼拌豆芽菜，並著半碗白米飯罷了。奴婢按照大公子先前的吩咐，只說飯菜和糕點是咱們姑娘吩咐拿去給簡姑娘的，簡姑娘就說讓我回來告知姑娘一聲，說是咱們姑娘的心意她心領了。奴婢臨出門的時候，她又讓身旁的丫鬟給了奴婢這個。」說罷，便將手中一直拿著的荷包遞過去，讓徐仲宣和徐妙錦看。

徐仲宣就著她的手瞥了一眼那只荷包，便說：「既是她賞妳的，妳便收著吧。」遲疑了一會兒，又問道：「方才妳去那裡見著簡姑娘的時候，她身子可還好？」

他心中始終記掛著簡妍所說的那句「今日我身子不大好」的話。

青竹回道：「奴婢瞧著簡姑娘還好，有說有笑的，面色也粉粉白白的，倒和那三春的櫻花似，不像是身子不好的樣子。」

徐仲宣聽了，一方面是終於放下心，想著，還好她那句「我今日身子不大好」的話果然是託辭，一方面卻又覺得有些悶。她到底還是故意在躲著他的。

這時青竹又道：「奴婢倒是想起一件事來。先時奴婢去簡姑娘那裡，正遇著三姑娘身旁的丫鬟青芽和簡姑娘身旁的小丫鬟四月說話，說是三姑娘請了簡姑娘吃完午飯後，去她屋子裡教她撫琴刺繡呢！」

徐仲宣一聽，立時便想到了待會兒可以見到簡妍的法子，不由得覺得心裡的憋悶感全都煙消雲散，這頓飯也就吃得較往日快了許多。

飯後，他和徐妙錦又說了一會兒閒話，見徐妙錦依然慢條斯理地在那兒扯些有的沒的，最後他終於有些按捺不住，索性直接問：「妳今日下午不去找寧兒一塊兒玩？」

徐妙錦原就是故意同他逗趣的，想看他著急的模樣，只不過他雖然心裡著急，可面上非但沒有顯出來，反倒還拐著彎地說了一句這樣的話。

徐妙錦只當聽不懂他這話裡的意思，問道：「我找三姊一塊兒玩，你也要去嗎？」

徐仲宣點頭，甚為一本正經地說：「我也有幾日沒見著三妹了，去看看她也好。」

徐妙錦笑出聲來，只覺得這樣彆扭又死要面子的大哥實在是有趣得緊，但她並沒有再打趣徐仲宣，只是站起身來，笑道：「既然這樣，那大哥，咱們就一塊兒去看看三姊吧！」明面上是去看徐妙寧，其實還不是衝著簡妍去的。

徐仲宣和徐妙錦到了徐妙寧所住的西跨院，不過剛抬腳進了屏門，一眼就見著徐妙寧正和簡妍踢毽子玩。

徐妙寧的西跨院裡有一棵香樟樹，此時正是暮春初夏，樹上原本墨綠色的葉子早換上一批新出的黃綠色葉子，又開了黃綠色、星星點點的小花，隔著老遠就能聞到一股幽香。

簡妍此刻正在這香樟樹下踢毽子，徐妙寧站在一旁，一邊拍手，一邊給她數數兒。

她們玩得太高興，院子裡的丫鬟們也都興高采烈地看著她踢毽子，壓根兒就沒有人察覺他和徐妙錦的到來。

徐仲宣也沒有出聲，只是站在屏門那裡，靜靜地望著簡妍踢毽子。

她踢毽子的動作甚為靈活，看得出來以往是經常踢的。徐仲宣心想，簡妍到底還有多少技能是他所不知道的？先前是那樣清婉秀潤的簪花小楷，恣意潑灑的畫，瀟灑狂放的行草，今日又是這般小女兒形態地在這裡踢毽子。

其實簡妍上輩子小時候經常和小朋友一塊兒踢毽子，練就了一腳靈活的踢毽子技巧。雖然這些年她沒有踢過，有些生疏，但多踢一會兒，也就漸漸熟練了。

反觀徐妙寧，因是大戶人家的姑娘，從小就被要求笑不露齒、行不擺裙，反倒不怎麼會踢，只能豔羨地在一旁瞧著簡妍將這毽子踢出了各色花樣來。

簡妍實在是許久沒有這麼高興過了，一高興就忍不住想得瑟，所以一時踢了個單飛燕，一時又踢了個鴛鴦拐，最後興致越發上來，索性又踢了個雙飛燕、雙鴛鴦拐。

只是樂極生悲，她一個迴旋踢的時候，猛地見著屏門旁站了人，定睛一瞧，其中一個是徐妙錦，另一個則是徐仲宣，兩個人正站在那裡看她踢毽子呢！

簡妍心中的這一驚非同小可，一時哪裡還顧得上踢毽子，忙忙將落下來的毽子抓在手裡，交給一旁站著的白薇。

徐妙寧並沒有看到徐妙錦和徐仲宣，她見簡妍不踢了，還奇怪地問了一句。「表姊，妳怎麼不踢了？」

簡妍心想，這徐仲宣進來怎麼都沒個丫鬟、僕婦通報？還有，這西跨院的屏門為什麼沒有關起來？最關鍵的是，徐仲宣為什麼會到這裡來？

但心中所有疑問也都只能暫時壓下去，因徐仲宣已是眉梢眼角帶了淡淡的笑意，和徐妙錦一塊兒走了過來。

簡妍方才踢了好一會兒的毽子，這會子自然是有些氣息不穩，面上帶紅，但她還是努力地平穩下自己的氣息，垂眉斂目，甚是大家閨秀樣地對徐仲宣福了福身子，輕聲細語地叫了一句。「大公子。」

徐仲宣見她白皙的兩頰上透出些許粉色來，猶如一朵枝頭剛剛盛開的海棠花似的，瞧著比往日多了幾分柔媚生動，不禁有些目搖心蕩了起來。他忙垂下眼，深深地呼吸了兩下，壓下心底這股忽然而起的綺念。過了片刻後，他才抬起眼來，肅著一張臉，一本正經地對簡妍說：「妳的額頭和鼻尖上有汗，快擦擦。」

簡妍：「……」徐侍郎，你能不關心我額頭和鼻尖有汗的事嗎？你都這樣說了，讓我往後怎麼在你面前保持端莊嫻雅的樣兒啊？

但簡妍依然繼續在徐仲宣面前保持端莊嫻雅的樣兒出來，她心中雖然有些惱怒，面上也有些發熱，還是說了句「多謝大公子提醒」的話，而後轉過身去背對著徐仲宣，掏手絹出來擦了額頭和鼻尖上的汗。

徐妙寧此時卻是驚喜地問著徐仲宣。「大哥，你怎麼來了？」

徐妙錦往常沒事的時候也會來她的西跨院找她玩，可徐仲宣卻是沒有來過一次的，所以這猛然看到他來了，徐妙錦簡直是又驚又喜。

她一面讓徐妙錦和徐仲宣到屋子裡坐著，一面一迭連聲地吩咐青芽上茶、拿攢盒。

待眾人都落坐，徐仲宣又不著痕跡地打量了簡妍一番，見她又是面上帶著淺淺的笑意，微垂著頭坐在椅中，只是端著茶盅慢慢地喝著茶水，壓根兒瞧不出她心裡到底在想些什麼？方才她還那般靈巧活潑地踢毽子，面上的笑容肆意張揚，可是這會兒卻是這般。果然對著他的時候，她永遠都是一副大方得體又客套疏離的態度。

幾個人在明間裡坐了一會兒工夫，大多數時間都是徐妙寧一個人在那兒唧唧喳喳地說著話，其他三個人聽著。

徐妙寧今日實在是太高興了，上午見著了好幾日不見的弟弟，剛剛又跟著簡妍學了怎麼踢毽子，現下徐仲宣和徐妙錦也來她這兒了，可不是熱鬧得緊？於是她一高興，就拉了徐仲宣到她的書房裡，說是近來她跟著表姊學寫字、畫畫，要請徐仲宣點評點評。

徐妙寧的書房格局和徐妙錦的一樣，都是一架圓光罩隔開來，臨窗是黑漆描金木炕，另外一邊擺放了黑漆描金書架，旁側是一張黑漆描金平頭書案，案後放了一張花梨木圈椅。只不過徐妙寧的性子較活潑些，圓光罩上懸著的是繡著各樣花鳥草蟲的粉色紗帳，菱窗上半捲半放的是粉紫色的簾子，瞧著極是明快溫暖。

徐仲宣跟著徐妙寧到了她的書案旁，徐妙寧揀了這幾日她寫的字、畫的畫出來給他瞧，然後眼巴巴地看著他，等著他的點評。

徐仲宣逐張地看下去，最後抬起頭來，對徐妙寧點點頭，讚揚了一句。「不錯，果然很有進益。」

徐妙寧一聽，立刻就喜笑顏開，高興得手都不知道放哪裡才好。

徐仲宣這時卻又拿著手裡的一疊紙，轉身問簡妍。「簡姑娘，妳覺得寧兒的字現下寫得如何？」他的原意是，既然他都這樣問了，簡妍少不得就會過來，同他一起看徐妙寧寫的字，這樣兩人豈不是就可以離得近些？而非現下這樣，他站在書案這裡，簡妍卻是同徐妙錦坐在臨窗木炕上說話。

可簡妍聽了他的話卻沒有要起身過來的意思，依然是坐在炕上，只是轉過頭來，面上帶著笑意說：「寧兒現下寫的字自然是好的，畫的畫也好。」

徐仲宣心中不禁有些失望。

偏偏徐妙寧又是個極沒眼色的，在一旁笑道：「大哥，我的這字，還有這畫，說起來可都是表姊教的呢，她豈會不知道我寫的字如何、畫的畫如何？竟是不用看也都知道呢！」

第二十三章　單獨相處

徐妙錦在一旁聽了徐妙寧說的話，只想扶額。

她大哥想邀請妍姊姊一塊兒過去看三姊的字畫，可他說的那句話未免也太含蓄了吧？做什麼不直接明瞭地說「簡姑娘，妳過來與我一同看看寧兒寫的字、畫的畫」，卻非得這麼拐著彎、抹著角地說？方才在她那裡的時候，他不是挺直接的嗎？還對自己的面直言說他心悅妍姊姊，只想看到她每日都高高興興的呢。可這會兒當著人家妍姊姊的面，就沒這份敢直言的膽量了？還有三姊，她能不能不要這麼沒有眼力見兒啊？

徐妙錦一時覺得，她很有必要幫一幫她大哥，不然照她大哥這拐彎抹角說話的樣兒，人家一百年也不會曉得他的心意。

她想了想，便起身下了炕，招手叫徐妙寧。「三姊妳來。方才來妳這兒的路上，我見著池塘裡的荷花都打了花苞了，咱們一起去看看。」

但徐妙寧方才被徐仲宣那句話給誇獎得渾身熱血沸騰，恨不能現下就再去寫個一幅字、畫上一幅畫給徐仲宣瞧瞧，哪裡還有興致出去看什麼荷花打了花苞沒有？於是她擺擺手，說：「我不去，妳自己去看吧。我要再寫幅字、畫幅畫給大哥瞧瞧！」

徐妙錦額頭上的青筋歡快地跳了兩跳。妳大哥這會兒只想看妳的妍表姊，誰還耐煩看妳寫的字、畫的畫啊？就是看了也是不走心地看！

見徐妙寧果真有坐到案後的圈椅中提筆寫字、畫畫的舉動，徐妙錦索性上前兩步，一把拽住徐妙寧的衣袖，直接就往外拉，一面還道：「好三姊，妳陪我一起去看荷花花苞，改日我請妳吃京城六香居的蜜餞。」又擔心簡妍待會兒抬腳就走了，只留徐仲宣一個人在這裡，於是她又回頭說：「妍姊姊，我和三姊一會兒就回來，妳可別走了，我回來還有話要和妳說呢！」

簡妍無言。能不能不要讓她處在這麼進退兩難的境地呢？

她待要走，可徐妙錦已是不等她回答，拽著徐妙寧，一陣風般地走了，壓根兒就沒有給她開口拒絕的機會。且若是這麼突兀地走了，徐仲宣心裡會怎麼想？雖然她是不想和他太親近，以免眾人閒話不錯，可若是弄得太生疏客套，萬一徐仲宣這尊大佛起了氣，說句實話，那她估計也是承受不了那個後果的。

可若是不走，傳了出去，這孤男寡女共處一室什麼的，她倒是不在乎什麼狗屁名聲，就怕簡太太知道了，會順水推舟，半迫半求地讓徐仲宣納了自己為妾。

簡妍現下只盼望徐仲宣覺得待在這裡沒趣，自己先行離去，那她就不會處在這麼進退兩難的境地了。

只是，她偷眼望了望徐仲宣，那尊大佛一點要離去的意思都沒有，反倒是饒有興趣地在那兒看著徐妙寧書架上的書。

簡妍暗暗地嘆了一口氣，然後別過頭去看著窗外的香樟樹出神。

片刻之後，她忽然聽見一道清潤的聲音徐徐響起——

「這是什麼？」

雖然他沒有指名道姓，但這屋子裡現下也就只有他們兩人在，徐仲宣定然是在問她了。簡妍轉頭看過去，見徐仲宣手中捧了那只她送給徐妙寧的招財貓布偶，正面對她的方向開口問著。方才出神出得很專注，簡妍一時沒有回過神來，不大想理會徐仲宣，於是有些不耐煩地回答了一句。「招財貓！」而後又轉過頭去，望著窗外的香樟樹。

遭到嫌棄的徐仲宣愣了愣。

她好似有些不高興的樣子，是自己剛剛惹惱她了嗎？

他仔細地回想了一下，自己自從進了這西跨院後，統共只和她說了三句話而已，前面那兩句話她定然是沒有不高興的，那就是方才他問的這句話嘍？可就算是他把方才說的那四個字逐一地揉開、掰碎了，還是想不出來到底是哪裡惹惱了她？

徐仲宣不得要領，可又不敢貿然地直接問簡妍，只好將手中這只招財貓布偶又放回書架原位，隨意拿了一本書，坐到圈椅上看起來。

只是，雖說是看著書，上面的字卻是一個都沒有看進去，腦子裡只想著簡妍因為什麼事不高興。他不著痕跡地偷眼去看簡妍，卻見這會兒她已沒有望著窗外，而是拿了炕桌上的小繃，低垂著頭在繡著什麼。

屋子裡很靜，針線穿過絲絹的聲音清晰可聞。徐仲宣就見她纖長的手指間拈了一枚細小的繡花針，在絲絹上來回挑動，動作嫻熟又優美。

她今日穿了淺粉色縷金花卉衫子，米黃折枝花卉刺繡馬面裙，頭上只簪了一支雲頭流蘇簪，並著兩朵銅錢大小的淡藍色堆紗絹花，再無飾物。窗外有風拂了進來，她簪子上的珍珠流蘇小幅度地擺動著。

徐仲宣這一刻覺得，他寧願做了她手裡的那枚繡花針，被她這樣拈著，在絲絹上繡出萬千繁花、蝴蝶翩躚，也好過只是枯坐在這裡，不曉得到底該和她說些什麼話才好？

有小丫鬟進來添茶水，末了要躬身退出去的時候，簡妍抬起頭叫住了她，吩咐著。「妳去我院裡將白薇叫過來。」

因徐妙寧和她住得近，過來也只是抬腳的工夫，所以方才她壓根兒就沒有帶著白薇或是四月，只一個人就來了。

小丫鬟答應了一聲，轉身自去對面東跨院裡叫白薇。

簡妍的心中鬆了鬆。等會兒白薇來了，她順勢再叫一個徐妙寧的小丫鬟進書房裡伺候，這樣怎麼說都不算是她和徐仲宣孤男寡女共處一室了。

徐仲宣當然也知道她的意思，瞬間明白了她的不自在，於是索性拿著手裡的書站起來，對簡妍點點頭，說：「屋裡不太亮堂，我去院子裡看會兒書。」

現下剛過正午，外頭又是日光正好，且徐妙寧這書房的兩處窗子上釘的都是明瓦，再透光不過的，屋子裡又怎麼可能會不亮堂？簡妍自然知道徐仲宣是怕她不自在的意思，所以便尋了個託辭要去外面的院子裡待著。

她心裡還是有些許觸動的，於是當徐仲宣經過她身旁，問她在繡什麼的時候，她便面上帶著笑意地答著。「安哥兒前兩日問我討要一個扇套，我想著自己近日也無事，索性便給他繡一個。」

徐仲宣抬眼望過去，見米黃色的素緞上繡了折枝木香花藤，開著或白色、或淡黃色的木香花，花藤上自上往下又站著百靈鳥、畫眉鳥、黃雀，極是雅致。

他便點頭，讚嘆了一句。「好精細的扇套！」其實他也很想開口問簡妍討要一個，只是轉念又想，簡妍現下已是這樣避著他了，若是開口問她討要扇套，她會不會更加厭煩自己？所以竟是不敢開口說這句話。

簡妍聽著他的稱讚，便道：「不過是一些小玩意兒罷了，入不得大公子的眼。」又問道：「不知大公子的扇套是什麼樣子的？」

徐仲宣心中動了動，忙搖搖頭，說：「我並沒有扇套。」

簡妍便笑著。「也是。大公子高潔雅致，想來是看不上扇套這些個花裡胡哨的東西。」

「不、不是！」徐仲宣忙否認，又放低了些聲音，說：「只是沒人幫我做這些罷了。」

簡妍覺得有些詫異，不過想想也就知道是怎麼一回事。

徐妙錦身子不好，日常也不怎麼拿針線，便是連自己的一些貼身衣物都是由青芽代做的，想來也不可能幫徐仲宣做這些。而徐仲宣現下並沒有成親，聽說連房裡人都沒有半個，隨身伺候的也就只有齊桑和齊暉兩個侍衛。

簡妍望了徐仲宣一眼，見他垂著眼，長長的睫毛向下，看著竟是莫名有幾分落寞的意思，忽然就覺得有些同情起他來。想想這些日子聽著丫鬟們說的那些話，知道徐仲宣只是個庶出，父親長年在外做官，他又不得嫡母秦氏喜歡，自小就受盡白眼，閱盡人世冷暖；後來生父生母又相繼死了，留下一個生下來就身子孱弱的妹妹需要他照顧。好在那時他年少成名，秦氏對他的態度才慢慢好起來。只是一個人幼年時受到的傷害和冷漠，及至他大了，便是對他再好，終究也是彌補不了。

若這般看來，這徐仲宣也就面上看起來人人都畏懼他，內裡其實也是個可憐人罷了。

她動了幾分惻隱之心的同時，又想著他方才那般心細地為她著想，不由得就脫口而出地問：「若我幫大公子做一個扇套，不知道大公子會不會嫌棄呢？」話一說出口，她就覺得很是懊惱後悔了。

從來只聽說求著人家幫忙給做東西的，她倒好，竟是追著人家問要不要她給做東西的？

她正想尋了個什麼話將方才那句問話給帶過去，不想徐仲宣已點了頭。

「不會。」徐仲宣甚至還躬身給她行了個禮，甚為誠摯地說了一句。「煩勞簡姑娘了。」

簡妍大窘，也忙起身還了一禮，有些不知所措地說著。「不煩勞、不煩勞，只是舉手之勞罷了。」想想又覺得自己這兩句話說得真是欠考慮啊，於是面上便有些發熱。勉強定了定神後，她又問道：「不知大公子喜歡什麼樣的顏色、什麼樣的圖案？」

徐仲宣見她暈生雙頰的模樣，心中一動，語氣不由得又放柔幾分下來。

「隨意什麼樣的都好。」其實他原本想說的是「只要是妳做的，隨意什麼樣的都好」，但又覺得這句話有些孟浪，怕簡妍聽了心中不喜，所以臨說出來的時候便掐去了前半句，只說了後半句。

既然他都如此說了，簡妍也不好再問什麼，只是道：「那我便自己看著辦了。若是大公子到時不喜，可千萬別怪罪才是。」

徐仲宣笑著說了句「自然是不會」，而後便拿了書，坐到香樟樹下的石凳上看書去了。

等到徐妙寧和徐妙錦回來時，見著的就是簡妍坐在書房的臨窗木炕上垂頭做著繡活，而徐仲宣則是坐在院裡香樟樹下的石凳子上看書，兩不相擾。

徐妙錦大是失望。自己費盡心思地拉了徐妙寧出去，為的是讓徐仲宣和簡妍能單獨相處一會兒，說說心裡話，指不定簡妍就能看上她大哥了呢！不想現下他們兩人竟然是一個在屋子裡做繡活，一個在院子裡看書，再是一句話都沒有的，那她白忙活了半天又算什麼呢？誰喜歡頂著日頭跑去看什麼荷花花苞啊！

於是等到兩個人回去的路上，徐妙錦語氣中多少便有些抱怨的意思，可見著她大哥自出來後面上就一直帶著笑意，任是個瞎子都能看得出來他很高興，她不由得就心生詫異，問了一句。「大哥，你怎麼這麼高興？」

明明她先時回去的時候可是見著他們兩人一個在屋裡，一個在院裡，並不在一處的啊！且往日徐仲宣多是喜怒不形於色，似這般將心中歡喜都擺在臉面上，她實在很少看到。然而，縱然作為他的親妹妹，可她也好想公正地說一句——徐仲宣，你現下這樣，看起來真的有幾分傻啊！

徐仲宣渾然不知現下自己在親妹妹的心中已經和傻子劃了等號，轉頭對她笑道：「簡姑娘說，要給我做個扇套。」

「……」徐妙錦無言了。一個扇套而已，就值得你高興成這樣？於是她便打趣道：「就一個扇套而已，值得什麼？花個一兩銀子，外面扇套鋪子裡隨意挑、隨意揀。若是高興了，再多花上些銀子，身上日日都能戴個不重樣的扇套。」

「那不一樣。」徐仲宣搖搖頭，目光望著旁側池塘裡接天蓮葉無窮碧的荷葉，還有其間亭亭玉立的荷花花苞，語氣低柔地說：「她親手做的，怎麼能一樣呢？」

第二十四章　害人害己

次日，徐仲宣回京城去禮部應卯當值，簡妍便去了凝翠軒同徐妙錦一塊兒吃午飯。等到午飯過後，彼此又說了一些閒話，她便帶白薇和四月回了東跨院，想要歇息一會兒。可忽然就見四月領了一個小丫鬟進來，說是有極要緊的事要當面告知姑娘。

簡妍打眼一瞧，這個小丫鬟她是認識的，是大房太太秦氏院裡的一個灑掃小丫鬟，名字叫做蓮花。

簡妍平日極會做人，即便是對再低等的小丫鬟也是和顏悅色，從來都沒有高聲過，且因手頭銀錢不缺，經常就會打賞些出去。這個小丫鬟，簡妍記著好像就曾讓白薇給過她一把銅板。

蓮花現年十一、二歲的模樣，生得雖普通，但一雙眼滴溜溜地轉著，瞧著很是伶俐。

簡妍叫四月抓了一把松子糖給她吃——這是前幾日徐妙錦給她的，說是徐仲宣從京城帶了許多來，便分給她一些——然後面上帶了笑意，甚為溫柔地問著蓮花。「妳來找我，是有什麼要緊話要對我說嗎？」

蓮花將那把松子糖都揣到自己的荷包裡，然後說道：「奴婢是大太太院裡的。」

簡妍點點頭，和善地說：「我記得妳叫做蓮花，是不是？」

這徐宅裡每個人身旁伺候的丫鬟、僕婦，簡妍都是知道名字的，而且也都讓白薇暗中打探了這些人的背景和來歷，即便是再低等的丫鬟、僕婦都沒有漏掉。所以這個蓮花，簡妍知道她是徐家的家生子，老子娘和兩個哥哥也都在徐家當差。

一聽簡妍說出她的名字來，蓮花面上立時就顯出很高興的樣子。她沒想到簡妍只見過她一次，竟然還記得她一個微不足道的小丫鬟的名字！

她原只是個最低等的灑掃小丫鬟，慣常被人使來喚去，瞧不上眼的。有一次無意中遇到簡妍，她不過是按照慣例退到一旁讓路罷了，可簡妍卻停下來，還面帶笑容，和善地問著她叫什麼名字，末了還給了她一把銅板，說是讓她買果子吃。蓮花那時就覺得，這個表姑娘真當是一點架子都沒有，溫柔得就跟天上的仙女似的。

「表姑娘，」蓮花靠近了些，聲音也低了下去。「奴婢來，是想告知您一件事。今日奴婢灑掃完太太的院子後，想著要到園子裡逛逛，在園子裡就遇到了萱姑娘院裡的柳兒，她叫住奴婢，神神秘秘地說要告知奴婢一件事。奴婢便問著是什麼事，她說是前些日子看到您和三少爺在一塊兒說話，兩個人的神情之間有些不對勁，還拉拉扯扯的，怕是有什麼見不得人的事呢！」

三少爺就是徐仲澤。簡妍仔細地想了想，是有那麼一次，她和徐仲澤在院子裡遇到了，當時徐仲澤對她言語之間多有輕薄，舉止也不端莊，她心中著惱，轉身就走，結果不期然就在身後看到吳靜萱正帶著丫鬟雪柳站在那裡看著。

簡妍心想，她記得當時吳靜萱身旁只帶了雪柳一個丫鬟，並沒有帶其他人，這個柳兒倒是怎麼知曉這件事的呢？

不過她再想了想，也只以為是雪柳見著了這事，回去後便跟其他丫鬟嚼了舌根子，所以丫鬟們就都渾說開了，是以並沒有想到其他上頭去。

「這可是沒有的事。」她笑道：「那日我是在園子裡無意和三少爺碰到了，彼此之間行了個禮，寒暄兩句罷了，怎麼倒說是彼此之間的神情都不對勁，還拉拉扯扯的呢？況且那時柳兒的小姐萱姑娘也是在的，一問她便知，我竟不知柳兒這話是從何說起的？」

蓮花一時便又靠近了些，聲音也越發低了下去，道：「表姑娘，您是再想不到的，這事原就是萱姑娘指使柳兒到處去說的。」

簡妍不由得大吃一驚，問道：「這怎麼會？」

「奴婢不會亂說。」蓮花接著道：「萱姑娘院裡有個叫小玉的丫鬟，和奴婢極要好，什麼話都和奴婢說。且她說她也曾受過姑娘的恩惠——那時她娘得了重病，沒錢醫治，她急得自己一個人躲在園子裡的僻靜處哭，結果被表姑娘您看到了。當時您問了她為什麼哭，她便說了原由，您立刻就將身邊所有銀子都給了她。小玉說，那一荷包的碎銀子足足有十四、五兩呢！她就是拿這些銀子去請了大夫、抓了藥，她娘的病才治好的。小玉說，她極感您這個大恩，一直記在心裡，只想著要報答您。她說昨日晚間，萱姑娘身旁的雪柳叫了她們這一幫子小丫頭過去，細細地和她們說了這樣一番話，讓她們沒事的時候都要去和其他各房裡的丫鬟說，最好是越多人知道越好，然後還分了她們每人一塊銀子。小玉本來是想親自來對您說這事，只是怕被雪柳她們看到，反倒對您不好，是以便來找了奴婢，託奴婢來告知您。小玉還說，這些話背後必然是萱姑娘吩咐給雪柳，而後讓雪柳吩咐她們到處去說，為的就是抹黑您的名聲！小玉讓您務必得早點想個法兒出來澄清這事才是，不然過不得兩日，只怕這些流言蜚語就會傳遍整個宅子了。」

簡妍一聽，一時只覺得無語得很。她和吳靜萱之間其實說不上有什麼深仇大恨，做什麼要這樣抹黑自己的名聲？

需知這個年代，一個女人，特別是未出閣女人的名聲，那是極為重要的。吳靜萱這般抹黑她的名聲，還牽扯到了徐仲澤，若是到時張揚得整個徐宅裡的人都知道了，自己怕是只有兩條路：一是乾乾脆脆地投了水，或是尋了根繩子俐俐落落地吊死自己算了，而且死後別人都不會說她是清白的，反倒還會說她是因害臊才尋死，依然還是要被人罵；而這第二條出路，只怕就只能跟了徐仲澤，且名聲都這樣壞了，妻肯定是做不成，只能做個妾，還是個往後被丫鬟、僕婦見到了都要瞧不起，吐上一口唾沫的妾。

於是，簡妍也有些火了。

吳靜萱這算什麼呢？她這樣做，不就相當於逼自己去死嗎？自己是怎麼礙著她了，就值得她下這樣的狠手？憑什麼自己就得被別人這樣欺負？自己為什麼不能反抗啊？

於是她想了想，便問蓮花。「蓮花，妳將柳兒對妳說的那番話再細細地對我說上一遍。」

蓮花忙又說了一遍。「柳兒對奴婢是這樣說的：蓮花，我告訴妳一件天大的事，咱們家的那個表姑娘，竟是個不知道廉恥的人──」

「妳確定她只說了『表姑娘』三個字，並未指名道姓地說我？」簡妍忙插口問了一句。

蓮花想了想，然後很肯定地點點頭。「是。柳兒對奴婢說的時候，並沒有指名道姓，只說是表姑娘。不過她當時是用手指著您住的這東跨院的方向，說的肯定就是您了。」

簡妍冷笑一聲，心想：既然妳自己作死，那就怨不得我了！

「蓮花，」簡妍從炕上站起來，伸出雙手握著蓮花的雙手，一雙眼誠懇地望著她，輕柔地問了一句。「妳能不能幫我一個忙呢？」

身為一個最低等的小丫鬟，還從來沒有主子這樣握過自己的雙手，蓮花頓時覺得有些眩暈了，忙問道：「表姑娘您要奴婢做什麼，儘管吩咐就是！」

「我想請妳幫我做兩件事。第一件就是，先前柳兒對妳說的那番話，煩勞妳回了秦氏的院子後，對院裡其他丫鬟也都說一說，這是最要緊的，至於其他房裡的丫鬟妳也盡可以去說上一說。自然，如柳兒所說的那樣，妳也只說是『表姑娘』，並不用指名道姓地說是誰，不過要加一句，說是那日表姑娘手裡還拿了一把杭州造的、湘妃竹柄、扇面上繡的是一叢白芍和兩株一串紅的葵花形團扇。這第二件想請妳幫忙的事，就是煩勞妳去對小玉也說上一番這樣的話，只說表姑娘手裡拿了一把這樣的團扇，而後讓她依著雪柳的吩咐，將這番話也到處去說上一說。」

蓮花先時還有些不解，只想著這表姑娘是不是個傻的啊？別人碰到有人這樣抹黑自己的名聲，只怕都要氣惱得不知道怎麼樣呢，然後定然就是要想法兒地去澄清了。可是這表姑娘非但不澄清，反倒還讓她將這樣抹黑她的話到處去說！這是做什麼呢？莫非是氣糊塗了不成？但再想一想，她忽然隱約明白簡妍是什麼意思了。

「喔、喔，表姑娘，」她高興地道：「奴婢明白您是什麼意思了！您從頭至尾並不讓奴婢指名道姓的說是誰，只說是『表姑娘』，這萱姑娘可不也是咱們家的表姑娘？」

簡妍含笑地點頭。這個蓮花也是個伶俐的，竟是都不用自己再點明。隨後，她又囑咐了一句。「若是有人問起妳，這話是從哪裡聽來的，妳只實話說是柳兒告知妳的，明白嗎？也跟小玉說上一聲，若是有人問起這話是哪裡聽來的，只說是雪柳說的，明白嗎？再有，表姑娘手裡拿的那把扇子可別忘了說。」

她記得那日她被徐仲澤言語輕薄，吳靜萱帶了雪柳過來的時候，手中就是拿著一把這樣的綾絹扇。因這扇子的造型有些奇特，並不似平日裡常見到的普通團扇，所以簡妍便著意留神打量了一番，想來這樣的團扇在這徐家也是不多見的，也就只有吳靜萱有吧？有了這樣的一個特徵，即便只是說「表姑娘」三個字，並不指名道姓說是誰，大家也都會知道這表姑娘到底是誰吧？

蓮花明白了簡妍的意思，便對簡妍行了個禮，轉身就要走，但簡妍叫住了她。

簡妍原想著要給蓮花一支赤金丁香花簪，但想著若是往後蓮花戴了這支簪子在頭上，被人瞧見了，定然會心中懷疑。畢竟只是個小丫鬟罷了，哪來的金簪子呢？最後順藤摸瓜查到了自己身上，反倒是不好，對蓮花也不好，說不定別人會以為她是偷的呢。所以最後簡妍便在揀妝盒下面的抽屜裡抓了一把碎銀子，約莫有十兩，塞到了一只荷包裡，給了蓮花。

蓮花一個月的月錢只有兩百文，這十兩銀子可是夠她四、五年的月錢了，她竟是有些不敢接。

簡妍笑著將荷包塞到她的手裡，囑咐著她。「收好了，可別叫人瞧見了。再有，妳對小玉說上一聲，我過些日子再酬謝她吧。現下這風口浪尖的，若是此時酬謝了她，叫她的主子知道了反倒對她不好。」一面又吩咐四月將剩下的松子糖都拿過來，也塞到蓮花的手裡，笑道：「拿回去和妳的小姊妹們一起吃，也是我的一番心意。」

蓮花呆呆地捧著手裡的銀子和松子糖，末了千恩萬謝地走了。

四月送了她出院門，回來之後，便同白薇忿忿不平地說：「這個萱姑娘實在太可惡了！咱們姑娘跟她往日無仇，近日無冤的，她做什麼要這樣抹黑咱們姑娘的名聲？」

白薇也正惱怒著，面上都有些變了色，不過想想方才簡妍同蓮花說的那幾句話，心中不由得又開始佩服起她來。

雖然姑娘只是在那些話裡多加了一把扇子而已，可眾人聽了，只會以為這位「表姑娘」就是吳靜萱，再想不到簡妍的頭上去。且到時若是追查起來，這樣的話一開始原就是出自吳靜萱院裡最親近的丫頭嘴裡，既是鐵證如山，又查不到別人身上去，吳靜萱到最後也只能落得個自食苦果，還有苦不能言的下場。害人終害己，也沒什麼好憐憫她的。

只是有一事她覺得不是很明瞭，便問簡妍。「姑娘，您做什麼和蓮花說，最要緊的是要她將這番話拿到大房裡的丫鬟裡頭去宣傳宣傳，這是為什麼呢？」

簡妍就笑道：「因吳靜萱最想的便是嫁給徐仲宣，而秦氏又最是反對這門親事。我讓蓮花將這樣的一番話拿到大房裡的丫鬟那裡好好地去說道說道，最後勢必會傳到秦氏的耳裡。秦氏拿這樣的一個由頭，可不是會立時就去找吳氏說？到時吳靜萱這輩子都別想嫁給徐仲宣了，便是給他做妾都是不要想的。她既然這般想給我尋條死路，也就由不得我狠心，永遠斷了她想嫁給徐仲宣的這條路。」

白薇點點頭。她倒不覺得簡妍這般做有什麼狠不狠心的，論起來，也是吳靜萱對簡妍狠心在前，簡妍只不過是反擊罷了。

第二十五章　正面交鋒

不到兩日，整個徐宅都傳著這樣一則小道消息，說是某一日表姑娘和三少爺怎麼怎麼在園子裡僻靜無人的地方拉拉扯扯的，可不清白呢，怕是兩人之間已經有過苟且之事了。

內宅裡原就女人多，平日裡最好的也就是聊聊各種各樣的小道消息，這會兒好不容易聽說了這樣一個驚人的消息，還不得可勁兒地到處說，且熱火朝天地討論著？於是，一時流言蜚語滿天飛。

作為這場流言蜚語的始作俑者，吳靜萱現下正坐在書案後面練字。

她以往見過徐仲宣拿衛夫人的簪花小楷字帖給徐妙寧和徐妙錦練，只當他是喜歡女子寫簪花小楷這樣的字體，於是她便也找了簪花小楷的字帖來練。可前些日子在綴霞閣的時候，簡妍畫了那樣一幅畫，寫了四行行草，她見徐仲宣見著那畫和那字的時候眼中滿是驚訝和驚豔之色，再想著徐仲宣私下的時候也是寫行草居多，便以為徐仲宣是最喜歡行草的，於是便不練簪花小楷，改練行草了。

雪柳進來的時候，她正擱了手裡的筆，揉著有些發痠的手腕子。

「姑娘。」雪柳對她行了個禮，叫了她一聲。

吳靜萱點點頭，復又拿筆打算再練一會兒行草，可想了想，又擱了筆，抬頭問雪柳。

「前兩日我讓妳們到處去說的那話，現下如何了？可是宅子裡面的人都知道了？」

雪柳回道：「奴婢方才出去打聽了一圈，咱們宅子裡的丫鬟、僕婦現下都在傳著這話呢，怕是老太太和太太她們都已經有所耳聞了。」

吳靜萱一聽，心裡實在是暢快得緊。

她一顆心無時無刻不在徐仲宣的身上，自然看得出來徐仲宣對簡妍的特別，她萬不能任由這事發展下去，得趕緊想法兒掐滅了才是。

徐仲宣那裡她自然是沒有法子，思來想去，也就唯有從簡妍身上著手了。

可巧，那日在園子裡叫她無意中撞到徐仲澤和簡妍在一起說話，且眼見徐仲澤極其迷戀簡妍的美貌，舉動上雖然不敢如何，可言語之中盡是輕薄，一雙眼兒也只黏在簡妍身上，一刻都捨不得離開似的。當時她將這一切都收入眼底，回來想了好幾日，便想到了藉由徐仲澤將簡妍的名聲抹黑這樣的主意。

謠言碎語最能害死人。到時簡妍的名聲壞了，若她性子剛強，就該當即尋了死路才是；便是她捨不得死，名聲都成了這樣，還能怎樣呢？若徐仲澤肯擔當些，縱然她妻是做不成，可好歹還能做個妾；若徐仲澤沒擔當，說不得也就只能讓她母親替她尋了其他的人家。只是別人家也不是傻子，聘娶之前定然也會暗中訪查一番，到時又豈會要她？

吳靜萱心裡有些得意的。甭管最後到底如何，至少簡妍是不可能與徐仲宣在一塊兒了。誰不看重女子的名聲呢？更何況還是因為和一個男子有齷齪壞了名聲。

她心情舒暢地又提筆在雪白的紙上練著行草。她定然不會讓徐仲宣喜歡上除她之外的任何女子的！

雪柳見她垂頭練字，便走至一旁替她磨墨。

然而，吳靜萱這次還沒寫幾個字，便有小丫頭進來通報，說是老太太身邊的彩珠來了。彩珠是吳氏身邊的大丫鬟，平日裡極得吳氏倚重。

吳靜萱便將手裡的筆擱到筆架上，向小丫頭說：「讓她進來。」

門口吊著的絳紅色軟綢簾子一掀，彩珠走了進來，屈膝對吳靜萱行了個禮，端端正正地說了一聲。「見過表姑娘。」

吳靜萱對她點頭微笑，問道：「妳來可是有什麼事？」

彩珠便回著。「老太太遣了奴婢過來，說是讓表姑娘過去一趟，她有要緊的話要問姑娘。」

既是吳氏叫她過去，她自然不敢推辭，忙站起來，喚雪柳伺候她換衣裳。

但彩珠卻又道：「老太太和大太太在那兒急等著表姑娘呢，表姑娘不用換衣裳了，這便隨了奴婢過去吧。」

以往吳氏有事來找吳靜萱過去的時候，都是遣一個小丫鬟過來傳話的，方才吳靜萱見著是彩珠過來傳話，心中已很詫異了，現下又聽彩珠這般說，她心中的詫異就更甚了。

究竟是有什麼樣的要緊事，連衣裳都等不及讓她換？且老太太等她便罷了，怎麼連大太太也在那裡等著她呢？

吳靜萱心中有些忐忑，但還是強自鎮定，伸手拿了花梨木大理石桌面上放著的綾絹扇，對彩珠說：「那咱們現下就過去吧。」

彩珠見她手中拿著的那把綾絹扇是湘妃竹柄、葵花形，素白的扇面上繡的是一叢白芍和兩株一串紅，原是有心想提點兩句，可轉念一想，這吳靜萱素日最是瞧不上她們這些做丫鬟的，言語舉動之間甚是鄙視，自己做什麼要提點她呢？於是彩珠便一語不發地別開目光，只是伸手打起身後的簾子，說道：「表姑娘請吧。」

吳靜萱低頭出了屋子，一眼就見到院子裡還站著吳氏院裡伺候的兩個粗使婆子。

她心中正驚訝著這兩個婆子來做什麼的時候，就聽見身側的彩珠正吩咐那兩個婆子。

「將這棠梨苑裡所有丫鬟都帶到老太太的院子裡去候著，老太太有話要問她們。」

兩個婆子答應了一聲，便開始吆喝著讓眾位丫鬟都出來，隨她們去吳氏住的院子。

吳靜萱心中的這一驚非同小可，一顆心立即七上八下了起來。

她心中暗自想著，難不成是自己指使丫鬟到處去造謠抹黑簡妍名聲的事，被吳氏和秦氏知道了？簡妍和她母親哭訴到吳氏那裡，吳氏這才遣了彩珠過來，要帶她和她院裡所有的丫鬟過去問話？

一想到這裡，吳靜萱只覺得自己胸腔裡的一顆心頓時就咚咚地狂跳起來。她心神大亂，連手中的綾絹扇都險些沒有握住，掉到了地上。

但她隨即勸慰自己。沒事的、沒事的，即便真是這事叫吳氏她們給知道了，大不了到最後她就把這所有的事都推到雪柳身上去，只說是雪柳嘴碎，那日和她一起見著徐仲澤和簡妍在一塊兒，回來便在院子裡和那些丫鬟們混說，然後那些丫鬟們也到處去混說，她對此是完全不知情的。且吳氏怎麼說都是她姑奶奶，平日裡也對她極好，肯定是會護著她的。

這般想了想，吳靜萱心中又鎮定了一些。

其實吳氏這次便是有心想護著吳靜萱也是不能了，因這事是秦氏捅到她面前來的。那日簡妍讓蓮花回去大房的院子後，在一群丫鬟裡好好地說上一說那些個話，蓮花回去後果然這般做了。於是不到一日的工夫，大房院裡的丫鬟都知道了這事，而秦氏的大丫鬟芸香一聽了這個消息，趕著就去告訴秦氏了。

秦氏心知，吳氏早就想著要將吳靜萱塞給徐仲宣，可是憑什麼呢？她是長媳，可這些年來卻住在一個小院裡，那二房倒是占著正房大院，這算個什麼事？而且以為她不曉得呢，吳氏一直都想著尋了個適合的時機將這管家的事交給馮氏，倒越過了她這個做大媳婦的去，不就是因老二是從吳氏的肚腸子爬出來的，而自己死的那個丈夫卻是前一位太太生的？以為她一個寡婦家的好欺負，便不把她放在眼裡了。可這幾年見著徐仲宣有出息了，吳氏又眼熱，知道自己是挾制不住她的，便打著讓吳靜萱做了大房媳婦兒的主意，從而管制大房。只是，天底下哪有這樣好的事？她是頭一個不會答應的！

於是秦氏便來找吳氏，笑道：「今兒個媳婦倒是聽到了一句了不得的話呢，因此便趕著來同您說一說。」

這些年因徐仲宣的緣故，大房很是硬氣了起來，平日裡連安都不怎麼來和她請，這今日猛然見著秦氏過來了，說是要給她請安，吳氏心裡只覺得秦氏定然有事。這會子又聽到秦氏這樣說，吳氏便想著，果然是無事不登三寶殿，但面上還是笑問道：「是什麼了不得的話呢，倒是讓妳巴巴地就趕著來同我說了？平日可不見妳有這樣早的時候！」言語之中不無嘲諷之意。

秦氏只當沒有聽到，只是笑著讓芸香上前來，將她聽到的那番話一個字都不漏地說給老太太聽一聽。

芸香忙答應一聲，上前兩步，先是對吳氏行了禮，而後便將自己聽到的那些話一五一十的都說了一遍。

吳氏剛聽了個開頭，面色就有些不好看起來。但她心裡想，家裡現在有兩位表姑娘，這說的表姑娘可不一定就是吳靜萱，也許是那簡妍也說不定。可到後來聽得芸香說那表姑娘的手裡拿著一把綾絹扇，是湘妃竹柄、葵花形狀的，扇面上還繡著一株白芍和兩株一串紅，她心裡就咯噔了一下。

這把綾絹扇她如何會不曉得？因為這把綾絹扇是她給吳靜萱的！

秦氏一直看著吳氏面上的神情，這會兒見著她聽到那位表姑娘手上拿著那樣一把綾絹扇，面上立刻就變色的時候，只覺得心裡實在是暢快得緊。

說起來，她也是知道那把綾絹扇是吳氏給吳靜萱的。因她有一次見吳靜萱拿了這把絹扇，便問了一句，吳靜萱當時便說「這是姑奶奶給我的」，不然她先時聽芸香說的那番話時，怎麼就能那麼肯定那位表姑娘是吳靜萱，而不是簡妍呢？

至於為什麼吳靜萱明明喜歡徐仲宣，卻和徐仲澤拉拉扯扯、不清不白的事，誰會去管這裡面到底有什麼貓膩呢？左右現下整個徐宅裡的丫頭、僕婦們都在傳這樣的話，便是再沒有的事，這麼傳說一番下來，那也都是有的了。

芸香說完這一番話之後，便垂手又退到了秦氏身後。

秦氏就又笑道：「母親您說，這可真是世風日下了！這樣大天白日的，這位表姑娘倒是敢和男子在花園裡面拉拉扯扯，可不就是個不知廉恥的？」

她並沒有直接說這位表姑娘就是吳靜萱，但是聽在吳氏的耳中，只覺得更是刺耳。

吳氏的面上很不好看，但還是勉強道：「竟還有這樣的事？興許只是幾個丫頭們亂說罷了。揪出亂說的丫頭來，每人打了幾十板子，再攆出去也就是了。」

言下之意竟是想大事化小，小事化無了。

秦氏自然不會讓吳氏這般做，當即便冷笑一聲，說：「若是按母親說的這樣做，那咱們宅子裡的丫頭、僕婦可都該挨了幾十板子，全都攆出去才是。且這事若是傳出去，不知道的都以為咱們家的門風就是這樣，那往後咱們家這幾位姑娘可都不好找婆家了。便是咱們家的幾位哥兒，只怕那等好人家的姑娘也是不願嫁進來的。」

說罷，又高聲叫道：「蓮花，妳過來，告訴老太太，這些話妳是從哪裡聽來的？」

蓮花原是站在秦氏的身後，這會兒聽秦氏吩咐，忙從她身後走出來，向上對吳氏行了禮，而後不慌不忙地說：「稟老太太，那日原是奴婢灑掃完院子，便想著去花園裡逛逛，不想在花園裡就遇到了表姑娘院裡的柳兒，她拉住奴婢，神神秘秘地說有一番好話要對奴婢說，然後便說了表姑娘和三少爺的這事。奴婢當時聽了她的那番話，只說這是不能夠的吧？表姑娘面上看著再是溫良賢淑的，別是有人特地說了這些話出來抹黑她的？可柳兒只急得將這話給說了一遍，發誓說她沒有混說，現如今連她們院裡的丫鬟都曉得這事，說這還是雪柳姊姊親眼見到的呢！老太太若是不信，只管將表姑娘院裡的柳兒叫來和奴婢對質就是。」蓮花說完，又回到秦氏身後站定。

秦氏這時又笑道：「母親，這到底是個什麼意思呢？現見著這些話可是表姑娘身邊最親近的丫鬟傳出來的，難不成還有假的不成？母親可別因表姑娘是您的姪孫女，便想著要包庇她，這可是治家不嚴呢！若是傳出去，只怕大家都會對母親有諸多說道！」吳氏的面上變了色。若是傳出去，這治家不嚴的一頂大帽子扣下來，那她還怎麼掌這個家？唾沫星子都能淹死她了。估計到時秦氏肯定會乘機乘機將這掌家的事攬過去！

吳氏立時便在心中作了個抉擇，隨後她也冷了一張臉，叫著彩珠，命她去將吳靜萱叫過來，並且帶了兩個粗使婆子一塊兒過去，將棠梨苑所有的丫鬟也都叫過來。

秦氏這才心中得意，端了手側几案上的粉彩花鳥詩文茶盅，揭開盅蓋，一面慢慢喝茶，一面等著看好戲。

小丫鬟添了一遍茶水後，秦氏終於見到吳靜萱進了屋子。

她抬眼瞧了瞧，見吳靜萱身上家常穿著緋色撒花煙羅衫、白紗挑線裙子，頭上戴著瑪瑙簪、金累絲珠花、金海棠珠花步搖，倒是好一副富貴打扮。目光再在她手上拿著的綾絹扇上面瞥了瞥後，便望向吳氏，面上一副似笑非笑的模樣。

吳氏也早就看到吳靜萱手裡拿著的綾絹扇，一時只面沈如水。

吳靜萱自進來之後，見著沈著臉坐在上面的吳氏，還有一臉笑得意味深長的秦氏，只覺得心裡越發七上八下了起來，但她還是努力鎮定下來，屈身對吳氏和秦氏福了福身，叫道：「姑奶奶、大太太。」

其實吳氏是不大相信吳靜萱會和徐仲澤拉拉扯扯，做出什麼不清不白的事來。別人不知，她是再清楚不過，吳靜萱只一心喜歡著徐仲宣，又哪會看得上徐仲澤了？只不過剛剛秦氏言語中逼她逼得太緊，且秦氏身旁那兩個丫頭都說得頭頭是道，她說不得也只能叫吳靜萱過來，好生地問一問這事，但私心裡她自然想將這事澄清，然後還吳靜萱一個清白。

只是，秦氏坐在這裡，她便是有心想要偏袒吳靜萱，也不能做得太明顯，於是她想了想，對吳靜萱說：「叫妳來，是有一件事要問問妳。方才妳大表嬸屋裡的兩個丫頭說，看到妳和妳三表哥在花園裡有些拉拉扯扯，且言語之中有點不清不白的，可是有這樣的事？」

吳靜萱原本還低垂著頭，只是看著手裡拿著的扇子，心中一直不安地想著吳氏叫她過來到底是為了什麼事？這會兒猛然聽到吳氏的問話，她只驚愕得抬起了頭。

她確實是驚愕得很。明明她是讓丫頭們到處去說簡妍和徐仲澤在花園裡拉拉扯扯、不清不白的啊，怎麼在吳氏的口中說來，這個人卻變成了她？

她愣怔片刻之後，並沒有想通這其中到底是出了什麼岔子，但她還是立時就眼中泛淚，然後索性雙膝一軟，撲通一聲跪了下去，說：「姑奶奶明鑑，再是沒有這樣的事，這定然是有心之人故意誣賴我！或是與三表哥不清不白的另有其人，這兩個丫頭聽岔了，錯認是我，姑奶奶只須細問便知。」她心裡還在想，這定然是秦氏身旁那兩個丫頭聽了「表姑娘」，便以為是她了。她一時很後悔，想著若是早知如此，當初就應該直接指名道姓地說是簡妍才是，而不該這般含含糊糊地說什麼「表姑娘」，倒是叫人聽岔了，現下這般來冤枉她！

吳靜萱說的那句話，其實是想讓吳氏就著那番話，叫丫頭來好好地問一問，最後就問到簡妍的頭上去，只是聽在秦氏的耳中，就覺得吳靜萱是別有所指了。

有心之人故意誣賴？這有心之人說的可不就是她嘛！

秦氏心裡冷笑一聲，想著：既然妳都這麼說了，那甭管這事到底是真是假，今日我還就非得誣賴了妳才成！

第二十六章　當面對質

秦氏笑道：「母親的這話卻不應當是這樣問的。那等與男子不清不白的女子，除非是被當場抓了個現行，不然妳便是再問她，她都不會承認，只會抵賴的。依我的意思，這事母親也不用問表姑娘，只用問表姑娘身旁的丫鬟即可。」

薑畢竟還是老的辣，論言語上的功夫，吳靜萱又哪裡比得過秦氏？她一時只氣惱得有些口不擇言，說：「大太太，妳怎能這樣誣賴我？」

「我誣賴妳？」秦氏冷笑一聲。「現見著這徐家所有的丫鬟、僕婦全都紅口白牙地誣賴妳不成？」

吳氏見不是事，讓她們兩個再這麼說下去，指不定就會當場吵起來，於是她便沈了臉，喝叫了一句，說：「吵吵鬧鬧的成什麼體統？帶了棠梨苑的丫鬟們過來，挨個兒地問下去。總之黑的說不成白的，白的說不成黑的，誰還能誣賴了誰不成？」

吳靜萱的心中便鬆了鬆。只要待會兒吳氏細問，自然會問出那表姑娘是簡妍，而不是她來。可末了又心中緊了緊，想著吳氏這樣一問，最後卻不是會問出這事是她指使的嗎？又想著，實在不行，只能將雪柳推出去，說這事全都是雪柳嘴碎，她對此一點兒都不知情也就是了。

吳氏便讓彩珠將棠梨苑所有的丫鬟全都叫進來問話。

她先讓彩珠將秦氏身邊丫鬟說的話都對底下站著的那群丫鬟說了一遍，而後她自己沈著一張臉，厲聲地說：「妳們今日可得仔細將這件事的原委都好好地與我說，但凡被我查出有一個字不實的，都卸下妳們的腿來，再扔出去餵狗！」

一幫丫鬟聽了，一時全都噤若寒蟬，妳看看我，我看看妳，竟沒一個人敢先開口說話。

吳氏便先叫柳兒出來，問：「這樣的話果真是妳告訴蓮花的？」

柳兒年紀也不大，聽吳氏那樣說，早就嚇得一張臉都發白了，現下又見吳氏這般問她，忙雙膝跪了下去，抖抖索索地說：「是……是奴婢告訴蓮花的。」

吳靜萱在一旁聽了，只急得恨不能自己過去提著柳兒的耳朵，大聲吼著她：妳倒是說那位表姑娘到底是誰啊！且關鍵是，她讓雪柳告知柳兒她們這話的時候，並沒有提到有扇子的這一環節上啊，到底是誰加了這一節進去的？這個死柳兒，也不說個清楚！

她心中實在著急，最後顧不得許多，便插口說了一句。「柳兒，妳倒是將告訴蓮花的原話再和老太太說一遍！再有，那位表姑娘到底是誰，妳也明明白白地告訴老太太知道！」

柳兒已有些被嚇住，聽了她這話，只茫然地望著她，片刻之後才明白她的意思，便一五一十將自己告訴蓮花的話又說了一遍。

自然裡面是沒有扇子這一節，又說這位表姑娘是簡妍。

吳氏覺得詫異，又叫蓮花出來問。結果蓮花卻是死咬著口，只說柳兒當初跟她說這話的時候是有扇子這一節的。柳兒最後也急了，便賭咒發誓說沒有，蓮花又偏說有，兩個人於是鬧成了一團。

吳氏只覺得頭痛。

偏生吳靜萱這時又三不知地說了一句。「別是有心人故意讓自己的丫鬟在這話裡加了扇子這一節進去，要誣陷我呢！」

蓮花是秦氏身邊的丫鬟，吳靜萱這樣說，可不就是在說秦氏？

秦氏一聽，心中大為生氣，於是便冷笑一聲，說：「自己是個什麼貨色自己心中知道便罷了，還非得說出來讓自己丟人現眼！一個未出閣的姑娘家，倒是成天地往男子那裡跑，現見著又從自己院裡的丫鬟傳出了這樣的閒言碎語來，正所謂是空穴來風，怎麼家裡這麼多姑娘，就單傳了妳的閒言碎語出來？還偏賴到人家簡姑娘的身上去！那簡姑娘我瞧著再是端莊嫻雅的，又豈會是這樣的人？」

這可是真的要鬧起來的意思了。

吳氏只得又喝斥一聲，再問著柳兒。「到底是有扇子還是沒扇子的？再有，這些話又是誰告訴妳的？」

柳兒聽了，只支支吾吾的，一雙眼兒不住地望著雪柳。

偏生秦氏又瞧見了，便問道：「老太太問妳話呢，妳怎麼只是盯著表姑娘身邊的大丫鬟瞧？別這話就是這位大丫鬟告訴妳的吧？」

柳兒一面不敢說這正是雪柳告訴她的，可一面又被吳氏和秦氏這樣逼著，一時只嚇得眼淚都滾了下來。

吳氏正要開口喝斥兩句，忽然見旁邊站著的一個小丫鬟撲通一聲跪了下去。

「任憑老太太發問，奴婢再是不敢撒謊的！」

吳氏眼望著她，依稀記得這丫鬟是個家生子，似乎叫做什麼小玉，一開始還是在她這院裡伺候的，後來撥到吳靜萱的棠梨苑去。她便問道：「這話妳們也都知道？到底是有扇子沒有？又是誰告知妳們這話的？」

小玉先是磕了個頭，答道：「奴婢不敢哄瞞老太太，這話是雪柳姊姊告知我們的。前幾日晚間，奴婢們一塊兒在吃飯時，雪柳姊姊進來，給了我們每人一塊銀子，然後說了這樣一番話出來，又吩咐奴婢們得閒了就四處去說。扇子這一節，奴婢卻是有些記不清的了，但約莫應該是有的吧。因奴婢也只是個小丫鬟罷了，平日裡無非也就是灑掃庭院、燒水餵鳥的，哪裡見過這樣的一把扇子？雪柳姊姊若是不說，奴婢們再是不曉得有這樣一把扇子的。」

她這話一說出來，旁人猶可，雪柳卻先是怒了。「妳胡說！我什麼時候對妳說過這樣的話來？」

「奴婢不敢撒謊！」小玉又磕了個頭，隨即從隨身的荷包裡掏出一塊銀子，說：「這便是雪柳姊姊那日晚間給奴婢的銀子。奴婢一個灑掃的小丫鬟，月錢只有兩百文，哪裡有這些銀子來誣賴雪柳姊姊呢？老太太若是不信，可再問問棠梨苑的其他丫鬟。」

呼啦啦，一旁的丫鬟瞬間跪倒了一片。有那撐不住的，也便說出來那晚的實情，只說是雪柳給了她們銀子，又說了這樣一番話，讓她們得閒就出去對旁人說，而那番話裡的表姑娘就是說的簡妍。至於有沒有扇子，有的說有，有的說沒有，並不能統一個口徑起來。

「哎喲喲！」這下子吳氏還沒說話，秦氏倒先叫喚起來。「這事我竟是有些看不明白了！怎麼妳這雪柳與妳家的姑娘有仇，特地說了一番這樣的話出來，讓一干丫頭出去抹黑妳家姑娘的名聲？只是，再怎麼是個大丫鬟，又哪裡來的這許多銀子？不是妳家姑娘給妳的吧？妳家姑娘倒是做什麼自己拿了銀子出來，讓自己的丫鬟這般抹黑自己的名聲呢？我料想，表姑娘倒也不至於蠢成這個樣，只怕是精明得過頭了，想著去抹黑人家簡姑娘的名聲。只是，簡姑娘是怎麼招妳惹妳了，值得妳這般對她下狠手？我倒是要替人家簡姑娘抱一個不平的。」秦氏心思靈活，早在眾人爭論那番話裡到底有沒有扇子的時候，她就看出了些許端倪。這會兒小玉又這般說了，她也就明白了是怎麼回事。

定然是一開始吳靜萱想要抹黑簡妍的名聲，便讓雪柳拿銀子給那些小丫鬟，吩咐她們到處去說那些話，可後來卻不曉得是被誰在那些話裡加進了扇子這一節。可不要小看加進去的這一句話，原本沒有這把扇子，說著「表姑娘」的時候，人家都還得疑惑到底是吳靜萱還是簡妍，可有了這把扇子，大家都知道是吳靜萱了，因有好些人是知道吳靜萱有這把扇子的。便是吳靜萱院裡的丫鬟一開始說著表姑娘時再是明指暗指地說是簡妍，可閒言碎語這個東西，經過了無數人的嘴，又哪裡會說得清？現下定然是一些人說這個表姑娘是簡妍，一些人說這個表姑娘是吳靜萱，最後倒是迫得吳靜萱要自己出來澄清這事了，除非她不想要自己的名聲。只不過，這些事若是被有心人認真地查起來，最後可不就查得出來到底是誰在背後搞鬼了？

秦氏看明白了這一點，立刻就將這個話引到吳靜萱的身上去，只說她就是那個在背後搞鬼想要抹黑簡妍名聲的人。

吳氏心裡自然也是清楚的，她的面色也極其不好看了起來。她氣惱的是，吳靜萱竟然這般蠢！便是想著要對付簡妍，就不能想個高明些的法子嗎？現下被秦氏這般問住了，往後還怎麼做人？吳氏沒有說話，因她實在是不曉得該說什麼。

她沒有被人這樣逼著的經歷，一時竟不曉得到底該如何應對。想了想後，也就唯有疾言厲色地問著雪柳。「妳讓小丫鬟們到處去說那樣的話到底是什麼用意？可是妳平日和那簡姑娘有不對盤的地方？還不快與我仔細說來！」其實她這話也就是暗暗地告知雪柳，讓她說她和簡妍有私仇，將這事全都攬到她自己身上去，不要牽扯到吳靜萱。

雪柳自然是明白的，她想了想，最後心一橫，撲通一聲跪下去，只說：「老太太、大太太，這事與我們姑娘無關，全都是奴婢一手指使的，因為奴婢恨那簡姑娘！那日見簡姑娘和三少爺在一塊兒有說有笑，三少爺一雙眼兒又只黏在簡姑娘身上，於是奴婢回來便想了這樣一篇話出來，而後讓小丫鬟們到處去說，說的其實也不過是實情罷了。至於那銀子，是奴婢偷了姑娘的，姑娘並不知情。」

竟是要棄車保帥的意思了！秦氏只冷笑不已。

吳氏和吳靜萱一聽，頓時就鬆了一口氣。對她們而言，現下最好的法子，莫過於雪柳主動承擔一切，將吳靜萱從這件事裡完整無缺地摘出來。

吳靜萱此時就做了一副惱怒的樣兒出來，罵著雪柳。「妳這奴才怎能這樣呢？便是再恨著人家簡姑娘，也不能這般抹黑人家的名聲啊！」

雪柳面向她磕了個頭，低聲道：「是奴婢錯了，倒連累姑娘牽扯進這事裡來。」

秦氏在一旁見她們這副假惺惺的模樣，便冷冷地笑了一聲，問著雪柳。「妳說妳恨簡姑娘，我倒是想問一問，簡姑娘是做了什麼事讓妳這般恨她，竟能做出抹黑她名聲的惡毒下作事來？」

雪柳一時有些支支吾吾，答不上來，片刻之後才說：「那日在花園裡，奴婢失手碰了簡姑娘一下，簡姑娘大是惱怒，言語之中甚是怪奴婢不說，還打了奴婢一個耳刮子，所以奴婢便恨著她。」

「這是什麼時候發生的事？」秦氏追問著。「當時可還有誰看見？」

雪柳便道：「也就前幾日的事，當時我們姑娘也在，她便是見證。」

吳靜萱聽了，忙道：「是呢！那日我確實是在的。當時我還勸簡姑娘，讓她不要那麼生氣，說雪柳也只是失手碰了她一下，再不是成心的，等我回去了再好好責罰她一頓。可簡姑娘不聽我的勸，依然還是劈手搧了雪柳一個重重的耳刮子。」

秦氏聽了，便冷笑著。「由得妳們主僕兩個紅口白牙的這般說，這事就成真了？倒沒地抹黑了人家簡姑娘！今日這事勢必要弄一個水落石出。」說罷，便高聲叫道：「芸香！」

芸香忙上前兩步，垂手問著。「太太有什麼吩咐？」

「速去將簡姑娘請來。我今兒倒要來個當面對質的戲碼，看簡姑娘那日是不是真的罵了妳，還打了妳一耳刮子，不然顯見得妳這丫鬟就是當面扯謊！」

吳氏和吳靜萱一聽，面上立即大驚失色。

吳氏忙勸阻著。「這簡姑娘怎麼說都是個親戚，若叫她來當面對質，只怕是不大好吧？」說罷，便要叫芸香不要去。

但秦氏卻笑道：「若是咱們在背後平白無故地就栽給了簡姑娘一項這樣惡毒、隨意打罵丫鬟的罪名，那才叫不大好呢！」又喝令著芸香。「還傻站在這裡做什麼？還不速速快去！若慢得一會兒，仔細妳的皮！」

芸香聽了，忙轉身飛跑著去荷香院。

簡妍這會兒不在荷香院，而在凝翠軒。

因前些日子她親口答應了徐仲宣，要給他做一只扇套子，雖是過沒兩日就做好了，可她沒有立刻就拿出來，反倒隔了個五、六日才拿出來。

可巧今兒就是徐仲宣休沐的日子，她便特地過來凝翠軒一趟。

以往徐仲宣休沐的日子簡妍就會躲著他不來凝翠軒，所以當青竹笑著進來通報，說是簡姑娘來了時，徐仲宣簡直都不相信自己的耳朵，忙從椅中站起來，卻又怔在了原地。

徐妙錦轉頭看了他一眼，一時只覺得無話可說。

這還是她那個殺伐決斷的大哥嗎？隨即便轉頭對青竹說：「快請了妍姊姊進來。」

青竹清脆地答應一聲，親自過去給簡妍打起了門口的軟綢簾子，笑道：「簡姑娘，您仔細腳下的門檻。」

徐仲宣只聽得簡妍柔軟的聲音低低地應了一聲，隨即便見她低頭走了進來。

她今日穿了一件淺緋色、領口刺繡折枝迎春花的交領絹衫，月白色撒花百褶裙，鬢邊戴了一支不大的偏鳳，三支細細薄薄的鳳尾向上，鳳口處銜了一串珍珠流蘇下來，隨著她的走動，這細細的流蘇前後輕輕地晃動著。

一抬頭見著徐仲宣，簡妍面上便帶了微微的笑意，斂裾對他行了個禮，叫了一聲。「大公子。」

徐仲宣見她面上笑意輕柔溫婉，不由得又怔了片刻，而後才對她回了一禮，叫了一聲。「簡姑娘。」

簡妍對他輕輕地點點頭，鳳釵口中的流蘇便又左右輕輕地晃動著。她從袖子中取出一件物品，雙手遞了過去，笑道：「這是前些日子答應給大公子做的扇套。我手藝不好，您別見怪，將就著用用便罷了。」

徐仲宣就著她的手一看，見那扇套是灰綠色的錦緞，面上並沒有繡什麼花鳥草蟲，只繡著兩個大大的壽字紋，周邊空白的地方則細細地繡著如意雲紋，瞧著雖簡單，卻大氣。

其實簡妍心裡有些忐忑。那時她尋思了整整一日，到底要給徐仲宣做個什麼樣的扇套？想著他平日裡瞧著話不多，又是個沈穩的人，若是做了個繡著花鳥草蟲的扇套，只怕是有些不倫不類的，所以最後便決定索性不繡花，只正反兩面各繡了兩個壽字紋便罷。至於空白的地方就繡了如意雲紋，瞧著應當也還大氣；顏色則選了灰綠色，既不會太鮮豔，也不會太沈悶。這會兒她雙手拿著扇套遞過去，一面仔細地望著徐仲宣面上的表情。只可惜徐仲宣垂著頭，她看不到他面上現下到底是個什麼樣的表情？

一隻修長白皙的手伸了過去，自她的手中接過扇套，隨即低沈的聲音徐徐響起。「我很喜歡，多謝。」

簡妍這才鬆了一口氣。方才那會兒她竟覺得心中極是緊張，以至於手心裡都是汗。見徐仲宣終於收了扇套，還說了句「我很喜歡，多謝」的話，甭管他到底是真心還是客套的，至少這一關算是過了。

她心中鬆了鬆，便又伸手示意站在她身後的白薇過來。

白薇會意，忙將手中拿著的包裹遞上前。

簡妍接過，一面開口招呼徐妙錦過來，一面又伸手開包裹，笑道：「錦兒過來，我給妳做了一雙鞋呢！」藍色的包裹打開來，簡妍雙手捧著一雙藕荷色、鞋頭繡著折枝玉蘭花的緞子鞋遞過去，又笑道：「我見妳和寧兒的衣裙上繡的多是折枝玉蘭的花紋，且妳喜歡素淨清雅些的顏色，寧兒喜歡活潑鮮豔些的顏色，便給妳做了一雙這樣藕荷色，鞋面上繡折枝玉蘭的緞子鞋。寧兒那裡也做了一雙同樣的鞋給她，鞋面上繡的花兒也一樣，只不過顏色是石榴紅色的。如何，這鞋妳可喜歡？」

徐妙錦自然是喜歡的。因她身子不好，日常也不怎麼動針線，像鞋襪這樣親密些的小物件都是青竹代勞，但其實她也很想有自己的親人幫自己做這樣的小物件。

徐妙錦一時便覺得眼圈有些發熱了，忙緊緊地咬著唇，伸手接了鞋，低聲道：「我很喜歡，謝謝妍姊姊。」

而徐仲宣那裡正緊緊地握著手裡的扇套。

這是第一次有人給他做扇套。扇套是上好的雲錦做的，摸上去滑滑的，似是還殘留著她手上的餘溫，讓他想就這麼一直緊緊地握在手裡，再也不要放開。

因心中著實感激，且越發心動，於是徐仲宣便又開了一張長長的菜單子，讓齊桑和齊暉又跑了一趟蕪荔樓。

在等著菜來的空檔，徐仲宣又邀簡妍與他下棋。

簡妍想了想，便應了。

只是兩個人沒下得幾個子，就有小丫鬟來通報，說是大太太身旁的丫鬟過來求見簡妍。

簡妍心中詫異。自己從來了這徐宅，和秦氏就沒有見過兩次面，這會兒她遣了丫鬟過來見自己是有什麼事？心中雖然納悶，簡妍還是走出徐妙錦的書房，到了明間裡，徐仲宣隨即也跟過來。

先時芸香一路飛跑到了荷香院，見著了簡妍身旁的丫鬟四月，卻被告知簡妍去了四姑娘那裡。她便又一路跑到凝翠軒，這會兒氣都有些喘不上來。

只是一抬眼，非但看到了簡妍和徐妙錦，還看到了徐仲宣，於是她那喉嚨裡的一口氣立即就被嚴嚴實實地給逼回肚子裡，再是不敢喘了。

「見過大公子、四姑娘、簡姑娘。」她屏息凝氣，畢恭畢敬地對他們三人行了禮。

簡妍還沒有說話，倒是徐仲宣先開口了。

「母親遣妳來找簡姑娘有什麼事？」

他聲音雖不大，卻極威嚴，芸香只覺得自己胸腔裡的一顆心咚咚地急速跳了起來，竟覺得有些口乾舌燥，不知該如何說話了。勉力定一定神後，才道：「大太太遣了奴婢來，是想請簡姑娘去松鶴堂那裡。大太太和老太太都在等著簡姑娘過去和表姑娘對質呢！」

「對質？」徐仲宣的雙眼眯了眯，不動聲色地問：「對什麼質？到底發生了何事？說。」說到最後一個字的時候，他森冷的目光掃了過去。

芸香被這強大的氣勢給壓得遍體生寒、呼吸急促，最後竟是沒扛住，雙膝一軟，直接就朝他跪下來，然後一五一十地將剛剛發生的事一字不漏地說了一遍。

一旁傻站著的簡妍心想：原本是與我有關的事，可是這會兒卻不用我出來說一個字，這樣真的好嗎？徐侍郎……

只是聽了芸香的話，她倒是有些訝異。雖然一開始她讓蓮花出去說那些話時，確實是想讓秦氏將這事鬧到吳氏那裡去，然後逼吳氏找吳靜萱來徹查這件事。當時她認為這事原就只是雕蟲小技，是禁不起徹查的，很容易就查出是吳靜萱指使自己的丫鬟做的，自然就沒她什麼事，吳靜萱倒能自食苦果。到時秦氏自然容不得吳靜萱再繼續待在這徐宅，逼也要逼著吳氏送走吳靜萱。不過沒想到這個雪柳倒是個忠心護主的，竟然一個人承擔這個罪責，最後還鬧到了要她去和雪柳當面對質的局面。

倒也是好笑了。簡妍心想，這個秦氏還真的是怕這事鬧得不夠大呢，竟不顧及自己只是徐家親戚的身分。既然如此，她索性去與雪柳當面對質吧，也順帶再踩吳靜萱一腳，讓吳靜萱再不能翻身。

於是，當芸香說完這番話後，簡妍便往前走了兩步，說：「也好，我便隨妳一同前去，在老太太和大太太面前將這事說清楚。」

語畢，忽然有人拉住她的胳膊，同時一道沈穩的聲音響起──

「別去。」

簡妍訝異地轉頭一望，見拉著她胳膊的人竟是徐仲宣。

簡妍第一次見著徐仲宣的時候，就覺得他的眼神如同陰天裡的湖泊似的，深邃幽深，旁人再是看不透他心裡在想什麼。可是現下，她看著他的眼神，只覺得這會兒不僅是深邃幽深，簡直就是有無數片的烏雲飛速地集結一般，似是就要電閃雷鳴、暴雨傾盆了！簡妍見了，心中莫名有點畏懼，被他拉著的那隻胳膊也下意識地掙扎了一下。

徐仲宣忙收回拉著她胳膊的手，背在身後，同時低聲且輕柔地安撫了她一句。「別怕，這件事我去解決，妳只管留在這裡就好。」頓了頓，他又低聲說：「不要離開，等我回來和妳一起用午膳。」說罷，抬頭望向芸香，方才面上溫柔的神情頃刻不見，只有沈沈似水，冷淡地說：「走。」

芸香剛想張口說大太太是請簡姑娘過去的，簡姑娘這不去可怎麼成呢？可望見徐仲宣森冷的目光，她一時又不敢說了，只得將這句話默默地嚥回自己的肚子裡。

簡妍望著徐仲宣的身影漸漸消失在院門那裡，心裡浮上了一種異樣的、說不清又道不明的情愫。

徐仲宣方才臨去時對她說的那兩句話，一句溫柔得堪如三月春風，安撫著她，讓她不要害怕，他去解決那件事；另一句卻又隱隱有一種霸道之意在裡面，讓她不要離開，要等他回來一起吃午飯。

簡妍覺得她一定是瘋了，因為她好似從他那兩句話裡咂摸出了什麼了不得的訊息。

第二十七章 自食惡果

徐仲宣走進松鶴堂上房明間裡時，吳氏正坐在羅漢床上沈著一張臉，秦氏則坐在左手邊第一張玫瑰椅中，神態悠閒地喝著茶；而吳靜萱坐在右手邊第一張玫瑰椅中，垂著頭，兩隻手不安地絞著手裡的秋香色手絹，屋裡還跪了一地的丫鬟。

見徐仲宣進來，吳氏、秦氏和吳靜萱皆是心中詫異。

「你怎麼來了？」吳氏首先開口問著。

秦氏則問著跟在徐仲宣身後的芸香。「簡姑娘怎麼沒來？」

而吳靜萱站起身來，有些驚喜地叫了一聲。「大表哥！」

徐仲宣壓根兒就沒有正眼瞧一下吳靜萱，對她的叫喊也是置若罔聞，只對著吳氏和秦氏各行了一個禮，隨後神色平緩地說：「方才我剛好在錦兒那裡，聽了芸香說祖母和母親在這裡審問丫鬟，心中一時覺得有趣，便想著過來旁聽一二。簡姑娘正陪著錦兒，我想她畢竟是咱們家的親戚，讓她過來跟一個丫鬟對質不大好，傳出去會落了我們徐家的臉面，所以便沒有讓她過來。」

吳氏巴不得簡妍不過來，於是面上當即就透了幾絲笑意出來，點頭笑道：「很是！簡姑娘原是咱們家的親戚，也是個正經好人家出身的姑娘，哪能巴巴地讓她過來和一個丫鬟對質呢？你這樣做，才是懂禮、識大體！」一面說著，一面就瞥了秦氏一眼。意思很明顯，就是說秦氏不懂禮、不識大體！

秦氏聽了，一面氣得銀牙暗咬，一面在心裡氣著徐仲宣。說起來，徐仲宣縱然不是她生的，可到底也是大房的人，又是記在她名下，怎麼胳膊肘卻朝外拐，不說幫著她，反倒去幫著吳氏了？

徐仲宣這時已經在左手邊第二張玫瑰椅上坐下，立即有小丫鬟端了一個小小的描金填漆茶盤，捧了一盅茶過來，放在他手側的花梨木几案上。

徐仲宣且不喝茶，目光望向雪柳，聲音平靜地問道：「我聽芸香說，是因簡姑娘責罵過妳，又打了妳一巴掌，妳便懷恨在心，特地編了一番謊話出來，讓棠梨苑的小丫鬟到處去傳說，以此來抹黑簡姑娘的名聲，是嗎？」

雪柳只覺得徐仲宣看著她的目光雖平淡，卻像綿裡針一般，讓她如芒在背，一時心中無比緊張，甚至連鼻尖上都冒出了細細的汗珠。

她想著，即便現下她供出吳靜萱來，也是沒有什麼用的。吳靜萱若是被攆離了徐宅，作為她的貼身大丫鬟，自己勢必也討不了什麼好去，但若是現下她一力承擔了這件事，待風聲過了，吳靜萱自然不會虧待她；況且，這畢竟是她伺候、陪伴了這麼多年的姑娘啊，多少也是有感情的。所以雪柳的心中雖然害怕，但還是咬著牙，很堅定地回答：「是。奴婢正是因簡姑娘曾經責打過奴婢，所以懷恨在心，編了這樣的一番話出來，特地想抹黑她的名聲。這件事從頭至尾都是奴婢一個人所為，並無人指使奴婢。」

「很好。」徐仲宣見她死不承認自己是受了吳靜萱的指使，怒極反笑，於是下一刻他便快速地問：「那我且問妳，簡姑娘責罰妳的那日是個什麼日子？天是晴著，還是陰著？簡姑娘當時穿的又是什麼顏色的衣裙？衣裙上面繡的是什麼花？她頭上戴的是些什麼首飾？耳上戴的是什麼耳墜？隨身帶的丫鬟是白薇、是四月，還是兩個都帶了，或是一個都沒有帶？」

他這一連串的問題快速地問出來，壓根兒就沒有給人任何思考的時間，別說是雪柳了，便是吳氏、秦氏、吳靜萱，以及屋裡所有的丫鬟，全都懵住了。

吳氏和吳靜萱先前見徐仲宣沒有讓簡妍過來，心中鬆了一口氣，吳靜萱甚至還暗暗想著徐仲宣是站在她這邊的，內心一陣竊喜，以為徐仲宣心中多少還是對她有意的。可是現下徐仲宣這一連串問題快速地拋出來，吳氏和吳靜萱的面上立時就變了色。

這徐仲宣哪裡是在幫她們？簡直就是要害她們啊！他這意思，分明就是不揪出幕後真正的指使者就絕對不會放手的架勢。

而秦氏心裡則竊喜不已。果然說到底這徐仲宣還是大房的人，定然是會幫著她的。於是她隨即也開口催促雪柳。「大公子問妳話呢，怎麼還不回答？但凡大公子問的這些問題，妳有一個答不出來，就可見得妳是當面扯謊！」

雪柳自然是被問懵了，腦子裡快速地轉了轉，但回答依然是磕磕巴巴。「那……那日天是晴的，簡姑娘身上穿的是紅、紅色的衫子，白、白色的裙子，繡、繡的花是……是……對了，是鳶尾花！她頭上戴的——」

一語未了，已聽徐仲宣冷冷地說：「簡姑娘的父親去世不足一年，尚在孝期中，她又怎會穿紅色的衫子？可見妳就是在撒謊。」

雪柳忙道：「是奴婢記錯了！那日簡姑娘穿的是一件淡粉色的衫子！」

徐仲宣只冷冷地望著她，一語不發。

吳靜萱在一旁見了，生怕徐仲宣最後問出來散播那些謠言的事是她指使的，到時嫌她心思惡毒，會不喜她，所以她忙不迭就開始喝斥雪柳。「妳這個賤婢，竟是豬油蒙了心！平白無故地誣賴人家簡姑娘做什麼？」又轉頭對吳氏說：「這樣惡毒的賤婢，我是再不敢留在身邊了。姑奶奶，您索性現下就讓人將她拉出去，打上幾十板子，然後叫了牙婆子來，領出去發賣了吧！」

「表姑娘的一顆心倒是真狠。」秦氏在一旁笑道：「這丫鬟可是想著要將所有的罪責都自己背著，好保全妳這個姑娘呢！可是妳這個做姑娘的，不說心裡感激人家，倒是怕連累了自己，忙不迭就趕著落井下石了。這要是我啊，可不得寒心死，還幫妳背什麼黑鍋啊？」

秦氏自然是有挑撥離間的意思，但不得不說，她這番話說得確實是有些用。徐仲宣就見雪柳望著吳靜萱的目光閃了閃，平放在膝蓋上的一雙手也慢慢地蜷了起來。

目光掃過雪柳的那雙手，徐仲宣淡淡地點評了一句。「妳這雙手倒是生得不錯。」

做大丫鬟的，日常所做的事也就是些鋪床疊被、端茶倒水之類的，粗活是半點不用做，不消說一雙手也是養得白皙柔嫩，指如春蔥。

屋內眾人不知徐仲宣為何會忽然說出這樣一句話，皆是有些愕然。吳靜萱甚至還垂頭望了一眼自己的手，又看了一下雪柳的手，比較著到底是自己的手生得更好一些，還是雪柳的手生得更好一些？

但下一刻，眾人就聽徐仲宣緩緩地說著——

「大理寺有一種刑罰，叫做拶。是將犯人的十根手指放在連起的木棍之間，然後兩個衙役在兩邊用力地收緊繩子，隨著繩子漸漸收緊，犯人會覺得自己十根手指的骨頭正一寸寸地被夾碎，甚至還能聽到自己骨頭慢慢碎裂的聲音。」

屋內眾人都是女眷，平日原就很少出門，接觸到最多責罰人的手段無非就是打板子、搧耳光這樣的，這會兒猛然聽到徐仲宣說到「拶」這種刑罰，個個都被嚇得身上冷汗冒出，雪柳更是全身都在打顫，原是放在膝上的一雙手甚至都背到身後去。

徐仲宣瞧見了，便又慢慢接著道：「還有一種刑罰，一根粗粗的鐵籤子，頂端那裡磨得細細、尖尖的，對著犯人的手指，用鐵錘慢慢地釘下去。一根鐵籤子釘下去，犯人若還是不招，沒關係，用鐵錘再對著第二根手指釘下去。叮叮咚咚、一下一下的，全都是鐵錘砸在鐵籤子上的聲音。若是衙役一時沒拿好鐵錘，失手砸到了犯人的手上去，犯人卻是不知道痛的。雪柳，妳道這是為何？」

雪柳正被嚇得屏息凝氣地聽著徐仲宣說話。明明他的聲音沒有一絲波瀾起伏，只是平鋪直敘地說著行刑的過程，可雪柳就是覺得自己眼前恍似能看到那犯人被人強按住雙手趴在地上，有衙役拿了鐵籤子放在他的指甲上，另一個衙役手裡高高地舉著手裡的鐵錘，咚的一聲砸下去，指甲碎裂、鮮血四濺，那犯人立時痛得尖聲慘叫，身子撲騰得和跳離了水面的魚一般，可他的身子又被衙役死死地按住，任是再如何掙扎，也是無濟於事。於是，他只能眼睜睜地看著又一根鐵籤子放在他的另一根手指上，然後衙役又舉起了手裡的鐵錘……

似是錯覺，可雪柳就是覺得自己的手指那裡現下也是痛得厲害，似乎那鐵籤子就扎在她的手指上一般。

她被駭得一顆心緊緊地提了起來，恍似不會呼吸，只會倒抽氣，這時猝然聽到徐仲宣在叫她的名字，問她為何明明鐵錘砸到了犯人的手上，犯人卻不會覺得痛？

她早就被徐仲宣方才說的話給嚇得連眼珠子都不會轉了，哪裡還能去想這是為什麼？所以她只雙眼直直地望著徐仲宣，顫著聲音，說出來的話如同凜冽寒風中的枯葉，抖得渾然不成模樣。「卻是為……為何？」

就見徐仲宣唇角微扯，緩緩一笑。

明明他生得俊朗秀逸，這一笑可謂是明珠生暈，只讓他看上去更加俊逸瀟灑，可是這一笑落在雪柳的眼中，只覺得比那地獄惡魔張開血盆大口，露出口中森然白牙的嗜血微笑還要可怕上幾分！

「因為，跟鐵籤子釘進手指裡相比，鐵錘扎在手上的痛楚根本就算不得什麼。」徐仲宣極慢極慢地說著，然後成功地看到雪柳在聽完他這句話後，一雙眼的瞳孔微微地收縮著。

於是徐仲宣乘勝追擊，又極慢極慢地問了一句。「那麼，雪柳，妳覺得妳能受得住幾根鐵籤子呢？」

壓垮樹枝的最後一片雪花雖是輕飄飄地落下，可樹枝卻在那一刻「啐嚓」一聲斷裂落地，雪花四濺。

雪柳跪著的身子一軟，癱在了原地。

隨後的一切便再容易不過。雪柳原原本本地交代了吳靜萱是如何告訴了她這番話，又給了她銀子，讓她將這些銀子分給棠梨苑的小丫鬟，讓她們將這些話四處去散播，為的就是抹黑簡妍的名聲，讓她從此都抬不起頭做人。至於問吳靜萱為什麼要這樣做的原由，雪柳說是因前些日子去桃園賞桃花的時候，簡姑娘在綴錦閣曾說了吳靜萱兩句，吳靜萱因此懷恨在心，回來後日日夜夜都恨著簡妍。

其實，吳靜萱生性多疑，即便雪柳是她的大丫鬟，也不十分信任。徐仲宣對簡妍有意的這些事是她自己忖度的，更沒有對雪柳說過半個字，所以雪柳只以為吳靜萱是因在桃園的那件事而對簡妍懷恨在心，再是想不到其他上面去。

原本是極棘手的一件事，可自徐仲宣來了，不過是問了幾輪話下來，雪柳就一五一十的招了。

秦氏當即就對吳氏道：「不是媳婦嘴毒，只是像表姑娘這樣的人，實在是心狠。簡姑娘不過是那般隨口說了她兩句罷了，且媳婦私心裡覺得簡姑娘那兩句話說得也不差。可就因著這樣一件小事，表姑娘竟是存心要讓簡姑娘身敗名裂。多虧是及時澄清了，不然這樣的謠言碎語再傳個兩日，眾人都信了，不是要逼得簡姑娘去尋死嗎？這樣狠心下作的人，做什麼還要留在咱們家裡？母親要想一想中山狼的典故，別妳一顆真心地對著她好，最後人家卻給妳來個恩將仇報，旁的不說，現在這丫鬟雪柳就是個例子。雪柳倒是一顆心地為表姑娘著想，只想著將這件事都攬到自己身上，可表姑娘是怎麼對她的？叫拉出去打了幾十板子，再叫牙婆來就發賣掉。這樣的人，可曉得什麼叫做感恩戴德？留著竟是個禍患，還是早日打發她回自己家去才是正經！」

吳靜萱早就拿手裡的手絹捣著臉，哭成了淚人兒。耳聽得秦氏這般排揎她，想要反駁幾句，可無奈她發現自己竟反駁不出一句來。

最後，她猛然想起一件事。說起來，徐家上自吳氏、秦氏等人，下至最低等的小廝、丫鬟、僕婦，誰敢不聽徐仲宣的話？但凡他說得一句話出來，她就是有救的！

於是她便將捣在臉上的手絹拿下來，抬起頭，一雙眼淚光點點地望著徐仲宣，語帶哽咽地哀求著。「大表哥，你……你倒是為我說句話啊！我……我不想回去。」

回去有什麼好呢？祖父不過是在一個窮山惡水的地方做著知縣罷了，且依著他那老誠性子和一大把的年紀，這輩子只怕是再難有什麼升遷的了，也就只能一輩子窩在那個地方。自己若是回去了，豈不是一輩子也只能待在那兒了？她如何會甘心？

可任憑她如何杜鵑泣血似的哀求徐仲宣，徐仲宣都是冷著一張臉以待，連望都沒有望她一眼。

吳氏這時也覺得甚是尷尬，心裡還有著惱怒。

她尷尬的是，這吳靜萱畢竟是她的姪孫女，做了這樣的事出來，連帶她這個做姑奶奶的都要被秦氏這樣的人奚落嘲諷，今日可不是什麼臉都丟盡了？而她惱怒的是，這個吳靜萱竟這般沒有個成算！若是真的和那簡妍有仇，想要背地裡暗算她，倒是想個高明些的法子出來啊！這樣低劣的法子，漏洞百出，這般容易就被人當場揪出來逼問，怎麼還有轉圜的餘地？

但私心裡，她其實並不想吳靜萱走。一來是這麼些年相處下來，多少還是有些感情在；二來是這些年來她可沒少在吳靜萱身上花費心血和銀錢，只想著能讓吳靜萱做了大房的媳婦兒，往後她就可間接地掌控大房了。若是現下讓她回去，自己這麼多年的心血和銀錢都白費了不說，關鍵是，這就相當於斷了往後她想掌控大房的路了。所以秦氏不可謂不精明，秦氏就是曉得自己的這份打算，這才藉著這個事不放，擺明了就是想將吳靜萱攆出徐家去。

只是，吳氏便是再想讓吳靜萱留下來，可現下局面是這樣，秦氏又在一旁虎視眈眈，只怕她但凡說個「不」字出來，秦氏便有兩籮筐的話在那裡等著她。因此吳氏想了想，最後便問徐仲宣。「宣哥兒，對萱姊兒的去留，你是個什麼意思呢？」

現在唯一的機會，也就只有徐仲宣了。只要他開口說讓吳靜萱留下來，即便秦氏心中再是惱恨，只怕明面上也是不敢說什麼的。

於是一時間，眾人的目光都聚集在徐仲宣的身上。

吳靜萱更是緊張地緊緊握著手裡的手絹。

徐仲宣打從雪柳那裡逼問出事情的真相後，就只是坐在椅中喝茶，並沒有開口說一個字。任由秦氏含沙射影地說著話，吳氏一張臉陰沈似水，吳靜萱在那兒低低地哭著，他都只當沒有看到、沒有聽到，只是轉頭望著門外的紫薇花樹，心裡想著，也不曉得簡妍有沒有聽他的話，在凝翠軒等著他回去一起吃飯呢？只是她對他的話慣是左耳進右耳出的，若是她現下回了自己的院子，要想了個什麼法兒才能將她再叫出來呢？

這會兒，聽到吳氏問他，他終於轉過頭來，將手中端著的茶盅放在手側的几案上，「嗒」的一聲輕響。隨後他抬頭，不疾不徐地說：「我的意思和母親的意思一樣。」

言下之意，就是贊同秦氏的意思，讓吳靜萱離開徐家，回自己的家去。

秦氏一聽，面上立時就現出了得意的神情來。

既然徐仲宣都這樣說了，那吳氏還能怎麼樣呢？說不得也就只能讓吳靜萱離開徐家了。

吳靜萱這時都忘了要哭，不可置信地望著徐仲宣，吶吶地說：「大表哥，你……」

但徐仲宣已經無暇和她說什麼，他還要趕著回去和簡妍一塊兒用午膳呢，可別遲了一會兒，簡妍就回去了。

於是他便起身，對吳氏和秦氏點頭算是致意，而後說道：「錦兒還在等著我回去用午膳，我便先走了。」

屋裡的眾人誰敢攔他？只能眼睜睜地看著他轉身離開。

吳靜萱望著他挺拔如翠竹的身影，只覺得淚水不受控制，嘩嘩地順著臉頰流下來。

這算什麼呢？說起來，她做的所有事不都是為了他？可末了，他卻是要將她攆離徐家。他竟是這般狠心，全不念自己對他的一片心意。

可她也心知，只怕現下這一別，這輩子她是再也見不到徐仲宣了。於是她便不管不顧，起身飛跑著追上前去。她得將自己的一片心意告訴他，然後求他讓她留下。她甘願做他的妾，但求能每日見到他便心滿意足。

只是徐仲宣走得很快，等她追上去的時候，已是出了松鶴堂的院門。

「大表哥！」吳靜萱一路追上去，不管不顧地就伸手去拉他的胳膊。

只可惜，她的手都還沒有碰到他的衣袖，徐仲宣就側身讓了過去，讓她撲了個空。

徐仲宣冷著一張臉，很冷淡地對她說了兩個字。「自重。」

吳靜萱一聽，淚水就流得更凶了。這些年來他都是這般對她，再沒有溫柔的時候。但凡只要他溫柔地對她說上一句話、笑上一笑，她便甘願為他做任何事。

「大表哥……」她哽咽著，可還是堅持地問著。「你就這般厭惡我嗎？」

徐仲宣有些不耐煩同她說話。這樣柔弱的外表下，內裡卻存著想要逼死簡妍的心，現下這會兒又在他面前哭什麼呢？今日所有，全都是她咎由自取罷了，怨不得任何人。

吳靜萱見他不說話，望著她的眼神也滿是冷漠，只覺得心頭似被戳了一刀，痛得她壓根兒就忍受不了。

「可是大表哥，我愛你啊！」她面容哀婉，滿是淒厲地哀求著。「只求你不要讓我走，我甘願做你的妾，日日地服侍你！」

徐仲宣一聽她這話，反倒是笑了，只不過這笑看著實在是沒什麼暖意，反倒和那三九的冷風似的，吹在身上只覺得內裡的骨頭都是冷颼颼的。

「可是我不愛妳。」徐仲宣回答得簡潔俐落，也極是殘忍。「便是妳想給我做妾，我也並不想要。有妳這樣蛇蠍心腸的女人在我身邊，我只怕睡夢裡都會不安穩。」說罷，竟不再理會她，抬腳轉身就徑直地走了。

吳靜萱站在原地，淚水模糊了雙眼，望著他修竹般的身影漸行漸遠，最終還是支撐不住，蹲下了身子，用手絹捂著臉，放聲大哭起來……

第二十八章 算不算撩

簡妍心神不寧地坐在徐妙錦書房的臨窗木炕上，越想就越覺得驚悚不已。因為她好似覺得，徐仲宣是喜歡她的啊！

先時芸香過來傳話，讓她去松鶴堂和雪柳對質時，徐仲宣立刻就拉住了她，不讓她去，隨後就說這件事他去解決，讓她別怕，只管安心地待在這裡就好。若他只是說了這句話便罷，她還能權且當作徐仲宣是感念她給他做扇套子的情，出面去幫她抵擋這件事也就是了。可隨即他又那般目光繾綣地望著她，那般聲音低柔地和她說著「不要離開，等我回來和妳一起用午膳」……

簡妍無力地伸手扶額。那句話的內容，還有徐仲宣說那句話時的口吻和眼神，難道不應該是情人或夫妻之間才有的親密嗎？

她覺得她一定是瘋了，不然為什麼會覺得徐仲宣竟然這麼緊張她，這麼想將她緊緊地護在身後，怕她受到一點點的傷害？

可是思緒這個東西，一旦發散起來就跟脫韁的野馬似的，那是怎麼拉也拉不住的。於是簡妍立即又聯想到在桃園賞花那次，她得罪了李念蘭，正不知道該怎麼辦的時候，是徐仲宣假託徐妙錦身子不好，讓她隨徐妙錦先回來，以此來避免與李念蘭的碰面。那回他好似也對她說了一句他會處理好，讓她別擔心之類的話？那時她雖然心中感激他，可也只當他是覺得她和徐妙錦的關係好，才不忍心看到她遭受李念蘭的羞辱。現下想起來，怎麼就覺得他也是在想法兒地護著她，不想讓她受到一點點的傷害呢？還有，上次在徐妙寧的西跨院裡，她和徐仲宣獨處時，當時一直覺得沒什麼，如今想起來，怎麼就覺得其間有那麼多的貓膩呢？而自己還傻不拉幾地主動提出來要幫徐仲宣做扇套子，今天還特地巴巴地送過來，徐仲宣該不會以為她其實也是喜歡他的吧?!

簡妍這會兒不扶額了，轉而雙手掩面。

她怎麼就蠢成這樣了？還是她只是自我感覺太良好？

對！對！簡妍又安慰著自己。徐仲宣怎麼可能會喜歡她呢？他一個24K純金的青年才俊，身邊有大把姑娘排著隊想嫁他，且個個家世、容貌出眾，他會看得上她這根豆芽菜？她還要再過兩、三個月才十四歲的好嗎？胸口的小饅頭才剛剛發育，還沒有鼓起來，一點柔軟的手感都沒有，他喜歡她個球啊？所以，這一定是她的錯覺！

可是……她還是覺得徐仲宣喜歡她啊！怎麼辦？

簡妍雙手搗著臉，深深地埋下頭去。

正坐在對面玩九連環的徐妙錦無意中一抬頭，被她這副模樣給嚇了一跳，連忙放下手裡的九連環，問道：「妍姊姊，妳這是怎麼了？可是哪裡不舒服嗎？」

玉石做的九連環，才解了一小半，餘下的都紛紛亂亂地纏繞在一起。

簡妍覺得她現下的心情比這九連環還要紛亂，她覺得她得趕緊回去慢慢捋順自己的思路才是，不然遲早得爆。於是，她就對徐妙錦說：「我有些不大舒服，就先回去了。」

徐妙錦聞言，忙道：「可是大哥剛剛還說讓妳等他回來一起吃飯的啊！而且妳看，齊桑和齊暉都已經將飯菜買回來了。」

去他的等他回來一起吃飯！剛剛只是徐仲宣這樣說了，她可沒有答應。而且她現下心情都煩亂成這樣了，還能若無其事地和他一塊兒坐著吃飯嗎？龍肝鳳髓她都吃不下啊！

簡妍堅持要走，最後不顧徐妙錦的強力挽留，帶了白薇就自己撩簾子出了門。

只是才剛剛走下青石臺階沒兩步，就見院門那裡轉過一道人影來。

紺碧色的杭絹直身，領口袖口靛藍色鑲邊，腰間繫著靛藍緞帶，端的是身姿秀美、玉樹臨風一般。

簡妍如遭雷擊，僵在了原地，只瞪著一雙眼，看著他慢慢地走近。

徐仲宣一走進凝翠軒的院門就看到了簡妍，見她先是面上神情不寧，步履匆忙，待看到他之後便睜大了雙眼，一臉震驚地站在原地，恍似做了什麼錯事被當場抓包的模樣。

簡妍此時確實有種家長臨出門之前吩咐小孩不要看電視，小孩答應得好好的，結果家長剛出門，小孩就立刻打開電視，然後家長忽然又推門回來，被抓了個現行的感覺。

嗯，有點心虛氣短。於是簡妍就乾巴巴地笑，對已經在她面前兩步開外站定的徐仲宣說：「你回來啦？」徐仲宣的身量頗高，所以這就直接導致她和他說話的時候不具備平視的條件，唯有抬頭仰視。更加的心虛氣短了有木有？簡妍在心裡無聲流淚。

徐仲宣垂頭望著她，見她面上那欲蓋彌彰的笑容，微微地瞇了瞇眼，隨即緩緩地問道：「妳要回去？」

被抓了個現行的簡妍心虛地垂下頭，吶吶地回道：「沒、沒有。」

「那妳帶著丫鬟出來要做什麼？」

雖然徐仲宣的語氣極輕柔，可這句話的內容依然還是質問啊！簡妍原就心虛氣短，這會兒又被他這般質問，一時腦子大抽，衝口而出說的就是——

「我……我出來看看你回來了沒有？」然後，她就想一巴掌抽死自己。這句話實在是太有歧義了，很容易讓人浮想聯翩啊！於是她又欲蓋彌彰地急急加了一句。「我就是急著想知道，雪柳那丫鬟的事都解決好了沒有？她……她不會還在說我責罰過她吧？」

滿樹韶光傾瀉而下，風聲和緩，鳥聲細碎，剎那間心花怒放。徐仲宣自動忽略掉簡妍畫蛇添足加上去的後半段話，當自己只聽到了前面的那一句，而後心情很好地笑了。

他眉眼原就生得好，畫中人一般，這會兒眉眼之間滿是笑意，更是丰姿奪目。

簡妍只覺得自己的心都漏跳了一拍，連忙別過頭去，目光飄忽地望著院子裡的翠竹山石。妖孽啊！只是麻煩能不能不要這麼對她笑呢？她其實也是個顏控啊！上輩子看到劇裡的美男，她也是雙眼發光，嗷嗷地狼叫著，恨不能衝過去舔屏的啊！

徐仲宣這時已從她身邊走過去，只是走了兩步，見簡妍還是緊抿著唇站在那裡神遊太虛，也不知道腦子裡在想些什麼，就笑道：「還傻站在那裡做什麼？進屋吃飯。」

簡妍：「……喔。」

一頓飯，簡妍吃得渾然不在狀態，更是一直低著頭，只望著桌上的飯菜，目光飄忽，壓根兒就不敢抬眼看某人。

等到飯後，徐仲宣又邀請她繼續先前未完的棋局，被她給拒絕了。

這要是以往，她就算是拒絕，也是會拒絕得很委婉，但是她卻是直接俐落地就拒絕了。原諒她現在根本就沒有心情去想什麼彎七繞八的託辭，她只想立刻回去，捋順這所有的事，以及調整一下自己的情緒。隨後坐不得一會兒，她確實就開口告辭了。

徐仲宣也沒有再留她，只是如上次一樣，拿了三盒的點心交給她，說是讓她帶回去閒時吃。簡妍本想推辭，但徐仲宣已經直接讓青竹將點心塞到了白薇的手裡，簡妍也只得受了，然後帶著白薇，頗有點落荒而逃地出了凝翠軒的院門。

徐仲宣站在青石臺基上，目光望著她的身影消失在院門處，而後才挑開碧青的軟綢簾子進了裡屋。

徐妙錦正坐在椅中喝茶，聽到動靜，抬起頭望了過去，一見徐仲宣眼角眉梢間的笑意，便放下手裡的茶盅，問道：「哥，你心情很好？」

方才她就注意到了，自徐仲宣從松鶴堂回來後，他的面上就一直掛著淡淡的笑意。

徐仲宣頗為好心情地對她點點頭，大大方方地承認自己的心情確實很好的事實。

剛剛的簡妍在他面前終於不再是一成不變的客套疏離，至少她不想和他下棋的時候，是直接開口拒絕他的，而不是如以往一般，明明是不想做的事，可迫於各種原因，最後要麼是委曲求全，要麼是委婉拒絕。

能直接開口拒絕，而不去顧慮到他會不會因這事不高興，這絕對是個好現象。

他會慢慢讓簡妍在他的面前顯露出她原本一直隱藏著的性子，哪怕她再驕縱、再嬌氣，他都樂於見到。

徐妙錦受好奇心驅使，終於忍不住問道：「哥，你因著什麼事心情這麼好？」

徐仲宣笑而不答，只是坐到一旁的椅中，伸手端了茶盅低頭喝茶。

徐妙錦知道，徐仲宣不想說的事，任憑別人再如何問，也休想從他口中撬出半個字來，於是她也沒有再糾結這個問題，轉而問道：「萱表姊真的要回家去了？」

方才吃飯前，徐仲宣已將松鶴堂裡發生的事告訴了簡妍和徐妙錦一遍，不過隱去了自己用那兩種大理寺的刑罰來恐嚇雪柳的事，擔心簡妍和徐妙錦聽到了會害怕。

聽徐妙錦這般問，徐仲宣便點點頭。「是。待會兒我會讓齊桑去跟老太太說一聲，讓吳靜萱明日一早就離開。」他今日休沐，明日一早就會趕回京，而在回京之前，他勢必要讓吳靜萱離開徐家才行。這次她已敢如此抹黑簡妍的名聲了，下次不知道還會做些什麼出來？明日起他又有幾日不在這裡，所以還是趕緊打發吳靜萱離開的好。

第二十九章　心思糾結

簡妍心思不寧地回到自己的院子後，四月連忙迎上來，笑著叫了一聲「姑娘」。但簡妍只是很敷衍地「嗯」了一聲，而後一語不發地就進了東次間，坐到臨窗的木炕上，趴在小炕桌，頭更是深深地埋著。

白薇和四月隨後跟了進來。

白薇將手中三盒點心放到了炕桌上，然後試探地叫了一聲。「姑娘？」

簡妍沒有抬頭，只是抬起一隻手對她們兩個搖了搖，然後有氣無力的聲音悶悶地傳了出來。「妳們兩個先出去，讓我靜一靜。」

四月不明所以，有點擔心，想上前問簡妍是不是發生了什麼事？

但白薇眼明手快地拉住她，對她搖搖頭，隨後便拉著她出了簡妍的臥房。

「白薇姊姊，」一出了東次間，四月忙問著。「姑娘是怎麼了？怎麼瞧著懨懨的樣子呢？」

白薇年歲原就較四月大，自然知道的事情要多一些，且跟著簡妍出去的次數也較四月多，所以她明白是怎麼一回事。只是，現下她也摸不透簡妍內心到底是個什麼想法？

論起來，簡妍只是個商賈之女，徐仲宣卻是朝廷的三品大員，青年才俊不說，又是生得俊雅無雙，且對簡妍這般維護關愛，簡妍若是能與他為妾，其實也算不得委屈。只是白薇知道，簡妍心氣高著呢，她是絕對不會給任何人為妾的。

所以白薇也只是嘆了口氣，說：「姑娘這會子想必心裡煩著呢！走吧，咱們先回房，暫時還是別去打擾姑娘的好。」

簡妍這會兒確實心煩，但她煩的不是到底要不要丟掉自己的高心氣，給徐仲宣為不為妾的事，她煩的是，往後她到底該怎麼與徐仲宣相處？

沒察覺到徐仲宣對她有意思之前，她還可以客套疏離地和他打招呼，甚至想著要不要討好他，說不定往後還能指望他成為自己的靠山呢！

可是察覺到徐仲宣對自己有意思之後，簡妍想的就是，看來往後她真的要與徐仲宣更加客套疏離一些了！

縱然她承認徐仲宣很關心、維護她，且那張皮相生得也好，所以方才他對她溫柔繾綣一笑時，她是有那麼一點點的動心，可是那又能怎麼樣呢？自己的身分、地位畢竟擺在這裡，她是不可能嫁與徐仲宣為妻的，只能做一個妾罷了。

況且，即便為妻，她也是不願意的。

她並不想與任何女人共同擁有一個男人，她的丈夫，身心只能俱屬於她，否則她寧願不要。還是想法子趕緊脫離簡太太的掌控，然後瀟瀟灑灑地過自己的日子才是正經，其他的事，還是丟到腦後去，不要想的好。

方才午飯之時她心裡正亂糟糟的，壓根兒就沒有吃飽，這會兒一路走回來，又想了這麼長時候的心事，早就餓了。

炕桌上放著三盒點心，是方才徐仲宣讓她帶回來閒時吃的。

簡妍伸手打開盒子，見裡面是三樣點心，分別是杏黃如玉的綠豆糕、潔白如雪的杏仁餅、還有顏色粉紅的玫瑰糕。

她拿了一塊玫瑰糕，咬了一口，軟軟的、糯糯的，甜而不膩，清爽可口，還滿是玫瑰的香味。她便又咬了一口，手中的玫瑰糕一下子就只剩下半塊了。

然後，她忽然想到上次自桃園回來後，徐仲宣也是如今日這般讓齊桑和齊暉去蕪荔樓叫了一桌菜回來，臨走的時候，他亦是拿了幾樣點心讓她帶回來吃。那時因徐妙寧和徐妙錦也都是有的，且徐仲宣說的理由又是那樣冠冕堂皇，所以她便沒有多心，可是現下想起來，只怕她不多想都是不成的。

之後徐妙錦說要與她日日一起吃飯，只怕也是徐仲宣出的主意，而且徐妙錦時不時地還會給她送些糕點和蜜餞之類的過來……

簡妍又趴到了炕桌上，心想，徐仲宣這是要做什麼？將她當小貓似的餵養嗎？只是，他是怎麼知道她每天都吃不飽的，然後又這般迂迴曲折地投餵她？

所以她這心到底是有多大啊？竟然一直都沒有發現這些！

手裡的一塊玫瑰糕吃完了，簡妍又伸手拿了一塊杏仁餅，木著臉一邊吃，一邊想著。往後她是再也不能同徐妙錦一塊兒吃飯了，背了個天大的人情尚且是小事，關鍵是，她怕在徐仲宣這樣連續不斷的細膩關心愛護之下，她很快就會對他動心，到時候可就完蛋了。

誰叫她是個顏控呢？誰叫她最受不得別人對自己好呢？而且還是個長相如此俊朗秀雅的人對自己好啊！

過了兩日，簡妍便尋了個藉口，只說現下天氣開始熱了，徐妙寧和徐妙錦都還小，老是這麼在日頭底下走著湊一塊兒吃飯容易中暑，索性大家暫時還是先分開，各吃各的，等到秋風涼了再計較。

這理由無可挑剔，一時間眾人都沒什麼異議，畢竟冒著中暑的風險去吃一頓飯實在是沒有必要。

於是，等到徐仲宣再次休沐回來時，便被告知了這個消息。

他一聽到這個消息，立時就很惱恨自己。

當日他只欣喜於簡妍終於在他面前隱約地露出了自己真實的一面，雖然只是冰山一角，可至少不再是以往那樣的客套疏離，卻沒想到自己那日過於流露了情緒，簡妍如此聰慧，定然從其中看出了些許端倪，所以她那日才會如此心神不寧，最後甚至落荒而逃。

他實在是太急躁了，竟然嚇到了她。

徐仲宣一時有股衝動，想去找簡妍，告訴她，別怕他，他永遠都不會傷害她。

可他又怕貿然去找她反而會更加嚇到她，所以猶豫了半日後，到底還是沒有去找簡妍。

他想著，得先讓她緩幾日，等下一次休沐回來時，他再來尋她吧！

只是，下一次休沐之時他卻沒能回來，因為他被派到外地公幹去了……

第三十章　紫薇花郎

適逢初夏，禮部院落裡的一樹紫薇花開得正好，每逢微風至，花枝輕顫，翩若驚鴻。

申正一刻，禮部官署裡辦差的官員都已走得差不多了，徐仲宣尚且還在提筆批覆手中的公文。

旁側一名小太監提了菊花紋紫砂提梁壺上前，揭開他放在右首案上的茶盅，往裡續了些滾熱的水。只是續了水之後，他卻沒有離開，而是躬身站在旁側，以極低的聲音說：「鄭公公讓小的告知您一聲，近來聖上龍案之上放的時日最長的章奏有兩樣，一為各處沿海都指揮使司呈上來的，言近期倭寇猖獗；二為浙江、福建、廣東三處市舶司呈上來的，言民間私下海外貿易繁盛，屢禁不絕。聖上似乎為此二事頗為苦惱，時常翻閱這兩樣章奏。且還有一事鄭公公也讓小的告知您，伺候聖上的小太監說，近來有兩次都聽到聖上在自言自語，皆有提到『海禁』這兩個字。」

在他說話的這會兒，徐仲宣依然是垂著頭，目不斜視，一臉認真地看著面前的公文，似乎沒有聽到任何人說話一般。

而那名小太監說完這些話之後，也若無其事地提著提梁壺轉身自走了，似乎剛剛他並沒有說過一個字。

自始至終，唯有窗外那樹紫薇花兀自開得芬芳燦爛。

申正二刻，徐仲宣伸手整理了一下案上的文書，隨即站起來，打算回去。不過他才剛出屋子，迎面就見杜岱正從院門那裡走進來。

「好呀，蘭溪，」杜岱走得頗有些急，額上有細密的汗珠。這會兒一見徐仲宣的面，他立時就緊走兩步上前，笑道：「我就曉得你還沒有走！」

徐仲宣走下臺階，朝杜岱拱了拱手，面上帶著淺淡的笑意，問：「君卿兄，聽你這話裡的意思，找我有事？」

杜岱爽朗大笑。「也沒有什麼要緊的事，不過是聽說城東那裡新開了一家醉月樓，釀了極好的一種美酒，喚做胭脂醉，不如你我同去喝上一杯，如何？」

徐仲宣本想推辭，但杜岱已接著說了下去。

「你在京中也是一人獨居，又沒有人管束你，怎麼倒是一到申正散值之時就急著回去？難道家裡有一位美嬌娘在等著你不成？」打趣完後，他已伸手拉了徐仲宣，笑道：「便是你家中再有個美嬌娘等著你，說不得今日也只能陪陪我這個糙漢了。走、走，同我一塊兒喝酒去！」

醉月樓位於城東，周邊楊柳依依，又有一株槐樹，正滿樹開著潔白的繁花，閃爍如銀。

杜岱和徐仲宣抬腳進了酒樓的門之後，立即便有人迎上前，滿面春風地問道：「兩位可是徐侍郎和杜參議？」

徐仲宣抬眼望著那人，見他身穿寶藍團花暗紋的杭絹直裰，腳上絲鞋淨襪，定然不會只是個夥計。

杜岱此時已問道：「敢問閣下是？」

那人連忙笑道：「不敢當、不敢當！小的姓張，是敝處醉月樓的掌櫃。徐侍郎和杜參議請隨小人上二樓雅座，我家主人有請。」

徐仲宣不動聲色，隨杜岱與這張掌櫃上了二樓最裡面的一間雅座。

張掌櫃在前，伸手推開兩扇回紋格心木格扇門，然後躬身請徐仲宣和杜岱進屋。

屋內臨窗酸枝木圈椅上坐著一個人，手中端了茶盅，側身轉頭望著窗外的槐樹。聽到開門聲，他回過頭來，放下手裡端著的茶盅，起身笑著迎上前，拱手笑道：「徐侍郎、君卿兄。」

卻是那日在桃園之中有過一面之緣的沈綽。

杜岱已笑著走上前兩步，笑道：「原來是鳳欽啊！我剛剛還在想，到底是誰有這麼大的面子，竟能勞動這醉月樓的掌櫃親自下去接人，原來是你！剛剛他說的是『我家主人有請』……」頓了頓，他頗佳驚訝地問道：「這醉月樓不會是你沈家的產業吧？」

沈綽微微一笑。他原就生得形貌昳麗，如此一笑，自然是更加秀麗風流，風華萬千。

「小弟前些日子閒得無聊之時，便想著要開一處酒樓，做盡天下美食，釀盡天下美酒，想來倒也不失為雅事一件。」

杜岱一聽，直說沈綽的日子過得真是隨心所欲，羨煞旁人。一面又感嘆著自己，說是枉費寒窗十幾載，現下每月的俸祿也不過微薄，倒不如索性棄仕從商算了。

沈綽只將杜岱的這話當作笑話來聽。

當官的，有幾個真的是只掙著朝廷發放的微薄俸祿？但凡是口稍微鬆了鬆，自然是有大把的人趕著送銀子上門的。他可是與不少官員打過交道，也沒少送過銀子給他們。

在他們說話的這會兒，早有夥計奉了茶過來。

一色汝窯雨過天青色的茶盅，細膩如玉。茶盅裡是銀針茶，香氣清高，茶湯碧綠。

沈綽就問著自進屋之後一語未發的徐仲宣。「不知徐侍郎覺得這茶味道如何？」

「還行，」徐仲宣放下手裡的茶盅，語音清淡。「就是有些淡。」

沈綽挑了挑眉，又問道：「要不要讓夥計給你換一杯上好的碧螺春來？」

「不用，將就著喝也是一樣。」

徐仲宣自進屋之後，早就不動聲色地將屋中各處都掃視了一遍。但見香焚寶鼎，花插淨瓶；酸枝木鑲大理石圓桌上放著水晶荷葉式大盤，裡面滿堆各樣時新水果，旁側又有一架酸枝木絹紗刺繡玉蘭錦雞屏風，後面隱約可見一張琴案，上面放著一張素琴。

這分明就是待客之意。

今日與沈綽的這一番相見，到底是偶遇，還是刻意為之？

徐仲宣微微地垂下眼，漠然地望著面前酸枝木鑲大理石圓桌上的石頭紋路。

一旁的杜岱此時正問著沈綽。「鳳欽，你今日怎麼也在這醉月樓？」

沈綽笑道：「今日我原是請了一位世伯在此用飯，只是剛剛坐在窗前見著君卿兄和徐侍郎過來，便自作主張讓掌櫃下去請了你二人上來。君卿兄，你不會覺得我此舉唐突了吧？」

「自然是不會的！」杜岱笑道：「你我相交多年，又豈來唐突一說？」

沈綽笑了笑，隨即便轉頭問徐仲宣。「徐侍郎，冒昧請你過來，不知你有沒有覺得沈某冒犯了你？」

徐仲宣抬眼望過來，面上是恰到好處的笑意。「沈公子言重了。能與沈公子再次相見，徐某心中甚悅。」徐仲宣雖然慣常是個話不多的人，但處事圓潤，需要的時候，面上看起來也是個很好親近的人。

沈綽便笑了笑，撐開手裡拿著的象牙柄聚骨扇，慢慢地搖著。

杜岱又問沈綽今日請的世伯是哪位？沈綽笑而不答，只說這位世伯杜岱和徐仲宣都是認識的，待會兒見了自然會知。

徐仲宣內心卻有了一個隱約的猜測。

他和沈綽不過見過兩次面，彼此之間的熟人現在說來也就唯有杜岱一人，而沈綽口中的那位世伯，他卻說是杜岱和自己都認識的，那對方定然也是朝中為官，只怕官職還不會低。且杜岱甚少主動請他出來喝酒吃飯，今日為何一反常態？

他又不著痕跡地瞥了杜岱一眼，見他正和沈綽說著閒話，於是他便伸手拿了桌上的茶盅，慢慢地喝茶，一邊聽他二人說話的內容。

沈綽話裡話外提的是海禁之事，似是想打探現下海禁是否有鬆動的跡象？杜岱卻搖頭說難。海禁原是開國皇帝所定，後代子孫為表孝意，自然是極少有推翻祖上所定之事，這是其一；其二卻是，近來沿海倭寇猖獗，若是開放海禁，只怕到時更難遏制。

沈綽聽了，眸色微沈，一時手中搖扇子的動作也慢了幾分。

徐仲宣悄悄地這些都收入眼底，卻也只是不動聲色地繼續喝茶，並不發一語。

這時，就聽門上傳來兩聲輕叩，隨即門被從外推開，有一人走了進來。

他著了玄色菖蒲暗紋直身，腰間繫靛藍雙穗絲絛，清癯消瘦，容色疏淡。

屋中原本坐著的三人此時都起身，俯首行禮。

沈綽口中喚的是「世伯」，徐仲宣和杜岱口中喚的卻是「恩師」。

原來，來人正是當朝內閣首輔，周元正。

周元正緩步走了進來，面上笑容溫和，伸手示意他三人不用行禮，笑道：「私下相見，沒有這麼多的規矩。都坐吧！」

三人依言入座。

沈綽先笑道：「因著近來小姪見槐花開得正好，想起世伯您最喜食槐花，於是便想著辦一桌槐花宴，冒昧請您撥冗前來，也是小姪的一番心意。」又望了徐仲宣和杜岱一眼，笑道：「剛剛小姪倚窗往下望的時候，正巧看到徐侍郎和君卿兄也朝這邊過來，便讓掌櫃的下去請了兩位上來，冒昧想請兩位今日作陪，不知徐侍郎和君卿兄意下如何？」

當著周元正的面，徐仲宣和杜岱自然是不會推辭的。

徐仲宣便笑道：「竟不知恩師原來就是沈公子口中所說的那位世伯。」

「我與他父親有些淵源。」周元正面帶微笑，卻也只是含糊地說著。「所以阿綽也算是我的世姪了。」

沈綽這時已吩咐侍立在一旁的張掌櫃，讓他喚夥計上菜。

因為說是槐花宴，自然所有的菜式都與槐花有關。

一時槐花雞、槐花清蒸魚、槐花汆丸子、槐花蝦仁、槐花豆腐、槐花炒雞蛋、槐花碧玉羹等都流水價地送了上來。最後，夥計又端了一盤槐花餡的豬肉火腿包子，並著一盤熱騰騰、潔白似初雪的槐花糕上來。

旁的倒還罷了，徐仲宣見著那盤槐花糕，不由得就想起了簡妍來。

近來她是存心想躲著自己，便是飯也不與錦兒一塊兒吃，也不知道她一個人吃飯的時候，簡太太是不是又每日只給她吃些寡淡的素食，且還都吃不飽？

沈綽這時又喚張掌櫃過來，低聲吩咐他一句什麼話，張掌櫃隨即低著頭，垂手退出了門。

片刻之後，但聽得幾聲極輕的環珮叮咚之聲，又有一陣非蘭非麝之香傳來，隨後便聽得琴音如流水，緩緩自屏風後響起。

眾人或抬頭，或轉頭望了過去，但見屏風之後不知何時坐了一人，觀其身形窈窕，身姿輕盈，當是名年輕女子無疑。

杜岱便轉頭望著沈綽笑道：「鳳欽這是做甚？」

沈綽拇指和食指之間拿了酒杯，正輕抿著杯中的胭脂醉。聞言，他將酒杯從嘴邊移開，卻也沒有放到桌上，只是輕輕地旋了旋，抬眼笑道：「有酒有花，豈可無樂？這位紅袖姑娘的琴音尚可，諸位可勉強聽一聽。」一面又恭敬地對周元正笑道：「我記得世伯好似最喜聽梅花引？」

周元正的眼神微黯，隨後也面帶微笑地說：「那都是許多年前的事了，這些年卻是沒有聽過。」一面上的笑容看起來有幾分勉強。

梅娘最擅琴音，尤其這首梅花引。自從她去後，任是何人彈奏的梅花引都不及她彈奏的，於是到最後，他索性再也不聽這首琴曲了。

「這位紅袖姑娘也會彈奏梅花引，世伯要不要聽一聽？」

周元正默了片刻，隨即笑道：「既是如此，那便聽一聽吧。」

沈綽便又低聲吩咐下去，琴音隨即一變。

周元正的面上有片刻的恍惚之色，一時都放下了手裡的象牙箸，只側耳凝神細聽著。

徐仲宣此時卻是在吃著槐花糕，且已是第二塊了。

槐花本味苦，難得的是這槐花糕非但不苦，還有絲絲甜味在內，中間最裡面又裹了一層玫瑰醬，清涼甘甜，吃在口中，回味無窮。

簡妍定然是愛吃的！他想著，也不知道今日晚飯她吃的是些什麼菜？可有吃飽？

沈綽在一旁察言觀色，見著周元正的樣兒便知道紅袖彈奏的這曲梅花引投了他的意，而目光一瞥，見徐仲宣已經在吃第二塊槐花糕，且面上神情也有些恍惚，不知道在想些什麼？於是他笑道：「這槐花糕可還入得徐侍郎的口？」

徐仲宣將筷子挾著、剩下半塊的槐花糕放到面前青花小白瓷碟裡，點頭衷心地稱讚著。「軟糯甘甜，甚好。」

沈綽笑了笑，隨即轉頭吩咐張掌櫃。「跟廚房裡說一聲，裝了兩盒槐花糕，待會兒給徐侍郎帶回去。」

杜岱就在一旁笑著說了一句。「鳳欽，你這可就不對了啊！知道蘭溪愛吃槐花糕，你就讓他帶兩盒回去吃，我倒是喜歡喝這胭脂醉呢，怎麼不見你吩咐叫人準備兩罈子，讓我待會兒帶回去？」

「君卿兄這是問我討酒喝嗎？」沈綽笑著打趣了他一句，又轉頭吩咐張掌櫃。「拿兩罈上好的胭脂醉，交給跟隨杜參議來的小廝，讓他帶回去。」

杜岱這才笑著說了句「夠意思」，又拿起酒杯，說是要敬他一杯酒。

沈綽喝了，隨即也回敬他一杯，又命掌櫃的給徐仲宣和周元正的酒杯中斟滿酒，一一地敬了過去。

胭脂醉酒如其名，色如胭脂，芳香酷烈，入口初覺微澀，後覺甘甜。

徐仲宣雖不喜飲酒，但該有的應酬交際他也是不會推卻，於是當下酒如水般，一杯杯的就喝了下去。

這時一曲梅花引彈奏完了，屏風後的那名女子一雙素手輕攏著琴弦，無聲地等著沈綽的下一步指示。

沈綽笑問道：「世伯，你覺得紅袖姑娘彈奏的這曲梅花引可還入得耳？」

「不錯。」周元正言簡意賅，隨後便斂了面上的落寞恍惚之色，伸手拿起面前的酒杯，只一口，便將杯裡的胭脂醉悉數都灌了下去。如一條火線入喉般，一路滾落，灼傷了他的胃，還有他的心。

沈綽見狀，薄唇輕勾，露出一個極淡的微笑來，就道：「得世伯如此誇獎，定然是要紅袖姑娘出來親自敬世伯一杯才是！」然後，他對著站在旁側的張掌櫃使了個眼色。

張掌櫃會意，忙走至屏風後低語兩聲。

隨即只聽得環珮叮咚之聲又起，陣陣幽香撲鼻，是那位紅袖姑娘自屏風後走了出來。

「紅袖多謝大人誇獎。」素手輕執酒杯，紅袖深深地拜了，微啟櫻唇，聲如三月出谷黃鸝，婉轉動聽。「還請大人滿飲此杯。」

周元正原還有些蹙了眉，本不欲接這杯酒的，但卻不過沈綽的情面，最後還是伸手接了酒杯過來，同時抬眼望了過去。

而這一望，他面上的神情立時劇變，一時間連端在手裡的酒杯都沒有拿穩，灑了幾滴酒水在手背上。

第三十一章　一騎紅塵

周元正在朝堂上歷來是泰山崩於前而面不改色，且他手段狠辣，心如鐵石，曾在大理寺的牢房裡，當面見著獄卒對自己的同僚一一施以酷刑，聽著同僚慘聲大叫而依然一臉漠然以待。

所以在座幾人見著他現下大驚失色的樣子，不由得也都紛紛抬頭望了過去。

但見這紅袖姑娘身著紫紗對襟衫兒、白紗挑線裙子，柳眉籠煙，杏眸蘊水，面上笑意溫婉，生得甚為清麗。

徐仲宣心裡也有些驚訝，因這位紅袖姑娘相貌之間竟與簡妍有五、六分相像。但便是再相像，她也不是簡妍，所以他很快便斂去面上的驚訝之色，只是收回目光，垂下眼眸，若無其事地挾了一筷子槐花豆腐吃。

沈綽一直注意周元正面上的神情，他唇角微微地勾起了一個更大的弧度來，隨即便轉頭對紅袖笑道：「既是已敬過酒了，妳且先行退下吧。」

紅袖輕柔地應了聲「是」，隨即便曲膝對在座諸人都行了個禮，轉身自行出了屋子。

周元正的目光竟是一直追隨著紅袖的身影，直至她出了屋子，依然目瞪瞪地一直望著。

「世伯！」沈綽這時笑著叫了他一聲，道：「來，小姪再敬您一杯！」

周元正心不在焉地拿起酒杯，一口喝乾了酒杯裡的胭脂醉，面上震驚的神情總算慢慢恢復了正常。

接下來，席間可謂是觥籌交錯，賓主盡歡。沈綽並沒有再提什麼海禁之事，周元正也並沒有提及剛剛教他震驚的那位紅袖姑娘，反倒是慈愛溫和，宛若對待子姪似的對沈綽他們三人說話，若是教不知情的人見了，保不齊真的會以為這只是一場家宴而已。

飯畢，夥計奉了茶上來，四人一面喝著茶，一面說著閒話。杜岱話多，沈綽湊趣，徐仲宣話雖不多，但句句精闢；周元正則是一直面帶微笑，撫鬚望著他們三人，時不時也溫聲地說上幾句話。

因想著這原是沈綽請了周元正過來吃飯，他們二人之間想必是有些事要說，所以徐仲宣和杜岱稍微坐了一會兒便起身拱手告辭。

周元正在椅中欠了欠身，倒也沒有過多挽留。沈綽起身站起來，吩咐張掌櫃替他送一送徐仲宣和杜岱，又叮囑別忘了給徐仲宣的兩盒槐花糕，和給杜岱的兩罈胭脂醉。

兩個人對沈綽道了聲「叨擾」，轉身自行出門。

齊桑和跟隨杜岱的小廝正在樓下大堂等著他們，一見他們出來，兩人立時起身垂手。

徐仲宣和杜岱當先走出了醉月樓的門。

門外暮色尚明，但醉月樓的門前已挑起了兩盞大大的明角燈，旁側槐花樹素雅的清香幽幽傳來。

杜岱背著雙手站在醉月樓的門前，笑道：「今日蘭溪似是喝了不少胭脂醉，現下覺得如何？」

徐仲宣也笑道：「這胭脂醉初時喝起來尚不覺如何，現下卻覺得有些頭暈。君卿兄海量，依然頭腦清明，我卻是支撐不住了，這便告辭回去，到家倒頭就睡，不然恐誤了明日的應卯時辰。」

只聽杜岱輕笑一聲，隨即便道：「蘭溪的這酒量不成啊，還得多練練才是。」往前走了兩步，又轉頭笑道：「想必飯前蘭溪也聽到了鳳欽向我打聽海禁一事，說起來不單是他關心這事，我對這事也挺上心的。不知蘭溪對開放海禁一事怎麼看呢？」

徐仲宣正立於醉月樓門前，有風吹過，掛在門楣上的兩盞明角燈左右搖晃個不住，他一張俊臉上的光影隨之時明時暗。

杜岱看不分明徐仲宣面上此時的神情，但僅從他的話語之中卻是聽得出有幾許笑意的。

「這樣一件利國利民的事，我自然是樂見其成。」

言下之意，就是贊同開放海禁了。

杜岱躊躇了下，又問道：「我記得前幾年浙江市舶司有一位官員上書，請求開放海禁，可陛下卻是大為光火，只說沿海倭寇橫行，若是開放海禁，倭寇豈非更加猖獗？不但駁回了他的章奏不說，還罷免了他的官職，自此百官噤若寒蟬，這些年更是無人敢再提開放海禁一事，便是你我覺得開放海禁之事再是利國利民，只怕也是有心而無力啊！」

「前幾年陛下抵觸開放海禁，可不代表他現下就會抵觸。」徐仲宣的聲音聽上去清潤平穩，無一絲波瀾起伏。「時過境遷嘛。」

杜岱心中一喜，忙問道：「蘭溪此般說，可是知曉了什麼內情？」

徐仲宣笑了笑。「哪裡來的什麼內情？我只是私下想著，前些年國庫豐盈，國家也是不差海外貿易這些稅款，那時不開放海禁，一來這海禁是太祖皇帝定的，全了咱們陛下的一片孝意，二來也可有效遏制沿海倭寇。可前兩年朝廷在西南邊疆那裡打了一仗，耗費無數人力財物，國庫現下都虛著。前些日子戶部不是上書，言財政吃緊嗎？又有兵部上書，言軍餉不支，前線將士多有怨言；此時沿海各省布政司，及浙江、福建、廣東等三處市舶司皆上書言民間私下海外貿易繁盛，一眾商人獲利良多，陛下豈會不心動？且這麼多年來，海禁雖然一直實施，可沿海倭寇之患非但沒有減輕，反倒有加劇的意思，可見只海禁一項，也並非能徹底根除倭寇之患。我私下妄揣聖意，只怕陛下心中也有鬆動之意，只不過一來海禁之事畢竟是太祖所定，二來前些年那位大臣上書之時，陛下將他駁了回去，又罷了他的官職，現下若陛下忽然又說要開放海禁，只怕面上是有些過不去。所以，我們做臣子的，這時就該給他一個臺階下，主動地再次上書，請求開放海禁才是。」

杜岱聞言，目光閃了閃，卻又有些遲疑地說：「畢竟陛下天意難測，到時不會又對上書的官員訓斥一番，罷免官職吧？」

「罷免官職自然是不會的，」徐仲宣微微笑著，緩緩地道：「不過被訓斥一番自然也是免不了的。只是即便是被訓斥了一番，依然還得言辭堅持，再上第二份章奏，即使被陛下再一次訓斥，依然還是要不屈不撓地再上第三份章奏，屆時陛下就可以順著這個臺階下來了，事後陛下也自然會對這堅持上書的臣子另眼相看。」

杜岱瞭然地「喔」了一聲，又感興趣地問道：「蘭溪既然將此事看得如此通透，為何不做這上書的第一人？」

「國無儲君，陛下自然希望兩位王爺能解其憂，好在其中挑選出一位適合的儲君來，所以這樣的事，咱們做臣子的心中知道便罷了，還是留著待兩位王爺出面的好。」

杜岱便也不再說此事，兩個人又說了兩句閒話，便彼此拱手告辭。

杜岱住在城南，徐仲宣住在城東，兩個人並不同路，所以拱手告辭後，自然是各走各的路。

路旁酒肆林立，因還未到宵禁之時，倒也不時就有人來來往往。

徐仲宣背著雙手，慢慢地在前面走著，齊桑垂手跟在他身後。

先時徐仲宣與杜岱說「這胭脂醉初時喝起來尚不覺如何，現下卻是覺得有些頭暈」，這句話雖是說得有幾分虛，但也有幾分實。現下他的酒意是有些慢慢地上來了，微覺醺醺然，腳步也有幾分踉蹌。

於是他索性站住，轉身望著天邊橘紅色的晚霞。這繽紛燦爛的晚霞落在他的眼中，似是將他的眸色也都染上了一層胭脂般。

齊桑上前，度其神色，小心翼翼地問了一句。「公子，您可是喝醉了？要不要屬下給您叫頂轎子來？」

徐仲宣聞聲看向他，目光瞥向他手中拎著的兩盒點心。

那是槐花糕。潔白似雪，內裡包裹了一層玫瑰醬，吃在口中甜軟可口。

簡妍定然很愛吃這個！徐仲宣忽然就轉身，大步往前走著，腳步再不見一絲踉蹌。

齊桑也忙隨後一路小跑著跟上前去。

到了自家小院前，齊桑上前拍門，齊暉前來開門，一見著徐仲宣，先行了個禮，叫了一聲「公子」，而後側身退至一旁，讓徐仲宣進去。

徐仲宣卻沒有進去，只是站在院門前，吩咐著齊暉。「備馬。」

齊暉望了一眼暮色四合的天空，一頭霧水，不解地問道：「都這麼晚了，公子還要出遠門？」

徐仲宣不答，只是又說了一次。「備馬！」

這次的聲音略微地提高了些，且有些嚴厲。

齊暉不敢再問，忙忙地備好了馬。因不放心徐仲宣一個人出門，所以便備了三匹馬，打算自己和齊桑也跟著徐仲宣一起去。

但徐仲宣只是簡單地交代了一句。「齊桑跟著我，你看家。」隨後便翻身上馬，向齊桑伸出右手，說：「將槐花糕給我。」

「……」齊桑愣了下。這是個什麼情況？但有先前齊暉發問吃了閉門羹的教訓在前，他不敢再問任何原由，只是依言將手中提著的兩盒槐花糕遞過去。

徐仲宣接在手，仔細地護住，遂雙腿用力一夾馬腹，座下青馬立時便躥了出去。

齊桑也忙隨後跟上前。

一路快馬加鞭，徐仲宣並沒有再說半句話，而齊桑緊跟在他身後，心中越來越驚訝。這……這是回通州的路啊！可現下天都黑了，公子還要回通州做什麼？以往有時休沐，公子都不一定回去的，倒是這會兒又巴巴地跑回去做甚？

不到半個時辰的工夫，徐仲宣和齊桑回到了徐宅。

他們並沒有從正門進入，而是經由後門，自徐仲宣的書齋那裡進來，然後到了凝翠軒。

此時已過戌正，徐妙錦正在青竹的服侍下摘了頭上的簪環絹花，準備上床歇息。

杏兒此時匆匆地掀簾子進來，通報著。「姑娘，大公子來了！」

「妳說什麼？」徐妙錦驀然轉頭，一臉的驚訝和不可置信。「我大哥回來了？」

杏兒點頭。「正是，大公子現下就坐在外間呢！」

徐妙錦心中一時忐忑不已，只想著，這是發生了什麼了不得的大事，竟讓大哥這麼會兒了都要趕回來？這在以往可是從沒有發生過的事啊！

她一時也顧不得拆了一半的髮髻，忙忙就起身走到明間去。

但見徐仲宣坐在主位的圈椅上，正半傾著身子，胳膊肘撐在案上，用手扶著額，燭光影中，可見他雙目合起，滿面疲色。

徐妙錦小心翼翼地走過去，輕聲地叫著。「大哥、大哥。」

徐仲宣慢慢地睜開雙眼，一見徐妙錦，他面上浮了一絲微笑出來，叫了一聲。「錦兒。」

徐妙錦心中惴惴，有些不安地問著。「大哥，你這是怎麼了？怎麼臉色這麼差？還有，你這會兒跑回來，可是發生了什麼事？」

定然是發生了什麼大事的！她在心中默默地想著，不然大哥絕不會如此一反常態，這麼晚了還特地跑回來。明日他還要去禮部官署應卯呢，這麼晚回來，晚間京城宵禁，他現下自然是不能回去了，只能等到明日天還未亮時再趕回去應卯。

徐仲宣這會兒才意識到，自己這番率性而為的舉動，可能嚇到了素來敏感多心的妹妹，於是他連忙道：「並沒有什麼事。不過是先前和同僚喝了幾杯酒，有些喝多了罷了。」

徐妙錦依然追問著。「那你跑回來做什麼？明日你不用去禮部官署應卯嗎？」

徐仲宣不答，反而招手讓青竹過來，將一直拿在手中的那兩盒槐花糕遞過去，吩咐道：「將這兩盒槐花糕給簡姑娘送過去。」

青竹有些愣住了。

徐妙錦也愣住了，片刻之後她反應過來，只氣得一雙眉都直豎起來，咬了牙，問：「敢情你這麼晚大老遠地跑回來，不顧明日還要去禮部官署應卯，就為了給妍姊姊送這兩盒槐花糕？」

「方才我在席間，吃著這槐花糕覺得頗好，想來她定然是愛吃的。」徐仲宣解釋了一、兩句，隨後又轉頭對青竹說：「待會兒將這槐花糕送過去時，不要說是我送的，只說是妳們姑娘送的。」

青竹應了一聲「是」，伸手接過這兩盒槐花糕。

徐妙錦一時只氣得不曉得該說什麼了。

眼前這個隨心所欲，為了送兩盒槐花糕回來，就巴巴地趁黑趕了這麼長時間的路，不顧明日還要去衙門應卯的人，真的是她那個做事心思縝密、沈穩內斂，從不感情用事的大哥嗎？這比那情竇初開、懵懂不知事的少年還不如啊！

但見他又疲憊地閉上雙眼，一時間，徐妙錦想要責備的話又悉數都嚥了下去。

對青竹使了個眼色後，徐妙錦也悄悄地掀簾子出了屋。

站在院裡的石子路上，徐妙錦吩咐杏兒立時去廚房，讓夏嬤嬤做一碗醒酒湯來。

然而，杏兒卻有些為難地回道：「姑娘，這會兒，夏嬤嬤怎會還在廚房呢？早就回去了，便是那些值夜的粗使婆子估計也已經都走了，哪裡有誰能做什麼醒酒湯呢？」

徐妙錦聽了，又是氣、又是急，但一時也無可奈何。畢竟這會兒已晚了，總不能為了一碗醒酒湯，還巴巴地將夏嬤嬤從床上拉起來吧？且這事若是張揚得太過，教宅子裡的人知曉了，明日怎麼看她大哥，怎麼看簡妍呢？所以，這事便只好作罷了。

青竹手中捧著那兩盒槐花糕站在旁邊，此時問道：「姑娘，妳可是有什麼話要吩咐奴婢？」

徐妙錦心想，大哥明明這樣一顆心裡全都是妍姊姊，連吃個槐花糕覺得好吃都要想著她，還巴巴地特地送回來，做什麼不讓妍姊姊知道他的心意呢？他不讓青竹對妍姊姊說這槐花糕是他特意送回來的，可自己卻偏偏要青竹對妍姊姊說！不然大哥的這番深情豈不是都白費了？於是她便讓青竹俯首過來，如此這般對她耳語了一番。

青竹會意，雙手捧了那兩盒槐花糕，吩咐小丫鬟在前面提了燈籠，然後朝荷香院去了。

第三十二章　情意深重

簡妍此時還沒有休息，正坐在臨窗木炕下看書，然後就見白薇進來通報，說是青竹來了。簡妍心中訝異，忙放下手裡拿著的書，吩咐快讓青竹進來，心裡卻想，都這麼會兒了，徐妙錦想必也該睡了，青竹怎麼會過來找她？

四月已打起了碧紗櫥上吊著的落地湘妃梅花竹簾。

青竹低頭走進來，屈膝對簡妍行禮，說：「奴婢見過簡姑娘。」

簡妍對她點點頭，笑問道：「這麼晚了妳怎麼還過來了？可是有事？」

青竹將手中的兩盒槐花糕捧起來，畢恭畢敬地說：「我們姑娘讓奴婢給您送這兩盒槐花糕來。」

簡妍一聽，心中更為驚訝了。

自從上次說過天熱，大家暫且不在一塊兒吃飯後，雖然徐妙錦偶爾得了什麼糕點、蜜餞也會給她送一些過來，卻從來沒有這麼晚了還巴巴地遣了青竹給她送糕點來過。

簡妍於是抬眼望著青竹，問：「這糕點明日白天送不也一樣？妳們姑娘做什麼都這麼晚了還打發妳給我送過來？」

青竹聞言，面上立即便露了些許躊躇的神色。

簡妍一見便知道這其中有隱情，又問道：「到底是為了什麼？青竹，妳可能對我說實話？」語畢，青竹忽然一下子就跪了下來，倒將簡妍嚇了一跳，忙讓白薇攙著她起來。

青竹卻沒有起來，只是說：「本來大公子吩咐了奴婢，不讓奴婢對您說的，可是既然簡姑娘問了，奴婢並不敢撒謊。」

「大公子？」簡妍甚是震驚，忙問道：「這槐花糕與大公子有什麼關係？他又不讓妳對我說什麼？」

青竹便將方才的事細細地說了一遍。「……大公子說，他在席間吃著這槐花糕的時候覺得好，想來簡姑娘定然也是愛吃的，便帶了兩盒，等不及休沐，就趕著回來，讓奴婢立時給您送來，說是怕您餓著，擔心您晚飯沒有吃好；可又怕您多心，所以逼著奴婢不讓對您說這是他特地送過來的，只說是我們姑娘給您送的。再有一句話，奴婢今晚索性也都對您實說了吧！以往我們姑娘送您的那些糕點、蜜餞，其實都是大公子置辦的，然後藉著我們姑娘的名頭給您送過來的呢，就是怕您餓著，吃不好。」

簡妍聽完青竹說的這番話，只緊緊地抿著唇，久久沒有作聲。

青竹小心地覷著她的面色，而後小心翼翼地問了一句。「簡姑娘，您要去看看我們大公子嗎？」

簡妍不答，只是低聲問道：「大公子，他醉得可厲害？」

「可不是醉得厲害嗎？」青竹忙添油加醋地說。「奴婢來的時候，還見他閉著雙眼，皺著眉頭，手撐著額頭坐在那裡呢，想來是頭痛得緊。」

簡妍聽了，便叫著白薇，讓她將先時所得的那瓶蜂蜜拿過來。

白薇依言拿來，是一只天青色瓷瓶，上面有著香樟木蓋。

簡妍示意白薇將這瓷瓶交給青竹，又道：「我想著都這麼晚了，小廚房裡早沒人了，只怕也是沒法做醒酒湯。這瓷瓶裡是槐花蜜，妳拿回去，舀上幾勺子，用水沖了，餵大公子喝下，最是能醒酒的，且還能緩解因醉酒而引起的頭痛。」

青竹沒有接，卻問道：「簡姑娘不過去看看我們大公子嗎？」

簡妍緩緩地搖搖頭。「現下已然這麼晚了，我過去也不好，反倒會打擾大公子休息，我就不過去了。」

青竹「喔」了一聲，這才伸手從白薇的手中接過瓶子，又對簡妍行了禮，便要告辭回去，簡妍卻又叫住了她。青竹連忙轉過身來，問道：「簡姑娘還有什麼話要說？」

簡妍只是垂頭望著放在炕桌上的那兩盒槐花糕，一時沒說什麼。

青竹也不急，站在原地耐心地等候著。

過了片刻之後，才聽簡妍的聲音低低地響起。「妳回去之後，替我回覆大公子一聲，只說，多謝他。」

青竹答應著去了。

簡妍心中驚濤駭浪依然還沒有平息，只目瞪瞪地望著炕桌上放著的那兩盒槐花糕。

雖然她一早就猜到前些日子的那些糕點、蜜餞都是徐仲宣讓徐妙錦給她送過來的，也曉得前些日子一塊兒吃飯的主意定然也是徐仲宣出的，就是擔心她吃不好，會挨餓，所以想了法子來投餵她，只是這會兒聽了青竹這般說出來，她心中依然還是很震驚。

更何況，徐仲宣現下還做出了這樣一騎紅塵，給她夜送槐花糕的事來，而起因不過是因他在席間吃了這槐花糕，覺得好吃，想來她定然會愛吃，又擔心她挨餓，所以便趕了這許久的路給她送這兩盒過來。

她不是不知道明日他還要早起去禮部官署應卯上班，據她所知，這個時代像徐仲宣他們這些公務員，春冬二季是卯正一刻應卯上班，也就是清晨六點，夏秋二季則是卯初一刻應卯上班，也就是清晨五點半。可從通州到京城騎馬還得約一個多小時的路程，也就是說，明日徐仲宣四點不到就要起來趕往京城去禮部應卯了。

簡妍雙手捂臉。他這樣的一份情意，她到底要怎麼報答？她實在不想嫁給這個朝代的人。做妾她固然是不想的，做妻她卻也是不願的。

這個時代男人三妻四妾就和吃飯睡覺一樣的理所應當，徐仲宣畢竟是這個時代的人，自小到大的耳濡目染，只怕他也覺得納妾是再正常不過的吧？所以即便他對她是如此的情意，又能如何呢？他能一輩子都只守著她一個人嗎？

看著自己的丈夫每日去與別的女人睡覺，與那些女人生兒育女，這該是一種什麼樣的心情？簡妍不知道，可是她也不想知道，更不想做這樣的女人。

且這些日子徐宅裡都在傳徐仲宣那日對雪柳逼供時所說的話，簡妍承認，她內心深處還是有些害怕徐仲宣的。

他既可以在她的面前細膩體貼，做出這樣一騎紅塵，夜送槐花糕的情深事來，也能在別人面前那樣硬著一顆心腸，冷漠著一張臉，慢慢地說出那些令人膽戰心驚的話來。

她看不透徐仲宣，她怕他，她永遠不知道徐仲宣下一刻會是怎樣的一個人。所以，徐仲宣這樣的一份情意，她也就唯有辜負了。

凝翠軒那裡，青竹出了院門後，徐妙錦便轉身回了屋子。

徐仲宣依然還是維持著手撐額頭的姿勢坐在那裡，雙眼合著，像是已睡著的模樣。

徐妙錦便嘆了一口氣，上前伸手推他，一面輕聲地喚他。「大哥。」

連叫了好幾聲之後，徐仲宣終於睜開眼來，望著徐妙錦。只是往日一雙清明的雙眼，這時卻是帶了幾分朦朧醉色。

徐妙錦便輕聲說：「大哥，你坐在這裡可怎麼睡呢？罷了，現下若是回你前院的屋子或是你的書齋，只怕你都是走不動的，且滿宅子的人都會知道你今晚做的這番糊塗事，明日少不得就要閒言碎語滿天飛。既如此，你今晚索性便在我書房的榻上將就睡一晚也就是了，我讓丫鬟給你拿被子。」她一面轉頭，忙忙地吩咐小丫鬟開櫃子，拿被子鋪了她書房裡的木榻，又吩咐小丫鬟趕緊沏一杯濃濃的茶來，給大公子醒酒，接著又轉頭對徐仲宣道：「廚房裡這會兒已沒人了，不然給你做一碗醒酒湯來倒好，這會兒只好多喝茶來醒酒了。」
徐仲宣微微一笑，只覺頭暈腦脹，眉眼餳澀，心想著，這胭脂醉倒是後勁頗大，但面上還是笑著安慰徐妙錦。「我沒事，睡一覺就好了。明日寅正記得讓丫鬟叫我。」
徐妙錦答應了，只是見他這樣，到底忍不住，還是問了。「大哥，你既是這般不辭辛苦地給妍姊姊送了兩盒槐花糕來，卻為什麼不讓她知道？若她知道了，好歹也曉得你心中是時時刻刻在念著她的啊！如這般明明自己做了，卻又不讓她知道，便是一百年過去，她也不曉得你對她的情意。」
徐仲宣已是閉了雙眼，要睡不睡的樣兒，聞言便低聲說：「我怕嚇著她，那樣反倒不好。慢慢地來，終有一日她會接受我的這份情意，我並不著急。」
徐妙錦聽了，只又氣又急，可見他醉成這樣，心中又擔憂，末了便重重嘆了一口氣。
她正懊惱著，就見青竹手中捧了一只瓷瓶，急急地走進來。
「姑娘！」她一進門就快速說道：「簡姑娘說，用這槐花蜜沖了水給大公子喝就能醒酒呢，且是能治頭痛的！」
徐妙錦一聽，立時就催促著。「那還不快拿水沖了來！」
青竹忙答應一聲，轉身就讓丫鬟去拿碗勺，提熱水來。
徐仲宣本是迷迷糊糊的快要睡著了，可一聽到「簡姑娘」這三個字，他立即睜開雙眼，站了起來，問：「簡姑娘？青竹，妳對簡姑娘說了什麼？」

他神色之間頗為嚴厲，嚇得青竹立刻便雙膝一軟，跪了下去，面上更是帶了懼色，也不敢看他，只是垂頭望著水磨青磚地面，支支吾吾的說不出話來。

徐仲宣又道：「先時我那般對妳說，讓妳不要對簡姑娘說這槐花糕是我拿來的，可是妳卻對她說了？」

青竹一時頭垂得更低了，也更加支支吾吾的，說不出話來。

徐妙錦在一旁見了，便趕著上前來說：「大哥，這事你也不要怪青竹，是我讓她說的。你要怪，就怪我好了！」

說罷，嘟著一張嘴，筆直地站在旁邊，兩頰鼓鼓的，瞧著竟也是生氣了的模樣。

徐仲宣嘆了一聲，手扶著身後椅子的扶手，慢慢地坐下去，不過語氣卻是較剛剛舒緩了不少。「妳做什麼要告訴她呢？她原就躲著我，這會兒妳又對她說了，往後她可不是會更加躲著我了？」

徐妙錦一聽，頓時就落淚了，哽咽著道：「我哪裡曉得這麼多？我就曉得，你為了她跑回來，又喝酒喝得這般醉，我在一旁見了，心裡實在難過！大哥，你我說起來雖然是有個嫡母，可我也曉得，她並不待見我們兩個，說到底我們還不是無父無母的孤兒？我可就只有你這麼一個大哥了，見著你難受，我心裡定然也是難受的。妍姊姊她為什麼要躲著你呢？這些年來，我可是頭一次見著你對一個人這般上心，你這般情意連我這個外人都能看得出來，怎麼妍姊姊就不知道？她那般聰慧，我就不信她真的不知道。」

徐仲宣又嘆了一口氣，慢慢地說：「她心中定然也有她的苦惱。她母親，只怕對她也並不是真的好，不然哪家母親會捨得讓自己的女兒每頓寡淡素食，飯都吃不飽？咱們不是她，自然不曉得她心裡的苦，妳萬不可從此就在心裡惱了她。她素日對妳還是不錯的，待妳如同寧兒一般，是真心對妳好，妳心裡也是知道的。」頓了頓，他又問著跪在地上的青竹。「方才妳對簡姑娘說了那兩盒槐花糕是我送的，她如何說呢？」其實他心裡還是有一絲希冀，期盼簡妍能明瞭自己的心意，不要再躲避著他。

青竹遲疑了下，徐仲宣便眯了眯眼，聲音又低沈了些。「說！」

青竹被他這聲喝叫給嚇得全身都打了個寒顫，忙如實稟報。「簡姑娘聽了奴婢說的話之後，只垂著頭，久久的沒有說話。後來問奴婢，大公子可醉得厲害？奴婢回說醉得厲害著呢，簡姑娘便讓白薇尋了這瓶槐花蜜出來給奴婢，讓奴婢帶回來，給您沖水喝，說是最醒酒的了，且還治因酒醉引起的頭痛。簡姑娘還說，現下已晚了，她就不過來看望大公子了，怕打擾到大公子休息。她還讓奴婢轉告您一聲，說是多謝您。」

徐仲宣聽了，心裡滿滿的都是喜悅，一時只覺得頭也不暈痛了，眼也不餳澀了。

他想著，她還是關心他的，知道他醉酒了，特地讓青竹帶槐花蜜回來給他沖水喝了醒酒，且最後她說的那句多謝，想必已清晰地明白了他的心意。

徐妙錦卻還是有些不大滿意，問著青竹。「我不是對妳說了，最好是請了妍姊姊過來看看大哥，怎麼妳這丫頭沒有對她說這話嗎？」

青竹忙道：「這話奴婢是說了的，且還說了兩次。只是簡姑娘說現下天都這般晚了，若是她來看望大公子，只怕會打擾到大公子休息，所以就不過來了。」

徐妙錦還想再說什麼，徐仲宣已伸手制止了她，面上帶著笑意地說：「她不過來是對的。都已是這般晚了，她過來了，豈不是會打擾她休息？若是有人看到了，於她的名聲也不好。」

徐妙錦一時真不曉得到底該說什麼了。枉費她這個大哥平日裡沈穩內斂，萬事瞭然於心，說出來的每句話都必有後招的一個人，這會兒卻因人家簡妍的一句話就傻癡癡地在那兒笑著，滿腦子、滿心肺的都只為簡妍著想，怎麼就不為自己想一想呢？但最後也唯有長長地嘆了一口氣，轉頭問青竹。「蜂蜜水沖好了沒有？快拿來給大公子喝了。」

青竹忙答應著，也沒有假手其他小丫鬟，自己拿了碗勺，沖了蜂蜜水，用小茶盤端了過去。

徐妙錦伸手接過來，拿了勺子攪了攪白底青瓷錦地紋碗裡的蜂蜜水後，欲用勺子餵給徐仲宣喝，可最後她還是放下手裡的勺子，只是沒好氣地將手中的瓷碗遞過去，說：「你還沒有醉到要人餵的地步吧？自己將這碗蜂蜜水喝了吧！」

徐仲宣受了她這一句，面上的笑意卻依然還是沒有褪。

簡妍的這些關心已經足夠他好幾日都有個好心情了。

他伸手從徐妙錦的手裡接過碗來，也沒用勺子，直接端起來，幾口就喝光了碗裡的蜂蜜水。

徐妙錦見狀，便又轉頭吩咐青竹。「再沖了兩碗蜂蜜水來給大公子喝。」

「再沖兩碗？」青竹嚇到了。「大公子喝得下這麼多？」

徐妙錦同樣沒好氣地瞥了她一眼，隨後又瞥了徐仲宣一眼，才道：「怎麼喝不下？這可是妍姊姊那兒拿過來的蜂蜜，別說只是三碗，就是三缸子他也喝得下！且喝得越多，酒醒得也越快。明日他還得早起回京去衙門裡應卯呢，可不能誤了時辰，不然就等著挨打吧！」

朝廷有規定，若是誤了應卯的時辰，那可是要笞打二十小板的！徐妙錦就想著，若是徐仲宣明日誤了應卯的時辰，被笞打了二十小板，回頭人家問起來：『徐侍郎，你這是為什麼誤了應卯的時辰啊？』答曰是『一騎紅塵，夜送槐花糕給意中人了』，豈不是會遭人嘲笑？但她轉念又想著，那都是一班文官，個個風流倜儻，指不定不嘲笑，反倒還要讚嘆一句『徐仲宣為人風流』，說上一句『人不風流枉少年』呢！

徐妙錦又嘆了口氣。眼見徐仲宣喝完三碗蜂蜜水後，一雙眼皮都快要睜不開了，忙喚了齊桑進來，將他扶到她書房的榻上去歇著，可到底還是不放心，又幾次三番地叮囑著青竹，讓她記得明日寅正之時一定要叫醒大公子。青竹答應了好幾次，到最後只說「奴婢今晚不睡了，守著時辰，到了寅正之時一定會叫醒大公子的」，徐妙錦這才也上床歇息了。

徐仲宣朦朦朧朧地睡著之際，腦子裡尚且還在想著，他已經有好幾日都沒有見過簡妍了，等下次休沐之時回來，他一定要找個法子見一見她才是！

第三十三章 風起雲湧

醉月樓裡，徐仲宣和杜岱離去後，沈綽又和周元正說了些閒話，最後便慢慢地道出了他此次請周元正吃飯的真正意圖——

無非還是為著海禁一事。

周元正伸手摩挲著手中茶盅杯身上的纏枝蓮花紋，慢慢地說：「我知道你心中想著早些開放海禁，好做海外貿易獲利的事，只是開放海禁一事，雖近來朝中臣子之間議論紛紛，但是聖上沒有放話，再怎麼議論也是白費，怎可妄自揣測天意？你暫且也不要急，還是慢慢地看吧。」

說了等於沒說，總之就是不給一個準話。沈綽心中冷冷一笑，面上還是恭順地笑道：「世伯說得是，倒是小姪心急了。」於是接下來他也沒有再提海禁之事，只是說了些不著邊際的閒話。

周元正一直伸手摩挲著茶盅上的花紋，略有些心神不屬。沈綽看在眼中，心中再明瞭不過，但他也只是當作不知道，只是依舊說著一些閒話。

周元正淡淡地附和了幾句，默了片刻之後，終於還是開口問道：「方才那位紅袖姑娘卻是何人？」

沈綽心中便笑了，想著：你周元正在外人面前再如何裝得道貌岸然、清流雅望便罷了，在我面前又何必要裝這些模樣？父親在世之時，你尚且還只是個小小的員外郎，那時我便知道父親送了你無數的金銀財寶、歌姬舞女，你可都是受了的！

「那位紅袖姑娘啊，」沈綽扇子合攏，輕輕地敲了敲手掌心，勾唇淺笑。「她是小姪一位揚州朋友送給小姪的。說原也是好人家的女兒，自小買了來，彈琴吹簫、吟詩寫字、畫畫圍棋，無所不會、無所不精。小姪卻不過他的情意，就收下了這位姑娘，但想著這位紅袖姑娘如此才貌雙全，小姪卻是無福消受，故特地在百花井街巷那裡置辦了一所幽靜的宅子，將這位紅袖姑娘安置在那裡。小姪知道世伯精通琴藝，閒暇之時倒是可以去與這位紅袖姑娘探討一二，她必然會掃徑烹茶以待。」

周元正便微微一笑，說：「這位紅袖姑娘的琴藝倒確實不錯，我閒暇之時自是會過去與她探討一二。」

沈綽便笑道：「能得世伯指點她琴藝，那可是她幾輩子修來的福分呢！」

周元正頓了頓，而後就說：「戶部、兵部近期連續上書，說是國庫空虛，軍餉不支，布政司和市舶司那裡卻是上書言民間私下海外貿易繁盛，一眾商人獲利甚多，我料想聖上約莫也是心中動了開放海禁的心思，只不過礙於自己以往堅持海禁之事不放鬆的面子，暫且只怕是不會鬆口的。這幾口我自會聯絡一些臣子給聖上這個臺階下，你若是打算做海外貿易，現下可以開始著手準備貨物，運至沿海附近了。」

沈綽心中大喜，又皺眉道：「小姪有一位朋友，欠了小姪一些銀錢，因手中無現銀，便用鹽引折算給了小姪。小姪想遣了家人去揚州支鹽售賣，不知世伯可能和揚州的都察院打聲招呼，早些支放個幾日？」

鹽引說起來雖為國家認可，是為官鹽，可以發賣，但商戶自是可以低價從一些產鹽之人的手中買取私鹽，然後憑著這些鹽引，又將這些私鹽當作官鹽去賣，進而從中牟取暴利。

周元正便微微地笑著，說：「你父親在時只老老實實地做著綢緞、茶葉生意，到了你手裡卻是敢染指這些了？可見真是青出於藍而勝於藍啊！」

言語之中不乏嘲諷之意，但沈綽聽了不以為意，只是笑了笑。

商人本就唯利是圖，他周元正名義上倒還是個朝廷的官員呢，可不還是與他沆瀣一氣，從中牟取利益？

周元正又問著。「你手中一共有多少鹽引？」

沈綽答道：「五萬。」

「這倒也不打緊。」周元正端了桌上的茶盅，微微低頭，一面用盅蓋撇著水面上的茶葉末子，一面淡淡地說：「明日我便會讓人去和揚州的巡鹽御史打聲招呼，讓他將你的鹽引比別人早放個十日也就是了。」

沈綽道了謝，隨即又笑道：「小姪還有些體己私菜想請世伯嚐嚐，已讓人都放在食盒裡。待會兒世伯到家，我隨後便會讓人送到，還請世伯笑納。」

周元正也不說話，只是緩緩地喝著茶。

兩個人再說了幾句閒話後，周元正便起身要走。

沈綽自然也不強留，便親自送他出了醉月樓的門。

門口早就有轎子在等著了，沈綽看著周元正上了轎子後，才轉身又回到醉月樓裡。

醉月樓裡其實並無一個客人，沈綽上了二樓，進了方才的雅間，張掌櫃隨即也跟進來。

沈綽就問道：「送周大人的那些金銀之物都打點好了？」

張掌櫃忙躬身答道：「都已打點好了，一共裝了十只食盒。」

沈綽便點點頭，吩咐道：「讓小廝抬了這十只食盒送到周府去，你親自跟著，注意些，從後門進，別讓人看到。再有，遣人去百花井街巷那裡和紅袖打聲招呼，只說周元正不日就會去她那裡，讓她用心接待，往後少不了她的好處。」

張掌櫃一一答應了，而後轉身離開。

周元正回府之後，立即便有心腹小廝恭敬地迎上前來，低聲說：「杜參議早就在後面的小花廳裡等著您了。」

「讓他到我書房來。」

拋下這句話之後，周元正頭也不回，抬腳就朝書房的方向去。

片刻之後，杜岱低頭進了書房，卑躬屈膝、言辭諂媚地向周元正請安，叫了一聲「恩師」。

周元正揮揮手。「起來吧。」

杜岱起身，垂手躬身站在一旁。

周元正背靠著椅背，兩隻手分搭在兩邊的扶手上，微抬頭，示意杜岱。「坐。」

杜岱道了聲「多謝恩師賜座」，隨後便揀了右手邊第一張椅子半坐了下去。

有丫鬟用雕漆填金茶盤奉了茶上來，杜岱自然不敢伸手拿著喝，依然垂著頭，斂著眉，屏氣息氣地坐在那裡。

周元正伸手拿了茶盅，靠在椅背上慢條斯理地喝著茶。一時屋中只聽得他用盅蓋慢慢撥著水面上茶葉沫子的聲音。

片刻之後，周元正才放下手裡的茶盅，慢慢問著杜岱。「先時我吩咐你套一套徐仲宣關於開放海禁有何提議的話，如何，你可套過了？」

杜岱垂著頭，並不敢看他，但口中還是忙回道：「恩師吩咐的事，學生自然不敢忘。」隨後便將徐仲宣先前在醉月樓門前和他說的那番關於開放海禁的話一五一十、仔仔細細地對周元正說了。

周元正聽著前面的話時，面上並沒有什麼表情，但聽到杜岱說到，徐仲宣說「這樣的事，咱們做臣子的心中知道便罷了，還是留著待兩位王爺出面的好」這句時，他面上微微地變了色。

杜岱細細地說完他和徐仲宣說的這番話之後，又恭維著說：「他說的這番話原就是在恩師的意料之中，倒也不足為奇。」

周元正瞥了他一眼，並沒有作聲，心裡卻在想著，就開放海禁這事上，徐仲宣前面說的那些話倒確實和他想到了一塊兒去，只是後面說到這事不應由做臣子的出面，倒應當由兩位王爺去說這事，他卻是沒有想到的。

自從太子薨逝之後，皇上一直都沒有再立儲君，現下適合立為儲君的也就只有寧王和梁王了，只是皇上一直都沒有下定決心到底該立哪一位，所以這儲君的位置便一直空著。

近兩日宮中的線人早就有消息傳來，說是皇上近來對海禁之事頗為上心，幾次自言自語說著這事，只怕心中早就有開放海禁的意思了，只是因著昔日之事，有些抹不開面子而已。那他們這些做臣子的，食君之祿，擔君之憂，自然應當送了臺階去給皇上下。可若此事是由寧王去說呢？皇上到時勢必會覺得寧王甚為貼心孝順，能揣摩到他的心意，且還會覺得寧王眼光甚遠，心中自然會更喜他一些，那寧王被立為儲君的可能性就更大了。

思及此，他便坐直了身子，伸手自一側的豆瓣楠描金松鶴文具匣內拿了高麗紙，戴上琉璃鏡，又自放在書案右首的沈香木雕松竹梅圖的筆筒裡拿了玳瑁管的宣筆，垂下頭，開始在紙上寫字。

杜岱見狀，忙起身過來，站在案旁研墨。

周元正寫的一手好臺閣體，方正勻整。

寫好之後，他伸手拿起紙，吹了吹，確認上面的墨跡都乾了之後，伸手疊了起來，又自文具匣裡拿了一張信封，將這張紙塞進去。

隨後他便將信交給杜岱，吩咐道：「待會兒將這封信送給寧王殿下，只說後日朝會，可讓他依著這信上的話行事，便是當日聖上言辭再嚴厲，依然讓他不可退縮，只堅持。」

杜岱躬身接過信，忙不迭地應了聲「是」，又問了一句。「恩師可還有什麼吩咐？」

周元正雙手十指交叉放在案上，轉頭問杜岱。「我記得年初的時候，徐正興外放了個通判？」

他鼻梁上琉璃鏡映著屋內的燭火，熠熠生光。上眼皮耷拉著，一雙眼瞇成了一條細縫，但就算如此，威嚴依然不減半分。

杜岱不敢再看他，忙低下頭，回道：「是。他先前任國子監司業，為正六品。只是他為人木訥，不善交際，上司甚是不喜他，所以年初的時候便外放了山東省的通判。雖然通判也為正六品，但外官哪裡能和京官比呢？所以竟是貶謫的了。」

周元正想了想，而後道：「戶部郎中職位尚有一空閒，召了徐正興回來，就任戶部郎中。」

杜岱不敢質疑，忙應了一聲「是」，只是心裡不禁想著，戶部郎中可是正五品，而且還是京官，徐正興這次可是大大地升官了！可到底還是心中存疑，便小心翼翼地問了一句。

「恩師此舉，可是想要拉攏徐仲宣？」徐正興可是徐仲宣的親二叔，但說起來，這些年徐仲宣雖然官場得意，卻從來沒有照拂過他這位親二叔一二，說起來外人都是不肯信的。

書案上放了一只紫檀木雕臥牛，雕刻得甚為清新質樸，渾然天成。

周元正伸手拿了這只臥牛在手中，垂頭把玩著，沒有說話。

杜岱一時只心中惴惴不安，背上冒了一層細密的汗，想著自己方才實在是不該多嘴問這句話的。

他正想著尋了個什麼由頭告辭，省得站在這裡內心忐忑時，耳中卻忽然聽得周元正的聲音平緩地響了起來。

「徐仲宣這個人，和光同塵，甚是不簡單。現如今朝堂之中的臣子一分為二，不是站在寧王這邊，便是站在梁王這邊，只有這徐仲宣，說起來倒曾經入梁王府為梁王做過兩年的侍講學士，面上對寧王和梁王卻是一視同仁，未見有所厚薄。他自認要做個清流，我卻偏不讓他做。只是幾次試探之下，都被他輕描淡寫的給岔開去，未見他對我有絲毫投誠之意，既如此，便拉攏他這位二叔也是一樣。只要這徐正興對我投誠，同為徐姓之人，一榮俱榮，一損俱損，那徐仲宣少不得也只能對我投誠了。」

這話其實也就是有解釋的意思。周元正雖然覺得杜岱才智乏乏，有許多簡單的事都看不透，都要自己來點撥，可御下之術，威是一方面，恩也是一方面，若只是讓這杜岱稀裡糊塗的去辦事，有些事還是要跟他明說一二的。

杜岱聽了周元正的這番話，忙又讚嘆了一番他的高明，而後才恭敬地告辭出了門，去寧王府送信了。

杜岱離去之後，一直侍立在外面的小廝閃身進來。

「老爺。」他垂手稟報著。「沈公子遣人給您送了十只食盒的體己私房菜過來，正在外面等候，請您驗收。」

「讓他們拿進來。」周元正並沒有抬頭，只是平淡地吩咐著。

周福答了一聲「是」，隨後便出了屋子，低聲指使著沈家的小廝們將食盒都抬進來。

張掌櫃最後進來，領著一眾小廝對周元正跪下行禮，隨後一語不發的又躬身退了下去。

自始至終，周元正都只是靠坐在圈椅上，低頭把玩著手中的紫檀木雕臥牛，並沒有看他們一眼。

待他們離開之後，周元正吩咐小廝帶上門也出去，等到屋子裡就剩他一個人之後，他才放下手裡的木雕臥牛，抬頭站了起來。

他背著雙手，慢慢地踱到那十只放在地上的朱漆雕花食盒前面，俯身一一地揭開看了一眼，隨後便提了一只食盒起來，走到書案後的書架前面。

食盒顯然頗為沈重，他提得有些費力，以至於保養得白皙柔嫩的手背上的青筋都高高地鼓起來。但他卻恍然未覺般，依然親力親為地提著，並沒有叫任何小廝進來幫忙。

到了書架前面，他伸手摸向旁側一處並不十分明顯的突起，用力地按了下去，一時面前大大的書架竟然自中間分開來，露出了隱藏在後面的一間暗室。

推開暗室的門後，周元正不由得瞇起雙眼。

但見暗室之中整整齊齊地堆滿了黃金白銀，並著各樣瑪瑙水晶等名貴寶石，映著這屋內的燭火，當真是璀璨奪目得簡直都要亮瞎人的雙眼。

周元正瞇了瞇眼後，隨即又睜開眼，徑直走進暗室，將手中提著的食盒放到地上，揭開食盒的蓋子，將裡面裝著的金銀一塊一塊地擺到原有的金銀堆上。

剩下的九只食盒也都是這般，由他自己費力地一只只親自提到暗室裡，然後又逐一地將食盒中的金銀一塊一塊地擺到高起金銀堆上。

做完這一切之後，他並沒有離開暗室，反而不顧髒的席地坐在地上，伸手慢慢地摩挲著面前的各樣金銀珠寶。

只是，縱然是萬千震撼人心的金銀財寶堆聚於前，足以閃瞎任何進來之人的雙眼，周元正的面上卻還是沒有什麼欣喜滿足的表情，反倒滿滿的都是痛苦猙獰之色。

他想著，現下他終於是權勢滔天，金銀財寶無數了，可是梅娘卻死了，而且是早就死了，甚至連埋於何處他都不知道。

當年他若是有權有勢，梅娘的父母又怎麼可能會阻撓他們二人來往？他們本可相親相愛一輩子，而不是如今這般天人永隔，永遠都見不了面。

所以這堆勞什子的金銀財寶現在要來又有什麼用呢？

心中一股暴戾之氣頓生，周元正忽然狠狠地出手，推倒了面前的金堆銀堆。

只聽得轟然一聲響，緊接著哐啷叮噹之聲不斷，久久地回響在這暗室之中。

片刻之後，他忽然又站起來，合上了暗室的門和外面的書架，隨即拉開書房的大門，大踏步地走了出去，沈聲吩咐站在門口的周福。「備車馬，去百花井街巷！」

周福應了一聲，忙下去準備。

第三十四章　梁王殿下

次日，徐仲宣寅正之時便起來了，一路快馬加鞭地趕回京城，幸好並未誤了應卯的時辰。這日官署無事，至散值之時，徐仲宣回去換了一身竹青色的杭絹直身，帶了齊桑和齊暉，慢慢地踱去街上一家小館子裡吃雞湯餛飩。

只是小夥計實在是不小心得很，端著雞湯餛飩過來的時候，手一抖，竟灑了徐仲宣一身淋淋漓漓的雞湯。

那小夥計嚇得立即就跪在地上，掌櫃的忙搶上前來，對徐仲宣點頭哈腰，直說「是小夥計的不是，還請客人不要見怪，今日您吃的這雞湯餛飩小老兒請了」之類的話。

徐仲宣倒也沒有責怪那小夥計，只吩咐他起來，又問著有沒有淨室？他並不想帶著一身淋漓雞湯坐在這大堂裡，被來往之人觀看。

掌櫃的忙說有，領著他要上二樓。

徐仲宣便吩咐齊暉回去取一件乾淨的衣裳來，然後才慢慢地和掌櫃一起上了二樓。

二樓隔了幾個雅間出來，掌櫃的在前，推開一間雅間的門，躬身請徐仲宣入內。等到徐仲宣進去了，他立刻便關上門，又下樓接著招呼客人去了，而齊桑則盡職地站在門口守衛著。

雅間內的榆木架素絹紗屏風後早就坐著一人了，這會兒聽到推門聲，他探頭往外面望了望，隨即便走出來，滿面春風地笑著叫了一聲。「蘭溪，你來了？」

徐仲宣單膝跪了下去，口中道：「見過梁王。」

梁王現年二十八歲，五官鮮明，面相端正，笑起來給人的感覺極為爽朗。他見徐仲宣跪在那裡，連忙兩步搶上前來，彎腰伸手扶他起來，說：「私下場合，蘭溪何必如此多禮？」

徐仲宣順勢站了起來，面上帶著微微的笑意，道：「不論在什麼場合，君臣之禮都是不可廢的。」

梁王見他竹青杭絹直身的衣襟上雖然有淋淋漓漓的一大灘油漬，可他這從容一笑之時，卻依然是氣度高華，風姿特秀，不由得嘆道：「蘭溪之容，如古人所云，當真是蕭蕭肅肅，爽朗清舉。」

徐仲宣拱手，笑道：「王爺謬讚了。」

隨後兩人分了君臣之禮坐下來。

原來梁王此來，也是為了上書開放海禁一事。

梁王在宮中自然也有他的眼線，他也知道了皇帝最近幾日都在為海禁煩惱的事。

徐仲宣伸手拿了桌上放著的紫砂提梁壺，又翻過茶盤裡蓋著的白瓷茶杯，給梁王倒了一杯茶水，雙手奉過去，隨後也給自己倒了一杯，放在手邊。

梁王此時正在說：「……蘭溪，我的意思是，既然父皇為此事煩惱，你我要不要聯合一幫大臣，聯名上書，拚著被父皇責罵，請求他開放海禁，好順勢給他一個臺階下？這事我問過吳大人了，吳大人也是這個意思。」

吳大人名為吳開濟，為僅次於周元正的內閣大學士，是為次輔。而這些臣子，自然是站在梁王這一邊，擁戴梁王被立為儲君的一幫臣子。

「這樣不妥。」徐仲宣否定了他的這個想法。「皇上歷來便對朋黨之爭最為深惡痛絕，若是您聯合大臣一起向皇上上書，豈非就相當於將哪些大臣站在您這邊，擁戴您被立為儲君之事明明白白地暴露於聖上面前了？此其一。這其二，便是此事上諫成功，這許多大臣同您一起聯名，這功勞卻是要算在誰的頭上？」

梁王聞言，便問：「那蘭溪的意思是？」

徐仲宣彈了彈手指，笑道：「您一個人上書，請求皇上開放海禁。」

梁王垂下頭，沈吟不語。他承認徐仲宣說得對，若是他聯合一幫大臣向父皇上書請求開放海禁，一來不僅會暴露他身後的一些勢力，二來若是上諫成功，這功勞平分下來，落到他頭上的確實是沒有多少了，倒不如索性自己一個人上書請求開放海禁，若是成功，功勞便都是他一個人的，父皇心中定然也會更加看重他一些。

可任何事物都有兩面性。要是上諫成功，這功勞固然是他一個人的，可若是上諫失敗了，這所有的責罰可也都是他一個人背著，且到時父皇心中對他的印象只怕會更加不好了。所以這到底是賭，還是不賭？梁王一時就有些下不了決心。

徐仲宣見他躊躇，便又接著道：「便是您不說，明日朝會之時，寧王肯定也會向皇上說起這件事。」

梁王抬頭，訝異地望向徐仲宣。

徐仲宣便解釋道：「昨日周元正已讓杜岱拐著彎地來問過微臣此事了，只怕現下這會兒寧王早就接到周元正的書信，預備明日朝會之時拚著被皇上訓斥，也要和皇上提起這事了。」

「那可如何是好？」梁王面上浮現了一絲焦急之色出來。「不如我現下就回府去寫了章奏，讓人呈到父皇面前去？不然這事若是被寧王搶先了，父皇心中定然會更加信任喜愛他了！」

徐仲宣卻搖搖頭，笑道：「倒也不急在這一時半會兒，且這事，微臣覺得，與其上書，倒不如還是明日朝會之時，面對文武百官，當面和皇上提起比較好，這樣才能將這個臺階提到明面上，讓文武百官都看得到，若只是奏章，文武百官又怎麼會知道？」

「可方才蘭溪你又說寧王也知曉此事，明日朝會他定然也會提起此事的，若是被他搶先去……」

「明日朝會之上，寧王自然會說此事，且您還得讓他先向皇上提起此事，然後您才隨後提起此事。」見梁王目光之中帶了疑問不解之色，徐仲宣又笑著解釋道：「您放心，這功勞必不會被寧王搶了去。周元正行事歷來謹慎多疑，寧王又膽小怯弱，便是他們想要和皇上提起此事，定然也會說請求皇上先寬鬆部分沿海之地的海禁，觀其一段時日效果如何，再行決斷，而不會決然地直接說請求開放所有沿海之地的海禁，從此徹底廢除海禁。所以明日寧王先提了此事之後，您就隨後站出來，只義正辭嚴地請求皇上徹底開放所有沿海之地的海禁。自然，明日您提了此話之後，皇上少不得會龍顏大怒，對您大大地訓斥一番，但您得堅持住，不論皇上如何訓斥您，都得堅持此話不動搖，只說此事利國利民，拚著您的顏面爵位不要，哪怕就是被貶為庶民，都要請求皇上徹底開放海禁。皇上若是不答應，您便再次上書，下一次的朝會之上再提起此事。」

梁王很是有些不解，就問道：「蘭溪，你又怎知父皇心中是想徹底地開放海禁，而不是先寬鬆，觀察一段時日再決定？」

「微臣也沒有十分的把握，不過是這些年冷眼觀察下來，揣摩皇上做事的性子素來便是要麼不做，若要做便要做得徹底，是等不及那種一步一步來的。且這海禁原就是太祖定下的，無論是寬鬆還是開放，落在世人眼中只怕都會有個不孝的名頭擔著了。既如此，為何不索性直接全部開放了？倒省得先寬鬆，再觀察，最後再決斷，這並不符合皇上決然果斷的性子。所以微臣便有此推斷，卻也只不過有七、八分的把握而已，說與不說，最後決定還在於王爺。」

言下之意就是：這也是一場賭博，賭與不賭，決定權依然還是在梁王您的手中，我徐仲宣不過是給個建議罷了。

梁王聽了，只皺眉沈吟不語。

徐仲宣倒也不急，只是拿了茶杯，慢慢地喝著裡面的茶水。

片刻之後，終於聽梁王沈聲說：「好，既是這樣，那明日朝會之時，我就按蘭溪今日所說的去做。」

徐仲宣聞言，便放下手中的茶杯，拱手笑道：「那微臣就預祝王爺旗開得勝，馬到成功。」

次日朝會之時，一切果如徐仲宣所料想的那般，先是寧王出列，羅列了三大理由，最後請求皇上先行寬鬆海禁之策，觀其一段時日，再最後決斷。而梁王隨後便也出列，非但是同樣說了一番寧王所說的那些理由，更抛出了一道令眾人為之失色的原由，只耿直地說沿海倭寇之患之所以不絕，縱然是有真倭寇在沿海各處流竄之故，但也有不少沿海居民因海禁之事，迫於生計，故假扮倭寇，四處燒殺搶掠之故。最後更是雙膝下跪，朗聲說著，為了國家民生之計，請求父皇早日徹底開放所有沿海之地的海禁，實為利國利民之大事！

梁王此話一出，文武百官皆譁然，而寧王、周元正等人面上皆是變了色。

沿海倭寇多數實為當地居民假扮之事，他們也並非不知道，只是為了歌頌皇帝聖明，誰敢直接說這是因海禁的緣故，逼迫得那些沿海居民沒有生計來源，迫於無奈，從而假扮倭寇，四處搶掠？這豈非是大大地打了皇上以及歷朝歷代皇帝的臉？可現下梁王卻是這般義無反顧地就說了出來！

若是梁王之舉拂了皇上的逆鱗，那梁王從今以後只怕是更不得皇上喜愛了。可若是皇上聽進了他的話，那在立儲君之事上，梁王豈非就大大地占了勝算？

接下來只見皇上勃然大怒，竟是站了起來，嚴辭厲色地訓斥了梁王一番，說：「你竟敢妄言歷代祖宗所定下的海禁之策，當真不怕朕將你貶為庶民？」

可梁王卻是不退不讓，繼續朗聲道：「兒臣只一心為父皇，為國為民著想，個人榮辱又算得了什麼？便是被父皇貶為庶民又如何？兒臣也是不悔的！」

站在梁王身後的一干大臣自然手心裡都是捏著一把汗，生怕皇上真的將梁王貶為庶民。但皇上雖然發了一大通的火，甚至是砸了一只紫檀木雕靈芝祥雲如意，也並沒有真的將梁王貶為庶民，只是憤憤地拂袖離去。

見狀，寧王、周元正面上的神情便越發不好了。

而吳開濟等人面上卻透了幾絲喜色出來。

皇上並沒有當朝將梁王貶為庶民，雖然是發了好一通大火，可這至少還是表明了，梁王說的那番話，皇上是聽進去的。

而徐仲宣自始至終面上都是淡淡的，便是下了朝之後也沒有同梁王、吳開濟等人走在一塊兒，只是面色平靜地去了禮部官署，做著自己日常所做的事。

至下一次朝會，梁王重又提起此事。皇上便又發了一通火，但眾臣現下也都揣摩出了皇上的心思，便全都跪下去，請求皇上徹底開放海禁。皇上就坡下驢，但也只說要先行遣了朝中要員去浙江、福建等沿海查探一番，是否倭寇多為當地居民所假扮，而後再行決斷。

於是徐仲宣便被皇上點名，著他立刻啓程去浙江沿海一帶，速速查探此事。

徐仲宣跪下領了旨意，也不敢耽擱，散朝之後便起身前往浙江沿海之地。

等徐仲宣回到京城時，已是四月末五月初，佳節端午在望。

他先去宮中面見皇上，悉數陳述了自己近一個月所查探到所有關於沿海倭寇之事，隨後便出了宮，等不及想要回通州去見簡妍。

數日未見，他心中甚為思念她，就不曉得她是否也會思念自己？

第三十五章　深夜哭聲

天氣漸熱，屋內尤其悶熱不堪，於是傍晚時分，簡妍便吩咐四月和白薇在院內地上灑了些水，抬了兩張木榻到院內的芭蕉樹下。用過晚膳後，她吩咐四月關上屏門，三個人索性便都躺到了榻上，一面搖著手裡的團扇納涼，一面說些閒話。

夜空幽藍，群星璀璨，微風輕輕拂過平滑青翠的芭蕉葉面，帶來旁側池塘裡荷葉、荷花的幽香。

簡妍慢慢地睡著了，然後她作了一個夢。

夢裡是她的上輩子。那時她還是個不知世事、無憂無慮的大三學生，活得肆意瀟灑，只是醒過來的時候，想起自穿越之後她過的這十四年，不由得便覺得胸口那裡如同墜了一顆秤砣般，壓得她滿心滿肺的都喘不過氣來。

她發了一會兒呆，緩緩地從榻上坐起來，伸手一抹臉上，滿滿的都是淚水。

頭頂天空幽深，淡月疏星。偏頭一望，身旁四月和白薇睡得正香，有細微的鼾聲舒緩地響起。

簡妍忽然覺得心裡難受得緊，再是在這裡坐不下去的了。於是她索性起身，打開了屏門，又一路沿著抄手遊廊走過去。

旁側小屋子裡值夜的婆子睡得正香，簡妍並沒有驚動她，只是自己打開荷香院的大門，閃身走了出去，漫無目的地在池塘邊的路上抱著雙臂走著。

她並不知道現下是什麼時辰，但估計子時應當是過了的。因著今日是四月末，今晚的月亮應當是下弦月，而下弦月是半夜之後才會在空中出現的。

夜沈沈，路上並無半個人影，但路邊有幾盞戳燈（注），燭光尚且還微弱地亮著，照亮周邊的一小塊地方。

簡妍找了個平整些的水邊大石頭坐下去，雙手環著腿，頭擱在膝蓋上。

草中夏蟲唧唧，面前池塘裡有淡淡的灰霧浮動著，荷葉、荷花的幽香不時傳來。

簡妍還在想著方才作的那些夢，想著想著，不由得又覺得悲從中來，淚水抑制不住的又流了出來。但就算在這樣寂靜無人的夜裡，她也不敢大聲地哭出來，只能將頭埋在膝蓋上，壓抑著自己痛哭的聲音，低聲又悲痛地嗚咽著。

她哭得太專注，絲毫沒有注意到離這兒不遠的一株柳樹下，有一道修長的人影站在那裡，正不錯眼地凝視著她。

微風徐來，水面上亭亭玉立的荷葉、荷花競相搖擺著，柔軟的柳枝也隨之左右搖晃，輕輕地拂過那人的面頰。而旁側戳燈裡的燭光如水，映照在那人的面上，琳琅珠玉般的打眼。但見這個人，正是徐仲宣無疑。

時近午時，徐仲宣坐在涼亭裡的石凳上，低垂著頭，修長的手指慢慢地在面前的石桌上無意識地左右劃動著，腦子裡還在想著昨晚的事。

昨日他原是想早些回來見簡妍的，但散值之時遇到幾位同僚邀請，迫不得已同他們一塊兒吃了飯，回到通州後便很晚了。待要去見簡妍，又怕打擾到她休息；可不見她，這一夜的相思之意又該如何過？

最後他想著，便是去荷香院周邊走一走，待一會兒也是好的，至少這樣便會離她近些。只是沒想到，他還沒到荷香院那裡，在那附近便聽到了幾聲壓抑著的哭聲。

他往前走著的腳步頓了頓，抬眼望過去，就見前面水邊的大青石上正坐著一個人。瞧其背影纖細窈窕，應當是名年輕女子，只是她面朝向水面，所以不能看到她的樣貌。

於此深夜，池塘水面上的荷葉、荷花層層疊疊，只遮得水面上黑黝黝的一片，深不見底一般。周邊桃樹、柳樹的樹枝斑駁參差，峭愣愣如鬼影般，忽然又在水邊石頭上看到一道人影，且還在嗚嗚咽咽地哭著，若是一般膽小的人見了此情此景，只怕會以為自己見到了鬼，然後轉身就跑吧？但徐仲宣卻是不懼的。

他只是想著，這多半是哪個房裡的丫鬟受了委屈，白日裡在人面前不好發作，於是便於這夜深人靜之時跑到這池塘邊來哭了。只是，他也不想多管閒事，所以就徑直地轉過了身，想離開此地。但剛轉過身往前走沒兩步，忽然聽得那女子哽咽著說了兩句話，他頓時只覺得

注：一種燈柄很長，有底座，直立地上，書有姓氏或標識門第的燈。

如遭雷打雷劈一般，僵在了原地。

這分明就是簡妍的聲音啊！難不成坐在這裡哭的竟是簡妍？

他一顆心不禁狂跳起來，慌忙地轉過了身，可又怕她察覺到他在這裡就會跑開，所以輕手輕腳地走至旁側一株柳樹的陰影裡藏了，而後急切地抬頭望著她所在的地方。

簡妍正哭得專注，喉嚨如被人用手扼住了似的，哭得都有些喘不上氣來，滿滿的都是極度的悲傷和絕望。

徐仲宣站在陰影裡，望著她纖弱的背影，看著她雙肩不住抖動著，哭得不能自已。可即便她是如此悲傷絕望，依然還是沒有放聲大哭，只是用手摀著嘴，死死地壓制著自己的哭聲。

她這到底是受了多大的委屈，竟然能悲傷絕望成這樣？

徐仲宣抬腳往前走了一步，很想上前去安慰她，可才剛往前走了一步，他又頓住了腳步，慢慢地將腳縮回來，只是站在原地，緊緊地抿著唇，目光複雜地望著她的背影。

他素來便知簡妍的自尊心極強，而現下她之所以選擇於此夜深人靜時跑到這裡來痛哭，且還怕人聽到了，死死地用手摀著嘴，壓制著自己的哭聲，那就是不想讓人知道的意思。若他此時貿然上前，只怕非但不會起到安慰她的作用，反倒還會讓她驚慌失措，說不定因被他看到了自己痛哭脆弱的一面而從此遠離他。

徐仲宣心想，他得循序漸進，先讓她在心裡慢慢地放鬆對他的戒備之意，隨後再慢慢走進她的心裡。

他原本是可以不管不顧地直接去向簡太太提親，料想簡太太必是會答應的，只是他想要一個和自己兩情相悅、在自己面前永遠露出真性情的簡妍，而不是那個迫於無奈嫁與他，終日對著他只是嫻雅端正、循規蹈矩那一面的簡妍。

他並不想強迫她。他想，他是可以等的，等到她完全信任他、接受他後，他是必不會讓她再流一滴淚。

而現下，他眸色深深，心想著，她到底是遇到了什麼事、受到了什麼樣的委屈？若是她能說出來，便是天大的事，他都會一肩擔起，只要她能日日笑容明媚。

兩個人一個坐著，一個站著；一個滿腹悲傷，一個滿心憐惜。許久之後，簡妍不再哭了，轉而望著池塘中籠著青灰色薄霧的荷葉和荷花，努力平復自己的情緒，而徐仲宣的目光自始至終只牢牢地鎖在她身上。

再過了一會兒，就只聽得簡妍幽幽地嘆息了一聲，隨後便站起來，轉身搖搖晃晃地朝荷香院的方向去。

徐仲宣站在原地，一直目送她進了荷香院的大門，隨後便走到方才她坐過的那塊水邊大青石上，坐了下來。

伸手摸了摸，這石頭上有幾處還是濕的，想來是她先前痛哭之時流下來的眼淚。

徐仲宣只要一想到方才她拚命壓抑著的痛苦哭聲，便覺得心被刀子戳似的，難受得緊。

又在石頭上坐了一會兒後，他才起身回了書齋。只是躺在床上的時候，縱然是閉了雙眼，耳中依然還是簡妍那壓抑至極的痛哭聲，便是睡著了，夢裡還是簡妍坐在石頭上，低著頭，瘦弱的雙肩一抖一抖的，悲傷哭泣的模樣。

次日他醒來，望著窗外的青翠修竹，很是愣怔了一會兒。

他心中始終還是記掛著簡妍，於是匆匆用完了早飯後，便出了書齋的門，往荷香院而去。

只是到了荷香院附近，他卻又不敢就這般直接地進去找她。

他若是這般直接進了簡妍的閨房，落在旁人的眼中，會怎麼說她呢？往後讓她在這徐家又該如何與他人相處呢？所以，最後他在荷香院附近徘徊了一會兒後，便走至這池塘水面上修建的石板橋中間那處六簷飛角涼亭裡，尋了個石凳坐下去，抬頭望著荷香院東跨院的方向。只是，隔著一堵圍牆，便是他再如何望穿秋水，依然也是看不到佳人的蹤跡。

他望了一會兒，便伸了右手的食指，低頭無意識地在面前的石桌上慢慢地劃著。過了一會兒，待他反應過來時，發現自己的食指在這石桌上來來回回的竟是寫著「簡妍」兩個字。

他自己便也不由得失笑，隨後住了手，又抬頭望著荷香院的方向。

這般再望了一會兒，忽然就見從荷香院的院門那裡出來兩個人，說說笑笑的，一面往這處涼亭來了。

他一眼就認出了其中一個人影正是簡妍，於是他胸腔裡的一顆心便不受控制地怦怦亂跳起來，放在膝上的一雙手也緊緊地握成了拳，恨不能立即就站起來，迎著她而去。可他到底還是狠命壓抑住自己的激動之情，一臉正色地端坐在那裡，內心卻是驚濤駭浪，不住地起伏著。

現下原就天熱，又是這樣的大日頭，人在日頭下站不到一會兒的工夫就會覺得身上被火灼燒似的，燙得緊。

於是徐仲宣就見簡妍手裡拿了一柄湘妃竹的團扇，正伸手將團扇放在頭頂，遮擋著那刺目的日光，一面又微微側著頭，和旁側的徐妙寧說話。

徐妙寧手裡也拿了一把團扇，同樣放在頭頂遮擋日光。

走在石板橋的正中，離涼亭尚且還有幾步路的距離時，簡妍似是忽然看到涼亭裡還坐了個人，且看清了這個人正是徐仲宣後，她面上的笑意便滯了滯，竟是有轉身就走的意思。

徐仲宣面上的淡定之色再也裝不下去了，連忙起身，叫了一聲——

「簡姑娘！」

——未完，待續，請看文創風532《娶妻這麼難》2

2017年6月出版

娶妻這麼難

一切如夢又如幻，她徬徨、茫然，不曉得該怎麼辦，是該屈從環境，與這時代的女子一樣接受束縛的命運，還是應要堅守本心，為了自由而努力奮鬥？

文創風 531 1

簡妍從小就知道，母親只是把她當成商品般養著，
目的只有一個，將她送給達官貴人為妾，好幫襯簡家。
為著讓她看起來體態輕盈，這些年母親不給她葷腥吃，
並且，一頓飯還不能超過半碗，因此她每日都覺得餓，
正所謂虎毒不食子，所以這人肯定不是她親娘啊！
事實上也確是如此，因為她根本不是這時代的人，
一場車禍使得她離了原本的世界，再睜眼竟穿來了這兒，
難道她真要如這時代的女子般，一輩子任人擺佈嗎？

文創風 532 2

徐仲宣未曾想過，自己竟會對一個小姑娘動情，
從來都是女子愛慕他、想法子接近他的，他何須主動？
況且以他的身分和地位，要什麼樣的姑娘沒有？
但老天爺偏愛捉弄他，硬是讓簡妍入了眼、上了心，
知道她吃不飽後，他餐餐巧立各種名目餵養她、送她吃食；
撞見她無法收養的小貓，他偷偷讓人帶回京裡養得跟豬一樣肥；
嚐到她可能會喜歡的糕點，他甚至還巴巴地策馬夜奔送過去。
他這般心悅她、喜愛她，為她費盡心思，可她卻求他放了她！
她是心儀他的，因何不肯待在他身邊，成為他的寵妾呢？

文創風 533 3

對這個時代的男人而言，三妻四妾是再正常不過的事，
有哪個男子願意一輩子只守著一個女人過活呢？
然而她簡妍卻是不願與其他女子共享一個男人的，
所以，她早早就決定要捨棄愛情，更遑論當人小妾了，
哪裡曉得，母親已相好目標，一心想讓那徐仲宣納了她！
說起徐家這位大公子，那可是十八歲就三元及第的響叮噹人物，
如今更是未屆而立便已坐到了正三品禮部左侍郎的位置，
此人氣場強大，目光幽暗深邃，她壓根兒就看不透他，
這般厲害的角色她真真惹不起，還是有多遠閃多遠的好啊！

文創風 534 4 完

徐仲宣終於明白，簡妍這個人已徹底支配著他的心。
他愛她入骨，欲戒不能，此生只得成為她最忠實的僕；
他愛她勝過自己的命，既如此，還有什麼是不能給的？
她誓不為妾，他便許她正妻之位；
她要唯一的寵愛，他便不再瞧其他女子一眼。
為了護她一世安穩，淪為亂臣賊子他也不懼；
為了保她一生無憂，拋卻功名利祿他亦不悔。
縱然她是從千百年後跑來的一縷芳魂又如何？
既已走入他的生命，便是要逆天而為他也絕不放手！

2017年6月出版

娶妻這麼難

文創風531～534

易求無價寶，難得有情郎。
這時代的男人，三妻四妾是再正常不過的事，
有哪個男子願意一輩子守著一個女人過活呢？
然而，她卻是不願與其他女子共享一個男人的……

多情自古空餘恨　好夢由來最易醒／玉瓚

簡妍實在是不想沒臉沒皮地往徐仲宣的身旁湊，
她並不怕別人笑話她，也不在乎別人怎麼看她，
名聲兩字於她而言，不過就是個名詞，她壓根兒沒放在心上，
關鍵是，他這個人擱到哪裡都是個青年才俊，
他往後的妻子定是個高門之女，只怕妾室也不會少，
那麼，她還巴巴兒地湊上前去做什麼呢？
以她現下的身分地位，做他的妻肯定是不夠格的，
可她是不會給任何人做妾的，所以她從沒想過要嫁人，
然而，他卻對她伸手，要她待在他身邊，讓他寵著，
他說，若得她為妻，他終生不再看其他女子一眼，
他甚至還說，他愛她勝過他自己的性命！
老實說，她不曉得該不該相信他說的話，
但，即便這是一場注定會輸的賭博，
她也決定轟轟烈烈地和他賭上一場……

2017年6月出版

逆襲成宰相

文創風 528～530

他足智多謀，有不同於常人的傲骨；
她善良聰敏，有不該身處底層的學識，
仰天不會只看得見黑夜，明珠也不會永遠蒙塵……

今朝再起為紅顏，一世璧人終無悔／趙眠眠

趙大玲前世是個能幹的理工女，穿越後卻成了御史府的灑掃丫鬟，
父親老早就過世，母親在外院廚房當廚娘，
弟弟尚小不經事，自家沒靠山也沒銀兩，
前世的滿身才幹無用武之地，還要對其他丫鬟的戲弄忍氣吞聲，
雖日子過得無趣得緊，可為了生存，明哲保身才是正理！
直到一個全身是傷的俊美小廝出現在面前──
他滿腹珠璣，揀菜像在寫毛筆，還寫得一副好對聯，
其他小廝愛在嘴上占她便宜，他卻說男女授受不親，
當他們家被欺負而孤立無援時，是他找來幫手助她一臂之力，
他隱姓埋名，雖為官奴，可一身的氣度風華在在說明了他有秘密……

2017年6月出版

吾妻不好馴

文創風 526～527

聽聞夫君心中另有所屬？沒關係，她沒打算談情說愛；
老夫人跟大房不待見她？無所謂，她無意當賢良媳婦。
反正她嫁入高門僅是衝著「侯爺夫人」的頭銜，
哪曉得這枕邊人當初指名要娶她，竟是別有隱情……

嬌妻不給憐，纏夫偏要黏／岳微

歐汝知借屍還魂為商賈之女衛茉，
滿心滿眼就是為家族通敵罪狀翻案這等大事，
可從一名習武女將換成這副病秧子皮囊，
猶如虎落平陽，難展拳腳啊……
正當她不知該從何起頭時，
恰逢靖國侯趕著上門提親求娶她，
命運都向她伸出了橄欖枝，
她當然得把握機會，嫁入侯門！
所幸老天爺待她不薄啊，
這丈夫平時總小心翼翼地呵護她，還能替她治療寒毒，
更重要的是，他竟是替歐家翻案的同道中人！
遇上如此義氣相挺的良人，
她再冷傲的心也被捂熱了……

為流浪貓狗加油 和貓寶貝 狗寶貝

廝守終生(一定要終生喔！)的幸福機會

對人來說，貓寶貝狗寶貝只是生活的一部分，但妳（你）對牠們來說，卻是生活的全部，領養前請一定要考慮清楚——

▲ 穩重乖巧的小靚女　小八

性　　別：女生
品　　種：米克斯
年　　紀：2、3歲
個　　性：親人、文靜、愛撒嬌
健康狀況：已結紮，二合一過關、已注射三合一、狂犬疫苗
目前住所：台北市景美

本期資料來源：台灣認養地圖

『小八』的故事：

小八原是一家餐廳放養的貓咪，原來的主人為了要幫餐廳裡抓老鼠及顧店，因此去了趟收容所，將那時還是幼貓的小八帶回，之後也讓牠生下五隻小貓，一起和小八抓老鼠與顧店。

中途每次見到小八及小貓們不畏車流湍急的在大馬路上橫衝直撞，屢屢感到膽顫心驚，甚至也聽聞之前已有其他貓咪於此遭逢不幸。中途想著，如此親人的貓咪要獨自在外生存是相當不易，今天可能幸運地躲過了車輪的危險，明天是否又能避開居心不良的人呢？

中途實在不忍心再看到小八繼續這樣的生活，因此便將牠帶回，由衷希望小八可以找到真正適合牠的家庭，而不是像工具般的被放養著。

小八是隻個性很穩重、非常親人的成貓，喜歡吃東西且十分乖巧，也喜歡被摸摸；平常牠總是很乖的待在一旁，不會老愛調皮搗蛋，就連其牠貓貓可能不愛的剪指甲也都很乖哩！即便是沒有養過貓貓的新手們也適合喔～如果您願意給這麼可愛的小八一個溫暖又安心的家，請來信 dogpig1010@hotmail.com（林小姐）。

認養資格：

1. 認養者須年滿23歲，有獨立經濟能力。
2. 須同意簽認養寵物切結書，並能讓中途瞭解小八以後的生活環境。
3. 同意送養人日後之追蹤探訪，對待小八不離不棄。
4. 同意做門窗防護措施，以防小八跑掉、走失。
5. 以雙北地區優先認養，第一次看貓不須攜帶外出籠，確認送養會親自送達。

來信請說明：

a. 個人基本資料：姓名、性別、年齡、居住地、同住者、職業與經濟來源等。
b. 預計如何照顧小八，以及所能提供之環境和承諾（如：食物、飼養方式）。
c. 請簡述過去養貓的經驗、所知的養貓知識，及簡介一下您的飼養環境。
d. 若未來有結婚、懷孕、出國或搬家等計劃，將如何安置小八？
e. 是否同意中途作日後追蹤（家訪、以臉書提供照片）？

文創風 531

娶妻這麼難 1

國家圖書館出版品預行編目資料

娶妻這麼難 / 玉瓚著. --
初版. -- 臺北市 : 狗屋, 2017.06
冊 ; 公分. --（文創風）
ISBN 978-986-328-736-0（第1冊 : 平裝）. --

857.7　　　　106005767

著作者	玉瓚
編輯	黃淑珍
校對	黃薇霓　簡郁珊
發行所	狗屋出版社有限公司
地址	台北市104中山區龍江路71巷15號1樓
電話	02-2776-5889～0
發行字號	局版台業字845號
法律顧問	蕭雄淋律師
總經銷	知遠文化事業有限公司
電話	02-2664-8800
初版	2017年6月
國際書碼	ISBN-13　978-986-328-736-0

本著作物由北京晉江原創網絡科技有限公司授權出版

定價250元
狗屋劃撥帳號：19001626
網址：love.doghouse.com.tw　E-mail：love@doghouse.com.tw